Rut Avni

10 Hebrew-English Short Stories

(with audio files, vocabulary lists and conjugation tables)

Table of Contents

Preface

Part A: Short Stories

Part B: Conjugation Tables

Preface

Dear Reader,

It is with great pleasure that I extend my heartfelt congratulations to you on acquiring this book. Within these pages lies a unique opportunity to embark on a profoundly effective journey in mastering the Hebrew language. As an experienced educator, I have spent years imparting knowledge on Hebrew verb conjugations. Today, I am delighted to present this inaugural book, carefully crafted to empower students like you to put theory into practice.

In the following chapters, you will discover captivating stories designed not only to entertain but also to facilitate your practice in reading Hebrew and expand your vocabulary. This book has been thoughtfully curated to offer an immersive and rewarding experience, ensuring that your language-learning endeavors are both enjoyable and fruitful.

May this book become your faithful companion on this expedition, supporting and encouraging you as you progress towards fluency in Hebrew. It is my sincerest hope that you will find it a source of inspiration and a valuable resource in your language-learning endeavors.

Wishing you an enlightening and enjoyable journey ahead!

Warm regards,
Rut Avni

https://www.hebrew-verbs.com

Part A: Short Stories

1. Andromeda's Diary

יוֹמָנִי אֶדְרוֹמְדָה

Audio file: https://youtu.be/N1LUwboaXbM

יוֹמָנִי הַיָּקָר, אֲנִי חוֹלֶמֶת (לַחֲלוֹם 60) עָלָיו כָּל לַיְלָה. כֵּן, עָלָיו ,עַל הַבָּחוּר הַמּוּשְׁלָם שֶׁלִּי. אֲנִי חוֹלֶמֶת (לַחֲלוֹם 60) שֶׁהוּא יָבוֹא (לָבוֹא 9) וְתִהְיֶה (לִהְיוֹת 35) לִי חֲתוּנָּה מֵהָאַגָּדוֹת – אוֹ יוֹתֵר נָכוֹן, מֵהַמִּיתוֹלוֹגְיָה. קוֹרְאִים (לִקְרוֹא 165) לִי אֶנְדִּי, אֲבָל הַשֵּׁם הַמָּלֵא הוּא אַנְדְּרוֹמֵדָה. כֵּן, זֶה שֵׁם אָרוֹךְ וּקְצָת מוּזָר.

Dear Diary, I'm dreaming about him every night. Yes, about him, my perfect man. I'm imagining how he comes to me, and we have a fairy-tale wedding – or to be more precise, a mythological one. People call me Andy, but my full name is Andromeda. Yes, it's long and a bit odd.

נִקְרֵאתִי (לְהִיקָּרֵא 165) עַל שְׁמָהּ שֶׁל הַסָּבְתָא רַבָּה שֶׁלִּי שֶׁגָּרָה (לָגוּר 22) בְּיָוָון. אֲנִי גָּרָה (לָגוּר 22) בָּעִיר הֲכִי יָפָה בָּעוֹלָם. עִיר עַל הַיָּם הַתִּיכוֹן. קוֹרְאִים (לִקְרוֹא 165) לָהּ יָפוֹ כִּי הִיא יָפָה, כָּמוֹנִי. בְּיָפוֹ יֵשׁ אֶת כָּל הַמַּאֲכָלִים הֲכִי טוֹבִים: סַמְבּוּסָק,

פִּיתָּה עִם זַעְתָּר, בּוּרֶקָס וְעוֹד. אֲנִי אוֹהֶבֶת (לֶאֱהוֹב 2) בּוּרֶקָס, אֲבָל זֶה לֹא בָּרִיא וְגַם מַשְׁמִין.

I was called after my great-grandmother, who lives in Greece. I live in the most beautiful city in the world. A city on the Mediterranean Sea. It is called Jaffa, because it is beautiful, like me. Jaffa has the best food: sambusak, hyssop-seasoned pita, burekas, and more. I like burekas, but it is not a healthy food, and also it makes you put on weight.

אֲנִי חַיֶּיבֶת (no infinitive) לִשְׁמוֹר (192) עַל הַגִּזְרָה, כִּי הַחֲלוֹם שֶׁלִּי הוּא לְהִינָּשֵׂא (114). אֲנִי רוֹצָה (לִרְצוֹת 168) שֶׁתִּהְיֶה (לִהְיוֹת 35) לִי שִׂמְלָה לְבָנָה יָפָה, וַאֲנִי אֵלֵךְ (לָלֶכֶת 36) בִּרְחוֹבוֹת יָפוֹ, וְכוּלָּם יִשְׁרְקוּ (לִשְׁרוֹק 195) לִי וְיִקְרְאוּ (לִקְרוֹא 165) לְעֶבְרִי. כְּדֵי שֶׁזֶּה יִקְרֶה (לִקְרוֹת 167), אֲנִי יוֹצֵאת (לָצֵאת 72) לְהַרְבֵּה דֵּייטִים.

I have to stay fit because my dream is to get married. I want to have a beautiful white dress, and to walk down the streets of Jaffa, and everyone will whistle and shout out to me. To make this happen, I'm dating a lot.

אֲנִי יוֹצֵאת (לָצֵאת 72) רַק עִם בַּחוּרִים שֶׁהֵם נָאִים וְיָפִים כָּמוֹנִי. לִפְעָמִים יֶשְׁנָם בַּחוּרִים שֶׁיֵּשׁ לָהֶם אִישִׁיּוּת נֶהְדֶּרֶת אֲבָל הֵם מְכוֹעָרִים. אָז אֲנִי פּוֹסֶלֶת (לִפְסוֹל 143). כֵּן, זֶה אַכְזָרִי, אֲנִי יוֹדַעַת (לָדַעַת 69), אֲבָל זֹאת הָאֱמֶת, וְזֹאת הַמְּצִיאוּת שֶׁל עוֹלַם הַדֵּייטִים אֲפִילוּ כָּאן, בָּעוֹלָם הָעַתִּיק. הַהוֹרִים שֶׁלִּי הֵם קָפָאוּס וְקֶסְיוֹפֵּיָה וְגַם הֵם רוֹצִים (לִרְצוֹת 177) שֶׁאֶינָּשֵׂא (לְהִינָּשֵׂא 114). הֵם מְאוֹד רוֹצִים (לִרְצוֹת 177) נְכָדִים.

I date only guys who are nice and beautiful like myself. Sometimes there are guys with a great personality but ugly. So, I ditch them. Yes, it is cruel, I know, but this is the truth and the reality of the dating world even here, in the antiquity. My parents are Cepheus and Cassiopeia, and they, too, want me to get married. They want to have grandchildren very much.

אֲנִי יוֹדַעַת (לָדַעַת 69) שֶׁשּׁוּם דָּבָר לֹא יְשַׂמַּח (לְשַׂמֵּחַ 190) אֶת אַבָּא שֶׁלִּי כְּמוֹ הָעוּבְדָּה שֶׁיֵּשׁ לוֹ נְכָדִים. גַּם הַיּוֹם יֵשׁ לִי דֵּיְיט. הוּא עוֹבֵד מְדִינָה הֶלֶנִיסְטִית. בְּאֲתַר הַהֶיכֵּרוּיוֹת הֶחָקוּק עַל הַסֶּלַע הוּא כָּתַב (לִכְתּוֹב 82) שֶׁהוּא אוֹהֵב (לֶאֱהוֹב 2) לִנְסוֹעַ (108) מִסָּבִיב לְעוֹלָם, וְגַם הוּא כָּתַב (לִכְתּוֹב 82) שֶׁיֵּשׁ לוֹ אַבָּא מְפוּרְסָם, אֵיזוֹ הִתְרַגְּשׁוּת. לִפְנֵי הַדֵּיְיט אֲנִי וְאִימָּא שֶׁלִּי הוֹלְכוֹת (לָלֶכֶת 36) לַעֲשׂוֹת (138) קְנִיּוֹת בָּעִיר. בְּיָפוֹ יֵשׁ לָנוּ הֲמוֹן חֲנוּיוֹת בְּגָדִים בָּהֶם יֵשׁ אֶת אוֹפְנָה הָעַכְשָׁוִויוֹת מֵאָתוּנָה.

I know that nothing will make my father as happy as if he had grandchildren. I have a date today, too. He is a Hellenistic state employee. On the engraved on the rock dating site, he has written that his father is a celebrity – its's so exciting. Before the date I'll go downtown shopping with my mother. There are a lot of clothing stores in Jaffa with the latest fashion from Athens.

יוֹמָן יָקָר, אֵיזֶה דֵּיְיט נוֹרָאִי. לָמָּה תָּמִיד אֲנִי פּוֹגֶשֶׁת (לִפְגּוֹשׁ 140) אֶת הַמּוּזָרִים בְּיוֹתֵר. קוֹדֶם כֹּל, הוּא בִּכְלָל לֹא נִרְאֶה (לְהֵירָאוֹת 170) כְּמוֹ בַּצִּיּוּר שֶׁהוּא שָׁלַח (לִשְׁלוֹחַ 188) לִי. הוּא נָמוּךְ, וְיֵשׁ לוֹ רֵיחַ שֶׁל דָּגִים. הוּא גַּם אָמַר (לוֹמַר 5) שֶׁהוּא חֲצִי אֵל, בֶּאֱמֶת אִילּוּ שְׁקָרִים, שֶׁאַבָּא שֶׁלּוֹ הוּא פּוֹסֵידוֹן. מַמָּשׁ. הַבְּעָיָה הִיא שֶׁאֵין לִי סַבְלָנוּת. אֲנִי גָּמַרְתִּי (לִגְמוֹר 25) אֶת הַדֵּיְיט הַזֶּה בְּעֶלְבּוֹנוֹת. מַהֵר מְאוֹד אָמַרְתִּי (לוֹמַר 5) לוֹ שֶׁאֲנִי בִּכְלָל לֹא בְּרָמָה שֶׁלּוֹ.

וְלָמָּה הוּא חוֹשֵׁב (לַחֲשׁוֹב 66) שֶׁבַּחוּרָה יָפָה כָּמוֹנִי תֵּצֵא (לָצֵאת 72) עִם בָּחוּר נָמוּךְ מְכוֹעָר עִם רֵיחַ שֶׁל דָּגִים? הָלַכְתִּי (לָלֶכֶת 36) הַבַּיְתָה כּוֹעֶסֶת (לִכְעוֹס 80). הוּא חָשׁ (לָחוּשׁ 53) פָּגוּעַ וְהָלַךְ (לָלֶכֶת 36).

Dear Diary, what an awful date. Why do I always meet the weirdest ones? First of all, he looks nothing like the painting he sent me. He's short and smells of fish. He also said that he is a demigod - really, what a bunch of lies - and that his father is Poseidon. Right. The problem is, I have no patience. I ended this date with insults. Before long I told him that I am not at his level. And why he thinks that a girl like me will date a short ugly guy that smells of fish? I went home angry. He felt offended and left.

יוֹמָנִי שֶׁלִּי, לְעוֹלָם לֹא תֵּדַע (לָדַעַת 69) מָה קָרָה (לִקְרוֹת 167) לָנוּ. הַיּוֹם מָצָאנוּ (לִמְצוֹא 94) בַּדֶּלֶת מִכְתָּב מִפּוֹסֵידוֹן. כֵּן, אֵל הַיָּם. מִתְבָּרֵר (לְהִתְבָּרֵר 19) שֶׁהַדֵּייט שֶׁלִּי מֵאֶתְמוֹל הָיָה (לִהְיוֹת 35) בֶּאֱמֶת הַבֵּן שֶׁלּוֹ. הוּא כָּתַב (לִכְתּוֹב 82) שֶׁפָּגַעְתִּי (לִפְגּוֹעַ 139) בּוֹ וְדָרַשׁ (לִדְרוֹשׁ 34) פִּיצּוּי כַּסְפִּי מֵאַבָּא שֶׁלִּי. אֲנִי אָמַרְתִּי (לוֹמַר 5) לְאַבָּא שֶׁלִּי שֶׁלֹּא יָשִׂים (לָשִׂים 185) לֵב וְשֶׁאִם פּוֹסֵידוֹן רוֹצֶה (לִרְצוֹת 177), שֶׁיִּתְבַּע (לִתְבּוֹעַ 199) אוֹתָנוּ וְנִפָּגֵשׁ (לְהִיפָּגֵשׁ 140) בְּבֵית הַמִּשְׁפָּט.

Dear Diary, you'll never guess what has happened to us. Today we found at our door a letter from Poseidon. Yes, the God of Sea. It turns out that my yesterday date indeed is his son. He wrote that I have insulted him and demanded that my father pay the damages. I told my father to disregard this, and if Poseidon wants, let him sue us, and we'll meet in the courtroom.

יוֹמָן, הַמַּצָּב נִהְיָה (no infinitive) יוֹתֵר גָּרוּעַ. הַיּוֹם פּוֹסֵידוֹן, אֵל הַיָּם בְּעַצְמוֹ, בָּא (לָבוֹא 9) אֶל הַבַּיִת

שֶׁלָּנוּ בְּיָפוֹ. הוּא כּוּלּוֹ כּוֹעֵס (לִכְעוֹס 80) וְאָמַר (לוֹמַר 5) לְאַבָּא שֶׁלִּי שֶׁהוּא כְּבָר אֵינוֹ רוֹצֶה (לִרְצוֹת 177) פִּיצּוּי כַּסְפִּי אֶלָּא לַהֲרוֹס (40) אֶת יָפוֹ שֶׁלָּנוּ, זֶה הָעוֹנֶשׁ כִּי אָמַרְתִּי (לוֹמַר 5) לְבֵן שֶׁלּוֹ שֶׁהוּא מְכוֹעָר. הַהוֹרִים שֶׁלִּי בָּכוּ (לִבְכּוֹת 12). וּבַסּוֹף הוּא אָמַר (לוֹמַר 5) שֶׁהוּא מוּכָן לִסְלוֹחַ (112) לָנוּ רַק בִּתְנַאי אֶחָד, שֶׁאָבִי יִתֵּן (לָתֵת 116) אוֹתִי לַיָּם כְּפִיצּוּי. יִתֵּן (לָתֵת 116) אֶת הַחַיִּים שֶׁלִּי, שֶׁל אַנְדְּרוֹמֵדָה. אַבָּא וְאִמָּא שֶׁלִּי בָּכוּ (לִבְכּוֹת 12) וְגַם אֲנִי.

Diary, the situation has gone worse. Today, Poseidon, the God of Sea himself, came to our house in Jaffa. He was fuming with anger and told my father that he no longer wants to receive damages, but rather to destroy our Jaffa. This is the punishment for me telling his son that he is ugly. My parents cried. At the end he said that he is willing to forgive is on one condition, that my father give me to the sea to redress the insult. That my father give him my, Andromeda's, life. My father and mother cried, and so did I.

יוֹמָן יָקָר אָז כָּךְ קָרָה (לִקְרוֹת 167). הֵם קָשְׁרוּ (לִקְשׁוֹר 169) אוֹתִי לְסֶלַע מוּל הַחוֹף שֶׁל יָפוֹ וְעָזְבוּ (לַעֲזוֹב 129) אוֹתִי שָׁם. הַיָּם סָעַר (לִסְעוֹר 121) סְבִיבִי . חָשַׁתִּי (לָחוּשׁ 53) אֶת הַגַּלִּים מַכִּים (לְהַכּוֹת 105) בִּי וְקוֹרְעִים (לִקְרוֹעַ 168) אֶת הַבְּגָדִים שֶׁלִּי וְקוֹרְעִים (לִקְרוֹעַ 168) אֶת שְׂעָרִי. הֲמוֹן אֲנָשִׁים עַל הַחוֹף בָּכוּ (לִבְכּוֹת 12) כּוֹלֵל הַהוֹרִים שֶׁלִּי.

Dear Diary, so this is how this went. They tied me to a rock facing the beach of Jaffa and left me there. The sea was raging around me. I felt the waves hitting against me and tearing my clothes and my hair. Lots of people were on the seaside, crying, including my parents.

חַשְׁתִּי (לָחוּשׁ 53) שֶׁאֲנִי הוֹלֶכֶת (לָלֶכֶת 36) לָמוּת. שָׁם עַל הַסֶּלַע אָמַרְתִּי (לוֹמַר 5) בְּקוֹל לָאֵלִים וּלְכוּלָּם שֶׁאֲנִי רוֹאָה (לִרְאוֹת 170) לְאָן הַגַּאֲוָוה שֶׁלִּי לְקָחָה (לָקַחַת 88) אוֹתִי. וְכֵן אֲנִי רוֹצָה (לִרְצוֹת 177) לוֹמַר (5) לָאֲנָשִׁים שֶׁפָּגַעְתִּי (לִפְגּוֹעַ 139) בָּהֶם ,סְלִיחָה. מִכָּל הַבָּנִים וְהַבָּנוֹת שֶׁצָּחַקְתִּי (לִצְחוֹק 152) עֲלֵיהֶם. וְשֶׁעַכְשָׁיו כָּל מָה שֶׁאֲנִי רוֹצָה (לִרְצוֹת 177) זֶה לִהְיוֹת(35) עִם הוֹרַי בַּיַּבָּשָׁה, בְּיָפוֹ.

I felt that I was going to die. There, on that rock, I cried out to the gods and to everybody, saying that I understood where my pride led me to. And I want to say sorry to everyone whom I insulted. To all the guys and girls at whom I laughed. And now all I want to do is to be with my parents, on land, in Jaffa.

וְאָז הוּא בָּא (לָבוֹא 9). כֵּן, כְּמוֹ בָּאַגָּדוֹת - אוֹ יוֹתֵר נָכוֹן, כְּמוֹ בַּמִּיתוֹלוֹגְיָה. הַנָּסִיךְ שֶׁלִּי, כַּפָּרָה עָלָיו. הוּא רָכַב (לִרְכּוֹב 175) עַל סוּס עִם כְּנָפַיִים, וְהוּא בָּא (לָבוֹא 9) מֵהַשָּׁמַיִים. הוּא רָכַב (לִרְכּוֹב 175) מַהֵר וְצָעַק (לִצְעוֹק 155) "אַנְדְּרוֹמֵדָה, אֲנִי בָּא" (לָבוֹא 9). הוּא נָחַת (לִנְחוֹת 104) לְיָדִי עַל הַסֶּלַע. הַשֵּׁם שֶׁלּוֹ הוּא פֶּרְסֵאוּס. הוּא חָתַךְ (לַחְתּוֹךְ 68) עִם הַחֶרֶב אֶת חֶבְלֵי הַקְּשִׁירָה, שָׂם (לָשִׂים 185) אוֹתִי עַל הַסּוּס, וּבָרַחְנוּ (לִבְרוֹחַ 18) מִשָּׁם. אָמַרְתִּי (לוֹמַר 5) לְפֶּרְסֵאוּס תּוֹדָה. תָּפַסְתִּי (לִתְפּוֹס 202) אוֹתוֹ חָזָק וְאִיבַּדְתִּי (לְאַבֵּד 1) אֶת הַהַכָּרָה.

And then, he came. Yes, like in fairy tales – or to be more precise, like in mythology. My prince, my darling. He was riding a winged horse, and he came from above the sky. He was riding fast and shouting "Andromeda, here I come!" He landed near me on the rock. His name was Perseus. He cut the rope that tied me with his sword, put me on his horse, and we ran away from there. I thanked Perseus. I held him tight and lost my conscience.

יוֹמָנִי הַיָּקָר, עַכְשָׁיו אֲנִי כְּבָר זְקֵנָה וְעָבְרוּ (לַעֲבוֹר 124) הֲמוֹן שָׁנִים. וּמֵאָז אוֹתוֹ יוֹם עַל הַסֶּלַע אֲנִי וּפֶּרְסֵאוּס יַחַד. בֶּאֱמֶת לָמַדְתִּי (לִלְמוֹד 87) הַרְבֵּה מֵאוֹתוֹ אֵירוּעַ. לִפְעָמִים כַּנִּרְאֶה רַק כְּשֶׁהַחַיִּים נוֹתְנִים (לָתֵת 116) לְךָ מַכָּה חֲזָקָה אַתָּה לוֹמֵד (לִלְמוֹד 87). בְּעִיקָּר לָמַדְתִּי (לִלְמוֹד 87) שֶׁמֵּעֵבֶר לַמַּרְאֶה הַחִיצוֹנִי לְכָל בֶּן אָדָם יֵשׁ נְשָׁמָה, וְשֶׁאָסוּר לִפְגּוֹעַ (139) בָּהּ בְּכַוָּונָה.

Dear Diary, now I am already old, and many years passed by. Since that day on the rock, Perseus and I have been together. That event really taught me a lot. Sometimes when it seems that life knocks you down, you learn. Mainly, I learned that beyond the physical appearance, each person has a soul, and you shouldn't hurt it on purpose.

וְגַם אֲנִי יוֹדַעַת (לָדַעַת 69) עוֹד דָּבָר, שֶׁלַּמְרוֹת שֶׁאֲנִי וּפֶּרְסֵאוּס כְּבָר מְאוֹד זְקֵנִים וְלֹא יָפִים, אֲנַחְנוּ עֲדַיִין אוֹהֲבִים (לֶאֱהוֹב 2) מְאוֹד. אָז כַּנִּרְאֶה שֶׁיּוֹפִי הוּא אֵינוֹ הַכּוֹל בַּחַיִּים. וְיוֹתֵר חָשׁוּב לִמְצוֹא (94) אָדָם שֶׁיִּהְיֶה (לִהְיוֹת 35) אִיתְּךָ גַּם שֶׁלֹּא תִּהְיֶה (לִהְיוֹת 35) כָּל כָּךְ יָפָה. שֶׁיֹּאהַב (לֶאֱהוֹב 2) אֶת הַנְּשָׁמָה שֶׁלְּךָ.

And I know one more thing, that although Perseus and I are very old and not beautiful now, we still are very much in love. So, apparently, beauty is not everything in life. It is more important to find a person who will be with you even when you are not that beautiful. Who will love your soul.

Verbs

ENGLISH	HEBREW	TABLE	BINYAN
to lose	לְאַבֵּד	1	piel
to love	לֶאֱהוֹב	2	paal
to say	לוֹמַר	5	paal
to come	לָבוֹא	9	paal
to come	לָבוֹא	9	paal
to cry	לִבְכּוֹת	12	paal
to turn out; to become clear	לְהִתְבָּרֵר	19	hitpael
to escape	לִבְרוֹחַ	18	paal
to live (at a place)	לָגוּר	22	paal
to finish, end	לִגְמוֹר	25	paal
to demand, request	לִדְרוֹשׁ	34	paal
to be	לִהְיוֹת	35	paal
to go	לָלֶכֶת	36	paal
to destroy	לַהֲרוֹס	40	paal
to sense	לָחוּשׁ	53	paal
to dream	לַחֲלוֹם	60	paal
to think	לַחֲשׁוֹב	66	paal
to cut	לַחְתּוֹךְ	68	paal
to know	לָדַעַת	69	paal
to go out, exit	לָצֵאת	72	paal
to be angry	לִכְעוֹס	80	paal
to put	לָשִׂים	81	paal
to pay attention	לָשִׂים לֵב	81	paal
to write	לִכְתּוֹב	82	paal
to learn	לִלְמוֹד	87	paal

to take	לָקַחַת	*88*	*paal*
to find	לִמְצוֹא	*94*	*paal*
to get married	לְהִינָּשֵׂא	*104*	*nifal*
to land	לִנְחוֹת	*104*	*paal*
to hit, beat	לְהַכּוֹת	*105*	*hifil*
to travel; to move in a vehicle;	לִנְסוֹעַ	*108*	*paal*
to give	לָתֵת	*116*	*paal*
to forgive	לִסְלוֹחַ	*120*	*paal*
to pass	לַעֲבוֹר	*124*	*paal*
to leave	לַעֲזוֹב	*129*	*paal*
to harm	לִפְגּוֹעַ	*139*	*paal*
to meet	לִפְגּוֹשׁ	*140*	*paal*
to meet	לְהִיפָּגֵשׁ	*140*	*nifal*
to disqualify; to reject	לִפְסוֹל	*143*	*paal*
to laugh; to make fun	לִצְחוֹק	*152*	*paal*
to shout	לִצְעוֹק	*155*	*paal*
to call; to read	לִקְרוֹא	*165*	*paal*
to be called	לְהִיקָּרֵא	*165*	*nifal*
to happen	לִקְרוֹת	*167*	*paal*
to tear	לִקְרוֹעַ	*168*	*paal*
to tie	לִקְשׁוֹר	*169*	*paal*
to look (like smth); to seem;	לְהֵירָאוֹת	*170*	*nifal*
to see	לִרְאוֹת	*170*	*paal*
to ride	לִרְכּוֹב	*175*	*paal*
to want	לִרְצוֹת	*177*	*paal*
to send	לִשְׁלוֹחַ	*188*	*paal*
to make smbd happy	לְשַׂמֵּחַ	*190*	*piel*

to whistle	לִשְׁרוֹק	*195*	*paal*
to sue	לִתְבּוֹעַ	*199*	*paal*
to fetch, grab; to catch	לִתְפּוֹס	*202*	*paal*

More Vocabulary

ENGLISH		HEBREW
dear diary	m	יוֹמָנִי הַיָּקָר
a fairytale wedding	f	חֲתוּנָּה מֵהָאַגָּדוֹת
long	m/f	אָרוֹךְ/ אֲרוּכָּה
her name	m	שְׁמָהּ = שֵׁם שֶׁלָּהּ
great grandmother	f	סָבְתָא רַבָּה/ סָבְתוֹת רַבָּה
in Greece	f	בְּיָוָון
food(s) (ready to eat)	m	מַאֲכָל/ מַאֲכָלִים
sambusac (s) (*filled pastry*)	m	סַמְבּוּסָק/ סַמְבּוּסָקִים
hyssop	m	זַעְתָּר
burekas(es) (*filled pastry*)	m	בּוּרֶקָס/ בּוּרֶקָסִים
healthy	m/f	בָּרִיא/ בְּרִיאָה
fattening	m/f	מַשְׁמִין/ מַשְׁמִינָה
figure(s), shape(s), form(s) (*body*)	f	גִּזְרָה/ גְּזָרוֹת
toward me		לְעֶבְרִי
date(s)	m	דֵּייט/ דֵּייטִים
There are	m	יֶשְׁנָם
personality(ies)	f	אִישִׁיּוּת/ אִישִׁיּוֹת
ugly	m/f	מְכוֹעָר/ מְכוֹעֶרֶת
cruel	m/f	אַכְזָרִי /אַכְזָרִית

reality	f	מְצִיאוּת
grandson(s)	m	נֶכֶד/נְכָדִים
fact	f	עוּבְדָּה/ עוּבְדוֹת
Hellenistic state(s)	f	מְדִינָה הֶלֶנִיסְטִית/ מְדִינוֹת הֶלֶנִיסְטִיּוֹת
dating website(s)	m	אֲתַר/ אֲתָרִים הַהֶיכֵּרוּיוֹת
engraved, carved	m/f	הֶחָקוּק הֶחָקוּקָה
excitement(s)	f	הִתְרַגְּשׁוּת/הִתְרַגְּשׁוּיוֹת
current fashion	f	אוֹפְנָה הָעַכְשָׁוִית
Athens	f	אָתוּנָה
painting(s)	m	צִיּוּר/ צִיּוּרִים
low	m/f	נָמוּךְ/ נְמוּכָה
smell(s)	m	רֵיחַ/ רֵיחוֹת
demigod(s)	m	חֲצִי אֵל/ חֲצִי אֵלִים
lie(s)	m	שֶׁקֶר/ שְׁקָרִים
patience	f	סַבְלָנוּת
with insults	f	בְּעֶלְבּוֹנוֹת
angry	m/f	כּוֹעֵס/ כּוֹעֶסֶת
offended	m/f	פָּגוּעַ/ פְּגוּעָה
monetary compensation(s)	m	פִּיצּוּי כַּסְפִּי/ פִּיצּוּיִים כַּסְפִּיִּים
bad	f	גָּרוּעַ/ גְּרוּעָה
but		אֶלָּא
punishment(s)	m	עוֹנֶשׁ/עוֹנָשִׁים
on one condition		בִּתְנַאי אֶחָד
as a compensation		כְּפִיצּוּי
my hair	m	שְׂעָרִי = שֵׂעָר שֶׁלִּי

rock(s)	m	סֶלַע/ סְלָעִים
pride	f	גַּאֲוָוה
my parents	m, pl	הוֹרַי = הוֹרִים שֶׁלִּי
land, continent	f	יַבָּשָׁה/ יַבָּשׁוֹת
prince(s)	m	נָסִיךְ /נְסִיכִים
darling, sweetheart (*slang*)	m	כַּפָּרָה עָלָיו
sword(s)	f	חֶרֶב/ חֲרָבוֹת
rope(s)	m	חֶבֶל/ חֲבָלִים
tying, knotting	f	קְשִׁירָה
consciousness	f	הַכָּרָה
event(s)	m	אֵירוּעַ/ אֵירוּעִים
strong blow(s)	f	מַכָּה חֲזָקָה/ מַכּוֹת חֲזָקוֹת
beyond		מֵעֵבֶר לְ
outer appearance(s)	m	מַרְאֶה הַחִיצוֹנִי/ מַרְאִים חִיצוֹנִיִּים
forbidden	m/f	אָסוּר/ אֲסוּרָה
intentionally		בְּכַוָּונָה
beauty	m	יוֹפִי

2. The Betrial

הַבְּגִידָה

Audio file: https://youtu.be/h1S734cBFss

הוּא בּוֹגֵד (לִבְגּוֹד 7) בִּי, אֲנִי יוֹדַעַת (לָדַעַת 69). אֲנִי חָשָׁה (לָחוּשׁ 53) זֹאת בְּכָל נְקוּדָּה בְּגוּפִי. אֵינִי יְכוֹלָה (no infinitive) לָשֵׂאת (114) אֶת תְּחוּשַׁת הַבְּגִידָה מִמֶּנּוּ. כְּשֶׁהָיִיתִי (לִהְיוֹת 35) יַלְדָּה, אָבִי בָּגַד (לִבְגּוֹד 7) בְּאִימִּי. כֵּן, אֲנִי יוֹדַעַת (לָדַעַת 69) אֵיךְ גֶּבֶר פּוֹעֵל (לִפְעוֹל 145) כְּשֶׁהוּא בּוֹגֵד (לִבְגּוֹד 7). תָּמִיד הָיוּ (לִהְיוֹת 35) בֵּין הוֹרַי וִיכּוּחִים רַבִּים. כְּשֶׁהָיִיתִי (לִהְיוֹת 35) יַלְדָּה, הָיָה (לִהְיוֹת 35) הֲמוֹן מֶתַח בַּבַּיִת.

He cheats on me, I know. I feel this with every inch of my body. I can't bear the feeling that he cheats on me. When I was a girl, my father used to cheat on my mother. Yes, I know how men act when they cheat. My parents always fought a lot. There was a lot of tension at home when I was growing up.

אֲבָל אוֹתִי אָבִי מְאוֹד אָהַב (לֶאֱהוֹב 2). כַּאֲשֶׁר הָיָה (לִהְיוֹת 35) חוֹזֵר (לַחֲזוֹר 54) מֵעֲבוֹדָתוֹ בַּשָּׂדֶה, הוּא (לִהְיוֹת 35) הָיָה שָׂם (לָשִׂים 185) אוֹתִי עַל

בִּרְכָּיו וְאוֹמֵר (לוֹמַר 5) לִי: דְּלִילָה שֶׁלִּי, אֲנִי אוֹהֵב (לֶאֱהוֹב 2) אוֹתָךְ יוֹתֵר מִכּוּלָּן, אַתְּ יוֹדַעַת (לָדַעַת 69), נָכוֹן?" הָיִיתִי (לִהְיוֹת 35) תּוֹפֶסֶת (לִתְפּוֹס 202) אוֹתוֹ חָזָק בִּזְקָנוֹ, וְהָיִינוּ (לִהְיוֹת 35) יַחַד. אֲבָל יוֹם אֶחָד הוּא עָזַב (לַעֲזוֹב 129).

But my father loved me very much. When he was back from work in the field, he would seat me on his knees and say to me, "My Dalila, I love you more than anyone else, you know that, right?" I would grab him tight by his beard, and we were together. But one day he left.

עָזַב (לַעֲזוֹב 129) אֶת אִימִּי וְעָזַב (לַעֲזוֹב 129) אֶת הַבַּיִת. אִימִּי לֹא חָדְלָה (לַחְדּוֹל 49) לִבְכּוֹת (12), וְגַם אֲנִי. כָּעַסְתִּי (לִכְעוֹס 80) עָלָיו. הָיִיתִי (לִהְיוֹת 35) בַּת שְׁתֵּים עֶשְׂרֵה. מֵאוֹתוֹ יוֹם כִּמְעַט לֹא רָאִיתִי (לִרְאוֹת 170) אוֹתוֹ. כַּמּוּבָן שֶׁהָיָה (לִהְיוֹת 35) נוֹתֵן (לָתֵת 116) לִי מַתָּנוֹת וּכְסָפִים. אֲבָל כָּל אֵלֶּה הָיוּ (לִהְיוֹת 35) כְּמוֹ סוּג שֶׁל פִּיצּוּי. לֹא מַמָּשׁ הָיָה (לִהְיוֹת 35) בֵּינֵינוּ קֶשֶׁר כְּמוֹ פַּעַם. וְהַזְּמַן עָבַר (לַעֲבוֹר 124) בִּלְעָדָיו.

He left my mother and our home. My mother didn't stop crying, and neither did I. I was mad at him. I was twelve. From that day on, I barely saw him. Of course, he gave me presents and money, but all these things were a sort of severance pay. We didn't have a connection like we used have. And the time passed by without him.

אֲנִי גָּדַלְתִּי (לִגְדּוֹל 21) וְרָצִיתִי (לִרְצוֹת 177) לִפְגּוֹשׁ (140) בָּנִים. הַבָּחוּר הָרִאשׁוֹן שֶׁפָּגַשְׁתִּי (לִפְגּוֹשׁ 140) הָיָה תָּמִים מְאוֹד. קָרְאוּ (לִקְרוֹא 165) לוֹ אוֹהֵד. הוּא גָּר (לָגוּר 22) בְּצָרְעָה. יוֹם אֶחָד רָאָה (לִרְאוֹת 170) אוֹתִי בַּדֶּרֶךְ אֶל הַבְּאֵר.

(לִהְיוֹת 35) הָיִינוּ צְעִירִים מְאוֹד. הוּא אָהַב (לֶאֱהוֹב 2) אוֹתִי מְאוֹד. הַפַּעַם הָרִאשׁוֹנָה שֶׁלִּי הָיְיתָה (לִהְיוֹת 35) אִיתּוֹ. אַחַר כָּךְ הָיָה (לִהְיוֹת 35) בָּחוּר בְּשֵׁם יוּבַל. גַּם תָּמִים מְאוֹד, אֲבָל יוֹם אֶחָד מָצָאתִי (לִמְצוֹא 94) אֶצְלוֹ מִכְתָּבִים מֵאִישָּׁה אַחֶרֶת. מַהֵר מְאוֹד עָזַבְתִּי (לַעֲזוֹב 129) אוֹתוֹ.

I grew up and wanted to date boys. My first boyfriend was very innocent. His name was Ohad. He lived in Tzora. One day he saw me on the way to the well. We were very young. He loved me very much. My first time was with him. Then there was a guy called Yuval. He was very innocent, too, but one day I found at his place letters from another woman. I left him very quickly.

וְאָז בָּא (לָבוֹא 9) שִׁמְשׁוֹן. שְׁמוֹ יָצָא (לָצֵאת 72) בְּאֶרֶץ הַזֹּאת, וּבֶאֱמֶת הוּא הָיָה (לִהְיוֹת 35) יָפֶה כְּמוֹ בְּסִיפּוּרִים. הָיוּ (לִהְיוֹת 35) לוֹ כְּתֵפַיִים רְחָבוֹת וּגְדוֹלוֹת וְשֵׂיעָר אָרוֹךְ שֶׁעָף (לָעוּף 127) בָּרוּחַ. הוּא רָאָה (לִרְאוֹת 170) אוֹתִי בָּעִיר מוֹכֶרֶת (לִמְכּוֹר 92) מַיִם. הוּא בָּא (לָבוֹא 9) אֵלַיי. כַּמּוּבָן שֶׁיָּדַעְתִּי (לָדַעַת 69) מִי זֶה. כּוּלָּם יוֹדְעִים (לָדַעַת 69) מִי הוּא שִׁמְשׁוֹן הַגִּיבּוֹר. בַּהַתְחָלָה לֹא מַמָּשׁ רָצִיתִי (לִרְצוֹת 177) אוֹתוֹ. אוֹ יוֹתֵר נָכוֹן, נָתַתִּי (לָתֵת 116) לוֹ לַעֲשׂוֹת (138) מַאֲמָץ.

And then came Samson. His name was famous across this land, and, indeed, he was as beautiful as in the stories. His shoulders were broad and big, and his long hair flew on the wind. He saw me in the city selling water. He went after me. And, of course, I knew who he was. Everybody knew who Samson the Hero was. At first, I didn't really want him. Or rather, I let him make an effort.

אֲנִי יוֹדַעַת (לָדַעַת 69) שֶׁלִּגְבָרִים, גַּם אִם הֵם גִּיבּוֹרִים, חָשׁוּב לָתֵת (116) אֶת הַתְּחוּשָׁה שֶׁאַתְּ

לֹא שֶׁלָּהֶם כָּל כָּךְ בְּקַלּוּת. הוּא בָּא (לָבוֹא 9) יוֹם-יוֹם אֶל הַשּׁוּק בּוֹ עָבַדְתִּי (לַעֲבוֹד 123). רָצָה (לִרְצוֹת 177) לִקְנוֹת (162) אוֹתִי. בְּכָל פַּעַם בָּא (לָבוֹא 9) עִם מַתָּנָה אַחֶרֶת. פְּרָחִים, שְׂעוֹרָה, חִיטָּה, בּוֹשֶׂם. וְאָז יוֹם אֶחָד זֶה קָרָה (לִקְרוֹת 167) - אֲנִי רָצִיתִי (לִרְצוֹת 177) אוֹתוֹ. וְאָהַבְנוּ (לֶאֱהוֹב 2). אַךְ כְּמוֹ כָּל מַעֲרֶכֶת יְחָסִים, בְּרֶגַע שֶׁלְּגֶבֶר אֵין אֶת תְּחוּשַׁת הַכִּיבּוּשׁ, סוֹפְרִים (לִסְפּוֹר 122) לְאָחוֹר. הוּא רוֹצֶה (לִרְצוֹת 177) כִּיבּוּשִׁים חֲדָשִׁים.

I know that with men, even if they are heroes, it is important to let them feel that you are not that easy to get. He came every day to the marketplace where I worked. He wanted to buy me. Every time he would bring a different present. Flowers, rye, wheat, perfume. And then, one day, it happened – I wanted him. And we loved each other. But like in every relationship, once the man loses the feeling of conquest, the countdown starts. He wants new conquests.

כְּאֵלֶּה הֵם הַגְּבָרִים. אֲבָל בַּתְּחִילָּה הוּא שָׂמַח (לִשְׂמוֹחַ 190) שֶׁיֵּשׁ לוֹ אוֹתִי. גַּרְנוּ (לָגוּר 22) בְּיַחַד שְׁנָתַיִים. שְׁנָתַיִים נֶהֱדָרוֹת בָּהֶן חַשְׁתִּי (לָחוּשׁ 53) תְּחוּשָׁה שֶׁל אֵיךְ זֶה לִהְיוֹת (35) מְפוּרְסֶמֶת. לִהְיוֹת (35) מוּכֶּרֶת. כּוּלָּם יָדְעוּ (לָדַעַת 69) שֶׁאֲנִי דְּלִילָה, אִשְׁתּוֹ שֶׁל... אַךְ פִּתְאוֹם חַשְׁתִּי (לָחוּשׁ 53) שֶׁשִּׁמְשׁוֹן אֵינוֹ רוֹצֶה (לִרְצוֹת 177) אוֹתִי כְּבֶעָבָר. חַשְׁתִּי (לָחוּשׁ 53) שֶׁאֲנִי לֹא מוֹשֶׁכֶת (לִמְשׁוֹךְ 96) אוֹתוֹ.

Men are like this. But at first, he was happy to have me. We lived together for two years. Two great years, during which I experienced what it is like to be famous. To be known. Everybody knew that I am Dalila, the wife of… Then suddenly, I felt that Samson doesn't want me like he used to. I felt that I didn't attract him.

הָיְיתָה (לִהְיוֹת 35) תְּחוּשָׁה שֶׁאֲנַחְנוּ כְּמוֹ שְׁנֵי זָרִים בַּמִּיטָה. כְּמוֹ שְׁנֵי אֲנָשִׁים שֶׁבְּמִקְרֶה יְשֵׁנִים (לִישׁוֹן 77) אֶחָד לְיַד הַשֵּׁנִי. זֹאת תְּחוּשָׁה מוּכֶּרֶת בְּזוּגִיּוּת אֲרוּכָּה. וְאָז קָלַטְתִּי (לִקְלוֹט 161) שֶׁהוּא בּוֹגֵד (לִבְגּוֹד 7) בִּי. הָיָה (לִהְיוֹת 35) לוֹ רֵיחַ לֹא מוּכָּר שֶׁנָּדַף (לִנְדּוֹף 98) מִמֶּנּוּ כְּשֶׁהָיָה (לִהְיוֹת 35) חוֹזֵר (לַחֲזוֹר 54) הַבַּיְתָה. הָיָה (לִהְיוֹת 35) מַשֶּׁהוּ שֶׁרָאִיתִי (לִרְאוֹת 170) בָּעֵינַיִים שֶׁלּוֹ. מַבָּט שֶׁל אַשְׁמָה.

It felt like we were two strangers in the bed. Like two persons that by chance sleep side by side. This is a common thing in long relationships. And then it dawned on me that he cheated on me. He had an unfamiliar fading smell when he was coming back home. There was something I saw in his eyes. A guilty look.

בַּתְּחִילָּה אָמַרְתִּי (לוֹמַר 5) לְעַצְמִי בְּלִיבִּי שֶׁיִּהְיֶה (לִהְיוֹת 35) לוֹ לִבְרִיאוּת. סוּג שֶׁל הַדְחָקָה מְסוּיֶּמֶת. אֲבָל אָז חַשְׁתִּי (לָחוּשׁ 53) זַעַם וְקִנְאָה. שְׁנֵי הָרְגָשׁוֹת הַהַרְסָנִיִּים בְּיוֹתֵר אֵצֶל נָשִׁים וּגְבָרִים. בְּעִיקָּר חָשַׁבְתִּי (לַחֲשׁוֹב 66) שֶׁאוּלַי אֲנִי לֹא יָפָה מַסְפִּיק. וְאוּלַי אֲנִי לֹא מוֹשֶׁכֶת (לִמְשׁוֹךְ 96) אוֹתוֹ. רָצִיתִי (לִרְצוֹת 177) לָקוּם (160) וְלָלֶכֶת (36), אֲבָל בְּעֶצֶם גַּם בָּעֲרָה (לִבְעוֹר 14) בִּי תְּחוּשַׁת הָעֶלְבּוֹן אֲשֶׁר לְבַסּוֹף יָצְרָה (לִיצוֹר 73) אֶת הָרָצוֹן לִנְקוֹם (113) בּוֹ.

At first, I told myself in my mind, let him have it. A repression of some sort. But then I felt anger and jealousy. The two most destructive emotions of all, in men and women. Mainly, I thought that maybe I am not pretty enough. And maybe I don’t attract him. I wanted to get up and leave, but there was also a feeling of insult burning inside of me, which finally made me to want to take my revenge on him.

נִגְמְרָה (לְהִיגָּמֵר 25) בִּי הָאַהֲבָה אֵלָיו. וְאָז הֵם מָצְאוּ (לִמְצוֹא 94) אוֹתִי. לֹא יוֹדַעַת (לָדַעַת 69) אֵיךְ. מַמָּשׁ כְּאִילּוּ קָלְטוּ (לִקְלוֹט 161) אֶת הָרְגָשׁוֹת שֶׁלִּי. הֵם מָצְאוּ (לִמְצוֹא 94) אוֹתִי, הַפְּלִשְׁתִּים. שָׁנִים הָיָה (לִהְיוֹת 35) בְּעִימּוּת אִיתָּם. לְבַסּוֹף הֶחֱלִיטוּ (לְהַחְלִיט 58) לִתְקוֹף (205) אוֹתוֹ בְּכָל דֶּרֶךְ וּמָצְאוּ (לִמְצוֹא 94) אֶת נְקוּדַּת הַחוּלְשָׁה שֶׁלּוֹ. הַנְּקוּדָּה הַזּוֹ הִיא הָאַהֲבָה הַגְּדוֹלָה שֶׁלּוֹ לְנָשִׁים. פָּנָה (לִפְנוֹת 142) אֵלַיי אִישׁ מְבוּגָּר בַּשּׁוּק וְאָמַר (לוֹמַר 5) שֶׁיֵּשׁ לוֹ הַצָּעָה עֲבוּרִי.

My love toward him was over. And then they found me. I don’t know how. As if they registered my emotions. They found me, the Philistines. He had been fighting with them for years. Finally, they decided to take on him in every possible way and found his weak point. That point was his great love of women. An old men approached me at the marketplace and said that he had a proposal for me.

בַּתְּחִילָּה אָמַרְתִּי (לוֹמַר 5) לוֹ לֹא. לֹא עָלָה (לַעֲלוֹת 131) בְּדַעְתִּי לִבְגּוֹד (7) בְּאִישׁ שֶׁאֲנִי אוֹהֶבֶת (לֶאֱהוֹב 2). אָמְנָם חַשְׁתִּי (לָחוּשׁ 53) שֶׁנִּגְמְרָה (לְהִיגָּמֵר 25) הָאַהֲבָה בֵּינֵינוּ, אַךְ עֲדַיִין לֹא חָשַׁבְתִּי (לַחֲשׁוֹב 66) לִבְגּוֹד (7) בּוֹ כָּךְ. וְאָז קָרָה (לִקְרוֹת 167) הַמִּקְרֶה , הַקַּשׁ שֶׁשָּׁבַר (לִשְׁבּוֹר 181) אֶת גַּב הַגָּמָל. רָאוּ (לִרְאוֹת 170) אֶת שִׁמְשׁוֹן הַגִּיבּוֹר בַּצִּיבּוּר עִם אַהֲבָתוֹ הַחֲדָשָׁה. אֵיזוֹ בּוּשָׁה. רָצִיתִי (לִרְצוֹת 177) לִנְקוֹם (113).

At first, I refused. It didn’t cross my mind to betray the person I loved. While I felt that the love between us was over, yet I didn’t think about betraying him. And then something came by, the straw that broke the camel's back. Samson the Hero was seen in public together with his new passion. What a humiliation! I wanted to avenge myself.

לָתֵת (116) לְכַעַס שֶׁבִּי דְּרוֹר. אָמַרְתִּי (לוֹמַר 5) לָאִישׁ, שֶׁפָּנָה (לִפְנוֹת 142) אֵלַיי שׁוּב, שֶׁאֶעֱשֶׂה (לַעֲשׂוֹת 138) מָה שֶׁרָצָה (לִרְצוֹת 177) וְאֶמְצָא (לִמְצוֹא 94) מַהוּ סוֹד כּוֹחוֹ שֶׁל שִׁמְשׁוֹן. וְכָךְ הָיָה (לִהְיוֹת 35). יוֹם אֶחָד בַּלַּיְלָה הוּא חָזַר (לַחֲזוֹר 54) שִׁיכּוֹר. וְיָדַעְתִּי (לָדַעַת 69) שֶׁיִּרְצֶה (לִרְצוֹת 177) לִשְׁכַּב (186) אִיתִּי. בְּדִיבּוּרַיי הָרַכִּים שָׁאַלְתִּי (לִשְׁאוֹל 180) אוֹתוֹ :"שִׁמְשׁוֹן בַּעֲלִי, אֱמוֹר (לוֹמַר 5) לִי מַהוּ סוֹד הַכּוֹחַ שֶׁלְּךָ?"

To give free rein to the anger within me. I said that man, who approached me again, that I would do what he wanted and find the secret of Samson’s strength. And so, it was done. One day he came back to me drunk. And I knew that he would want to sleep with me. With my soft voice I asked him, “Samson, my husband, tell me, what is the secret of your strength?”

.הוּא צָחַק (לִצְחוֹק 152) וְאָמַר: "זֶה הַשֵּׂיעָר... אַתְּ מְבִינָה (לְהָבִין 11)? אֲנִי נָזִיר ה', וְהַשֵּׂיעָר נוֹתֵן (לָתֵת 116) לִי כּוֹחַ". אַחֲרֵי שֶׁגָּמַר (לִגְמוֹר 25) וְיָשַׁן (לִישׁוֹן 77) עַל רַגְלַי גָּזַרְתִּי (לִגְזוֹר 23) אֶת הַשֵּׂיעָר, וּבַבּוֹקֶר כְּבָר תָּפְסוּ (לִתְפּוֹס 202) אוֹתוֹ. בַּתְּחִילָּה לֹא חַשְׁתִּי (לָחוּשׁ 53) דָּבָר. וְאָז הֵחֵלָּה (לְהָחֵל 59) תְּחוּשַׁת הָאַשְׁמָה הַנּוֹרָאִית יוֹצֵאת (לָצֵאת 72) מִמֶּנִּי. חַשְׁתִּי (לָחוּשׁ 53) שֶׁהָיִיתִי (לִהְיוֹת 35) פְּזִיזָה.

He laughed and said, “It’s the hair… you get? I am devoted to God, and the hair gives me strength.” After he finished and fell asleep on my thigh, I cut his hair, and already in the morning he was captured. At first, I felt nothing. And then a terrible sense of guilt started to come out of me. I felt that I acted haphazardly.

פִּתְאוֹם קָלַטְתִּי (לִקְלוֹט 161) שֶׁלֹּא כָּל דָּבָר שֶׁחָשִׁים (לָחוּשׁ 53) עָמוֹק בְּמַעֲרֶכֶת יְחָסִים צָרִיךְ לוֹמַר (5) אוֹ לַעֲשׂוֹת (138). אָמְנָם הוּא בָּגַד (לִבְגּוֹד 7) בִּי, אַךְ בָּגַדְתִּי (לִבְגּוֹד 7) בּוֹ בְּצוּרָה אַכְזָרִית בַּחֲזָרָה. וֵאלוֹהִים רוֹאֶה (לִרְאוֹת 170) וְשׁוֹמֵעַ (לִשְׁמוֹעַ 191) הַכּוֹל. אֲנִי חוֹשֶׁבֶת (לַחֲשׁוֹב 66) שֶׁלֹּא הָיִיתִי (לִהְיוֹת 35) צְרִיכָה לְוַותֵּר (41) לְעַצְמִי וְלָלֶכֶת (36) אַחֲרֵי הָרְגָשׁוֹת וְהַיְּצָרִים שֶׁלִּי. אֲנִי חוֹשֶׁבֶת (לַחֲשׁוֹב 66) שֶׁזֶּה אֶחָד הַדְּבָרִים שֶׁתָּמִיד אָחוּשׁ (לָחוּשׁ 53) צַעַר עֲלֵיהֶם. סְלִיחָה, שִׁמְשׁוֹן, וּסְלִיחָה, אֱלוֹהִים שֶׁלִּי.

Suddenly, it dawned on me that you should not say or act upon every deep emotion you have in a relationship. Yes, he betrayed me, but I betrayed him back ruthlessly. And God sees and hears everything. I think that I shouldn't have allowed myself to follow my emotions and instincts. I think this will be one of the things I'll always regret. I'm sorry, Samson. I'm sorry, my God.

Verbs

ENGLISH	HEBREW	TABLE	BINYAN
to love	לֶאֱהוֹב	*2*	*paal*
to betray	לִבְגּוֹד	*7*	*paal*
to come	לָבוֹא	*9*	*paal*
to cry	לִבְכּוֹת	*12*	*paal*
to burn	לִבְעוֹר	*14*	*paal*
to grow	לִגְדּוֹל	*21*	*paal*
to live, reside	לָגוּר	*22*	*paal*
to cut	לִגְזוֹר	*23*	*paal*

to finish	לִגְמוֹר	*25*	*paal*
to know	לָדַעַת	*69*	*paal*
to understand	לְהָבִין	*11*	*hifil*
to start	לְהָחֵל	*59*	*hifil*
to decide	לְהַחְלִיט	*58*	*hifil*
to end	לְהִיגָּמֵר	*25*	*nifal*
to be	לִהְיוֹת	*35*	*paal*
to allow, let (smbd do smth)	לְוַותֵּר	*41*	*piel*
to say	לוֹמַר	*5*	*paal*
to stop	לַחְדּוֹל	*49*	*paal*
to feel	לָחוּשׁ	*53*	*paal*
to return	לַחֲזוֹר	*54*	*paal*
to think	לַחֲשׁוֹב	*66*	*paal*
to create	לִיצוֹר	*73*	*paal*
to sleep	לִישׁוֹן	*77*	*paal*
to be angry	לִכְעוֹס	*80*	*paal*
to go	לָלֶכֶת	*36*	*paal*
to sell	לִמְכּוֹר	*92*	*paal*
to find	לִמְצוֹא	*94*	*paal*
to attract; to pull	לִמְשׁוֹךְ	*96*	*paal*
to dissipate	לִנְדּוֹף	*98*	*paal*
to avenge	לִנְקוֹם	*113*	*paal*
to count	לִסְפּוֹר	*122*	*paal*
to work	לַעֲבוֹד	*123*	*paal*
to pass	לַעֲבוֹר	*124*	*paal*
to fly	לָעוּף	*127*	*paal*
to leave	לַעֲזוֹב	*129*	*paal*
to rise	לַעֲלוֹת	*131*	*paal*

30

to do, make	לַעֲשׂוֹת	138	paal
to meet	לִפְגּוֹשׁ	140	paal
to contact; to apply	לִפְנוֹת	142	paal
to act, operate	לִפְעוֹל	145	paal
to exit, come out	לָצֵאת	72	paal
to laugh	לִצְחוֹק	152	paal
to get up	לָקוּם	160	paal
to receive, absorb; here: to understand	לִקְלוֹט	161	paal
to buy	לִקְנוֹת	162	paal
to call; to read	לִקְרוֹא	165	paal
to happen	לִקְרוֹת	167	paal
to see	לִרְאוֹת	170	paal
to want	לִרְצוֹת	177	paal
to ask	לִשְׁאוֹל	180	paal
to bear	לָשֵׂאת	114	paal
to break	לִשְׁבּוֹר	181	paal
to put	לָשִׂים	185	paal
to lie (down); also: to have sex	לִשְׁכַּב	186	paal
to be happy	לִשְׂמוֹחַ	190	paal
to hear	לִשְׁמוֹעַ	191	paal
to catch, grab	לִתְפּוֹס	202	paal
to attack	לִתְקוֹף	205	paal
to give, let	לָתֵת	116	paal

More Vocabulary

ENGLISH		HEBREW
betrayal(s)	f	בְּגִידָה/ בְּגִידוֹת
my body	m	גוּפִי = גוּף שֶׁלִּי
the feeling of betrayal	f	תְּחוּשַׁת הַבְּגִידָה
sensation, feeling	f	תְּחוּשָׁה/ תְּחוּשׁוֹת
my mother	f	אִימִּי = אִמָּא שֶׁלִּי
argument(s), dispute(s)	m	וִיכּוּחַ/ וִיכּוּחִים
tension	m	מֶתַח
my father	m	אָבִי = אַבָּא שֶׁלִּי
his work	f	עֲבוֹדָתוֹ = עֲבוֹדָה שֶׁלּוֹ
his knees	f	בִּרְכָּיו = בִּרְכַּיִים שֶׁלּוֹ
with his beard		בִּזְקָנוֹ
like a kind of compensation		כְּמוֹ סוּג שֶׁל פִּיצּוּי
tie(s), connection(s)	m	קֶשֶׁר/ קְשָׁרִים
without him		בִּלְעָדָיו
son(s)	m	בֵּן/בָּנִים
naïve, innocent	m/f	תָּמִים/ תְּמִימָה
in Tzora (place name)		בְּצָרְעָה
well(s)	f	בְּאֵר/ בְּאֵרוֹת
from another woman		מֵאִישָּׁה אַחֶרֶת
wide shoulders	f, pl	כְּתֵפַיִים רְחָבוֹת
Samson (literally: Samson the Hero)		שִׁמְשׁוֹן הַגִּיבּוֹר
effort(s)	m	מַאֲמָץ/ מַאֲמַצִּים
man/men	m	גֶּבֶר/ גְּבָרִים

with ease		בְּקַלּוּת
rye	f	שְׂעוֹרָה
wheat	f	חִיטָּה
perfume, scent	m	בּוֹשֶׂם/ בְּשָׂמִים
relationship(s)	f	מַעֲרֶכֶת/ מַעֲרָכוֹת יְחָסִים
the feeling of conquest		תְּחוּשַׁת הַכִּיבּוּשׁ
new conquests	m	כִּיבּוּשִׁים חֲדָשִׁים
at the beginning		בַּתְּחִילָּה
familiar	m/f	מוּכָּר/ מוּכֶּרֶת
smell(s)	m	רֵיחַ/ רֵיחוֹת
repression	f	הַדְחָקָה
anger and jealousy		זַעַם וְקִנְאָה
the most destructive emotions	m	הָרְגָשׁוֹת הַהַרְסָנִיִּים בְּיוֹתֵר
insult, offence	m	עֶלְבּוֹן/ עֶלְבּוֹנוֹת
the Philistines	m, pl	הַפְּלִשְׁתִּים
in conflict		בְּעִימּוּת
weakness(es)	f	חוּלְשָׁה/ חוּלְשׁוֹת
offer(s)	f	הַצָּעָה/ הַצָּעוֹת
in my mind		בְּדַעְתִּי
straw(s)	m	קַשׁ/ קָשִׁים
secret(s)	m	סוֹד/ סוֹדוֹת
drunk	m/f	שִׁיכּוֹר/ שִׁיכּוֹרָה
soft	m/f	רַךְ/ רַכָּה
ascetic, hermit; literally: God's monk	m	נְזִיר ה'
haphazard, hasty	m/f	פָּזִיז/ פְּזִיזָה

deep	m/f	עָמוֹק/ עֲמוּקָה
cruel manner	f	צוּרָה אַכְזָרִית
back		בַּחֲזָרָה
tendency; urge	m	יֵצֶר/ יְצָרִים
regret	m	צַעַר
for them		עֲלֵיהֶם

3. The Island

הָאִי

Audio file: https://youtu.be/xZ-xfcAbgtM

עוֹד יוֹם חָדָשׁ נִפְתַּח (לְהִיפָּתַח 150). כָּךְ חָשַׁבְתִּי (לַחֲשׁוֹב 66) כַּאֲשֶׁר חַשְׁתִּי (לָחוּשׁ 53) אֶת קַרְנֵי הַשֶּׁמֶשׁ נוֹגְעוֹת (לִנְגּוֹעַ 97) לִי בְּפָנִים. שָׁכַבְתִּי (לִשְׁכַּב 186) בְּמִיטָתִי הַמְּאוּלְתֶּרֶת עַל הָאִי, וְהַהֲבָנָה הַזּוֹ חָדְרָה (לַחְדּוֹר 50) לְמוֹחִי - שֶׁעוֹד יוֹם נִפְתַּח (לְהִיפָּתַח 150), וַאֲנִי לְבַדִּי. לִהְיוֹת (35) עַל הָאִי לְבַדִּי הוּא דָּבָר שֶׁקָּשֶׁה לִי מְאוֹד. כָּל יוֹם בַּבּוֹקֶר אֲנִי חוֹשֵׁב (לַחֲשׁוֹב 66) מַדּוּעַ עָלַי לָקוּם (160)? מַדּוּעַ לָלֶכֶת (36) הָלְאָה? הָאִי הוּא אִי יָרוֹק, וְכוּלּוֹ פְּרִיחָה.

Another day has begun. This was my thought as the sun rays touched my face. I lied in my makeshift bed on the island, and this understanding penetrated my brain – that another day has begun, and I am alone. It's very hard to me to be alone on the island. Every morning I think, why should I get up? Why to go on? The island is green and blossoming.

יֵשׁ בּוֹ רֵיחַ עָשִׁיר שֶׁל צִמְחִיָּיה. אֲנִי יוֹשֵׁן (לִישׁוֹן 77) לְיַד מִפְרַץ הַצְּדָפִים, וּלְעִיתִּים אֲנִי רוֹאֶה (לִרְאוֹת 170) יוֹנְקִים יַמִּיִּים שֶׁבָּאִים (לָבוֹא 9) לִשְׂחוֹת (183) בַּמִּפְרָץ. הָאִי הוּא מַרְהִיב וְיָפֶה. אַךְ בַּבּוֹקֶר הַזֶּה אֲנִי נִלְחָם (לְהִילָּחֵם 84) לְשַׁכְנֵעַ (187) אֶת עַצְמִי שֶׁכְּדַאי לִי לָקוּם (160) מִן הַמִּיטָּה. בְּרֶגַע מְסוּיָּם אֲנִי עוֹשֶׂה (לַעֲשׂוֹת 138) זֹאת וְאָז עוֹשֶׂה (לַעֲשׂוֹת 138) אֶת פְּעוּלּוֹת הַבּוֹקֶר הַקְּבוּעוֹת שֶׁלִּי.

The fragrance of flowers is rich. I sleep near the oyster gulf, and sometimes I see sea mammals swimming into the gulf. The island is exciting and beautiful. But every morning I struggle to convince myself that there is a point in getting up. At some point I do get up and go through my usual morning routine.

שְׁטִיפַת פָּנִים, רַחֲצָה בְּשֶׁפֶךְ הַנָּהָר לַיָּם, אֲכִילַת בָּנָנוֹת וּשְׁתִיַּית קוֹקוֹס. אֲבָל בַּבּוֹקֶר הַזֶּה קָרָה (לִקְרוֹת 167) מַשֶּׁהוּ שׁוֹנֶה. הַבּוֹקֶר קָרָה (לִקְרוֹת 167) שִׁינּוּי מַדְהִים. בְּקַו הָאוֹפֶק שֶׁל הַיָּם רָאִיתִי (לִרְאוֹת 170) אוֹנִיָּיה. אוֹנִיָּיה שֶׁגָּדְלָה (לִגְדּוֹל 21) כְּכוֹל שֶׁנָּעַצְתִּי (לִנְעוֹץ 109) בָּהּ מַבָּטִים בְּהִשְׁתַּהוּת, עַד שֶׁלְּבַסּוֹף עָגְנָה (לַעֲגוֹן 125) מוּל הָאִי אוֹנִיַּית נוֹסְעִים גְּדוֹלָה. אוֹנִיַּית נוֹפֶשׁ. גְּדוֹלָה וּמְלֵאָה בִּצְבָעִים עַל גּוּפָהּ.

Washing my face, bathing in the mouth of the river, eating bananas, and drinking coconut. But this morning something different happened. This morning, there was an incredible change. On the sea horizon, I saw a boat. A boat that was growing larger as I watched it belatedly, until at last a large passenger ship anchored near the island. A cruise ship. Large, full of colours all over it.

מִתּוֹךְ הָאוֹנִיָּה בָּקְעָה (לִבְקוֹעַ 16) מוּזִיקַת דִּיסְקוֹ וְנִרְאָה (לְהֵירָאוֹת 170) שֶׁהָיְיתָה (לִהְיוֹת 35) פְּעִילוּת שֶׁל סְפּוֹרְט לְיַד הַבְּרֵיכָה. לְפֶתַע פָּסְקָה (לִפְסוֹק 144) הַמּוּזִיקָה וְנִשְׁמַע (לְהִישָּׁמַע 191) קוֹל הַקֶּפְּטֶן: "שִׂימוּ (לָשִׂים 185) לֵב רַבּוֹתַיי, חֲדָשׁוֹת מַרְעִישׁוֹת, מִצַּד יָמִין אָנוּ רוֹאִים (לִרְאוֹת 170) אֶת אֶחָד מִיְּלִידֵי הָאִיִּים. לֹא נִרְאֶה (לִרְאוֹת 170) כָּזֶה שָׁנִים. שִׂימוּ (לָשִׂים 185) לֵב רַבּוֹתַיי, הוּא נוֹעֵץ (לִנְעוֹץ 109) מַבָּטִים גַּם בָּנוּ".

I could hear sounds of disco music coming from it, and there seemed to be some sport activity near the pool. Suddenly, the music stopped, and I heard the captain's voice: "Ladies and gentlemen, breaking news! On your right side you can see one of the indigenous island dwellers. We won't see anything like this in many years to come. Ladies and gentlemen, pay attention, he's watching us!"

קָהָל שֶׁל אֲלָפִים נָהַר (לִנְהוֹר 100) לְצִדָּהּ הַיְּמָנִי שֶׁל הָאוֹנִיָּה, אַלְפֵי מַבָּטִים נִנְעֲצוּ (לְהִינָּעֵץ 109) בִּי, וְקוֹלוֹת שֶׁל תַּדְהֵמָה עָלוּ (לַעֲלוֹת 131) מֵהֶם. יֶלֶד קָטָן אַף צָעַק (לִצְעוֹק 155): "תִּרְאוּ (לִרְאוֹת 170), הוּא עֵירוֹם". כָּל הָאֲנָשִׁים צָחֲקוּ (לִצְחוֹק 152). הַקֶּפְּטֶן עָלָה (לַעֲלוֹת 131) שֵׁנִית בָּרַמְקוֹל: "רַבּוֹתַיי וּגְבִירוֹתַיי, אֲנִי קוֹבֵעַ (לִקְבּוֹעַ 159) שֶׁהַיּוֹם זוֹכֵה תַּחֲרוּת הַבִּינְגוֹ שֶׁל הָאוֹנִיָּה יִזְכֶּה (לִזְכּוֹת 43) לַאֲרוּחַת עֶרֶב עִם יְלִיד הָאִי.

Thousands of spectators rushed to the right side of the ship, thousands of eyes stared at me, and I could hear their amazed gasps. A small boy even shouted, "Look, he is naked!" Everybody laughed. The captain got on the loudspeaker again: "Ladies and gentlemen, I hereby decide that today the winner of the ship's bingo contest will be granted a dinner with the island dweller.

אָנוּ נָכִין (לְהָכִין 78) אֶת אֲרוּחַת הָעֶרֶב, וְאַתֶּם תִּזְכּוּ (לִזְכּוֹת 43) לְבִיקּוּר בָּאִי וְשִׂיחָה עִמּוֹ". שָׁמַעְתִּי (לִשְׁמוֹעַ 191) זֹאת וּמִיָּד חַשְׁתִּי (לָחוּשׁ 53) פַּחַד. מִי הָאִישׁ הַזֶּה שֶׁיָּבוֹא (לָבוֹא 9) אֵלַיי? הַאִם הוּא יִיקַּח (לָקַחַת 88) אֶת הָאִי שֶׁלִּי? מַדּוּעַ לֹא שָׁאֲלוּ (לִשְׁאוֹל 180) אוֹתִי? מָה אֶלְבַּשׁ (לִלְבּוֹשׁ 83)? אֵין לִי בְּגָדִים כְּלָל, וְגַם אֵין לִי אוֹכֶל.

We'll prepare a dinner, and you'll get to visit on the island and speak with him." I heard that and immediately felt scared. Who will be the person that will come to me? Will he take my island from me? Why didn't they ask me? What will I wear? I don't have any clothes or food.

הָאוֹנִיָּיה רָחֲקָה (לִרְחֹק 173) שׁוּב מִן הָאִי. קוֹלוֹת הַמּוּזִיקָה נִשְׁמְעוּ (לְהִישָּׁמַע 191) מֵרָחוֹק וְהַכָּרוֹז הִכְרִיז (לְהַכְרִיז 81): "יֵשׁ פְּעִילוּת יוֹגָה מוּל הַבְּרֵיכָה וְתַחֲרוּת הַבִּינְגוֹ מִיָּד תָּשׁוּב (לָשׁוּב 182) אֵלֵינוּ". יָדַעְתִּי (לָדַעַת 69) שֶׁהַזְּמַן שֶׁלִּי קָצוּב עַד הָעֶרֶב, וְעָלַי לִפְתּוֹר (151) אֶת הַנּוֹשֵׂא שֶׁל הַבְּגָדִים. וְכֵן עָלַיי לִמְצוֹא (94) סַכּוּ"ם וְגַם שׁוּלְחָן, וַאֲנִי כּוּלִּי תִּקְוָוה שֶׁהָאוֹרֵחַ יָבוֹא (לָבוֹא 9) עִם הָאוֹכֶל, כִּי אֵין לִי כָּאן מָה לֶאֱכוֹל (4).

The ship moved farther away from the island. I could hear the sounds of music from afar, and the announcer proclaimed: "There is a yoga class at the pool's side, and the bingo context will resume at once." I knew that I had time until the evening, and that I had to take care of the clothes. And I also had to find silverware, and a table, and I was hopeful that my guest would bring some food, because I had nothing to eat here.

מַהֵר תָּפַרְתִּי (לִתְפּוֹר 203) בְּגָדִים מֵעֲלֵי בָּנָנוֹת שֶׁמָּצָאתִי (לִמְצוֹא 94) עַל הַחוֹף. תָּפַרְתִּי (לִתְפּוֹר

203) וֶסְט, כּוֹבַע וְנַעֲלַיִים. רָאִיתִי (לִרְאוֹת 170) אֶת הַהִשְׁתַּקְּפוּת שֶׁלִּי בַּנָּהָר. אָמַרְתִּי (לוֹמַר 5) לְעַצְמִי בַּלֵּב: "אוּלַי עָדִיף בְּלִי?" אַךְ הֶחְלַטְתִּי (לְהַחְלִיט 58) לִזְרוֹם (45) עִם הַתּוֹצָאָה. עָבַרְתִּי (לַעֲבוֹר 124) עַל כָּל הָאִי. הוֹרַדְתִּי (לְהוֹרִיד 74) אָבָק מֵעֲלֵי הַבָּנָנוֹת, שָׁטַפְתִּי (לִשְׁטוֹף 184) אֶת הַשֵּׁירוּתִים. בָּנִיתִי (לִבְנוֹת 13) אֶת כְּלֵי הָאוֹכֶל וְעָרַכְתִּי (לַעֲרוֹךְ 137) אֶת הַשּׁוּלְחָן.

I quickly sew some clothes with banana leaves I had found on the beach. I sew a vest, a hat, and a pair of shoes. I saw my reflection in the river. I told to myself, “Maybe it’s better without these?” But I decided to go with the flow. I went through the island. I dusted the banana leaves, cleaned the bathroom. I built the dishes and set the table.

וְזֶהוּ, גָּמַרְתִּי (לִגְמוֹר 25). וְאָז סָפַרְתִּי (לִסְפּוֹר 122) אֶת הַדַּקּוֹת וְהַשָּׁעוֹת עַד שֶׁיָּבוֹא (לָבוֹא 9) הָאוֹרֵחַ. סוֹף סוֹף הָעֶרֶב בָּא (לָבוֹא 9), וְשׁוּב שָׁמַעְתִּי (לִשְׁמוֹעַ 191) אֶת הַמּוּזִיקָה מִן הָאוֹנִיָּיה וְקָרַבְתִּי (לִקְרוֹב 166) אֶל הַחוֹף. מִתּוֹךְ הָאוֹנִיָּיה יָצְאָה (לָצֵאת 72) סִירָה קְטַנָּה, וּבְתוֹכָהּ שְׁתֵּי דְּמוּיוֹת. הֵם קָרְבוּ (לִקְרוֹב 166) אֶל הַחוֹף. כַּאֲשֶׁר עָגְנוּ (לַעֲגוֹן 125), קָפְצוּ (לִקְפּוֹץ 164) מִתּוֹכָהּ שְׁנַיִים. דְּמוּת אַחַת גְּבוֹהָה, כּוּלָּהּ מְלֵאָה בְּנוֹצוֹת, וְהַדְּמוּת הַשְּׁנִיָּיה הִיא קְטַנָּה יוֹתֵר.

And that’s it, I was done. Then, I counted the minutes and hours until my guest’s visit. At last, the evening came, and I heard again the music from the ship and came closer to the shore. A small sailing boat dispatched from the ship with two figures in it. They get closer to the land. As they anchored, two persons jumped out of the boat. One person was tall, wearing lots of feathers, and the other was shorter.

הָאִישׁ עִם הַנּוֹצוֹת פָּתַח (לִפְתּוֹחַ 150) וְאָמַר (לוֹמַר 5):"שָׁלוֹם, אֲנִי מְנַהֵל הַבִּידּוּר שֶׁל הָאוֹנִיָּיה. שְׁמִי אָדָם. בָּאנוּ (לָבוֹא 9) לַעֲשׂוֹת (138) לְךָ שָׂמֵחַ .בָּאנוּ (לָבוֹא 9) עִם דָּגִים, סוּשִׁי, אוֹכֶל סִינִי וְשַׁמְפַּנְיָה .גַּם אוֹרֵחַ הַכָּבוֹד פֹּה, זוֹכֶה תַּחֲרוּת הַבִּינְגוֹ שֶׁל הָאוֹנִיָּיה - אֶלְדָּד כֹּהֵן". הַבָּחוּר הַקָּטָן יוֹתֵר אָמַר (לוֹמַר 5) לִי: "חֲלוֹם חַיַּי הוּא לָגוּר 22 בְּאִי בּוֹדֵד. לֶאֱכוֹל (4) מִן הַיָּם וְלִהְיוֹת (35) שָׂמֵחַ..."

The man with the feathers began, “Greetings, I am the entertainment manager of the cruise. My name is Adam. We’ve come to entertain you. We’ve brought fish, sushi, Chinese food, and champagne. Our guest of honour is here, too, the winner of the cruise’s bingo contest – Eldad Cohen. The shorter guy said to me, “It is my life’s dream to live on a desert island. To eat seafood and be happy…”

פָּתַחְתִּי (לִפְתּוֹחַ 150) וְאָמַרְתִּי (לוֹמַר 5): "בְּרוּכִים הַבָּאִים (לָבוֹא 9). אַךְ אֲנִי חוֹשֵׁב (לַחֲשׁוֹב 66) שֶׁאֵין מָקוֹם בְּאִי לְעוֹד אֶחָד. הָאִי מָלֵא".

מְנַהֵל הַבִּידּוּר אָמַר (לוֹמַר 5): "אָנָּא מִמְּךָ, זֶה רַק לַאֲרוּחַת עֶרֶב. עֲשֵׂה (לַעֲשׂוֹת 138) מְעַט מָקוֹם לָאוֹרֵחַ שֶׁלְּךָ, תֹּאכְלוּ (לֶאֱכוֹל 4) מַשֶּׁהוּ, וְאָז תֹּאמַר (לוֹמַר 5) לָנוּ מָה רְצוֹנְךָ."

I said, “Welcome. But I don’t think this island has room for another person. The island is full.” The entertainment manager said, “Please, this is only for a dinner. Please make a little room for your guest, eat something, and then tell us what you want.”

וְכָךְ נִפְתְּחָה (לְהִיפָּתַח 150) אֲרוּחַת הָעֶרֶב. אִישׁ הַבִּידּוּר חָזַר (לַחֲזוֹר 54) לָאוֹנִיָּיה, וְרַק אֲנִי וְאֶלְדָּד הָיִינוּ (לִהְיוֹת 35) עַל הָאִי. אוֹכְלִים (לֶאֱכוֹל 4)

סוּשִׁי. אֶלְדָּד רָצָה (לִרְצוֹת 177) שֶׁאֶרְאֶה (לְהַרְאוֹת 170) לוֹ אֶת הָאִי. הָלַכְנוּ (לָלֶכֶת 36) שָׁעוֹת בָּרֶגֶל יַחְדָּיו. לְאַחַר מִכֵּן אֶלְדָּד לָקַח (לָקַחַת 88) עַל עַצְמוֹ לִבְנוֹת (13) דְּבָרִים חֲדָשִׁים בָּאִי. הוּא בָּנָה (לִבְנוֹת 13) בַּיִת נוֹסָף. הוּא בָּנָה (לִבְנוֹת 13) מִיטָּה חֲדָשָׁה.

And so, the dinner started. The entertainment manager went back to the ship, and Eldad and I stayed on the island alone. We ate sushi. Eldad asked for a tour of the island. We walked together for hours. After that, Eldad volunteered to build some new things on the island. He built another house. He built a new bed.

עָבַר (לַעֲבוֹר 124) כָּל הַלַּיְלָה וּבְבוֹקֶר יָרַדְנוּ (לָרֶדֶת 74) שׁוּב אֶל הַחוֹף וְרָאִינוּ (לִרְאוֹת 170) שֶׁהָאוֹנִיָּה אֵינֶנָּה. הֵם עָזְבוּ (לַעֲזוֹב 129). כָּעֵת אָנוּ גָּרִים (לָגוּר 22) יַחְדָּיו עַל הָאִי וּבוֹנִים (לִבְנוֹת 13) אוֹתוֹ מֵחָדָשׁ. אַךְ עֲדַיִין אֵינִי יוֹדֵעַ (לָדַעַת 69) הַאִם רָצִיתִי (לִרְצוֹת 177) אֶת הַמַּצָּב הֶחָדָשׁ וְהַאִם אֲנִי שָׂמֵחַ. הַאִם רוֹצֶה (לִרְצוֹת 177) אֲנִי לִהְיוֹת (35) לְבַד אוֹ לִהְיוֹת (35) יַחַד עִם אָדָם אַחֵר עַל הָאִי? הַשְּׁאֵלָה הַגְּדוֹלָה הִיא מָה יִקְרֶה (לִקְרוֹת 167) אִם לֹא אֶרְצֶה (לִרְצוֹת 177) בְּכָךְ? הַאִם יֵשׁ דֶּרֶךְ חֲזָרָה? הֲרֵי כְּבָר אֵין אוֹנִיָּה יוֹתֵר, הִיא עָזְבָה (לַעֲזוֹב 129).

He worked all night, and in the morning, we went down to the shore and saw that the ship was gone. They left. Now, we live together on the island and build it from scratch. But I still don't know did I wish for the present situation to happen, and am I happy? Do I want to be alone, or to be with another person on the island? The big question is, what if I don't want it? Is there a way back? After all, the ship isn't here anymore, it sailed.

Verbs

ENGLISH	HEBREW	TABLE	BINYAN
to eat	לֶאֱכוֹל	*4*	*paal*
to say	לוֹמַר	*5*	*paal*
to come	לָבוֹא	*9*	*paal*
to build	לִבְנוֹת	*13*	*paal*
to emerge, to break through	לִבְקוֹעַ	*16*	*paal*
to grow, become bigger	לִגְדּוֹל	*21*	*paal*
to live, reside	לָגוּר	*22*	*paal*
to finish	לִגְמוֹר	*25*	*paal*
to be	לִהְיוֹת	*35*	*paal*
to go	לָלֶכֶת	*36*	*paal*
to win; to achieve;	לִזְכּוֹת	*43*	*paal*
to flow; here: to let smth be	לִזְרוֹם	*45*	*paal*
to penetrate, intrude	לַחְדּוֹר	*50*	*paal*
to feel	לָחוּשׁ	*53*	*paal*
to return	לַחֲזוֹר	*54*	*paal*
to decide	לְהַחְלִיט	*58*	*hifil*
to think	לַחֲשׁוֹב	*66*	*paal*
to know	לָדַעַת	*69*	*paal*
to exit, to come out	לָצֵאת	*72*	*paal*
to put down; to remove	לְהוֹרִיד	*74*	*hifil*
to get down	לָרֶדֶת	*74*	*paal*
to sleep	לִישׁוֹן	*77*	*paal*
to prepare	לְהָכִין	*78*	*hifil*
to announce	לְהַכְרִיז	*81*	*hifil*
to wear	לִלְבּוֹשׁ	*83*	*paal*

to fight	לְהִילָּחֵם	*84*	*nifal*
to take	לָקַחַת	*88*	*paal*
to find	לִמְצוֹא	*94*	*paal*
to touch	לִנְגּוֹעַ	*97*	*paal*
to throng, to flow	לִנְהוֹר	*100*	*paal*
to be put into smth	לְהִינָּעֵץ	*109*	*nifal*
to affix; to insert	לִנְעוֹץ	*109*	*paal*
to count	לִסְפּוֹר	*122*	*paal*
to pass	לַעֲבוֹר	*124*	*paal*
to anchor	לַעֲגוֹן	*125*	*paal*
to leave	לַעֲזוֹב	*129*	*paal*
to get up; to rise	לַעֲלוֹת	*131*	*paal*
to arrange; to prepare; to set	לַעֲרוֹךְ	*137*	*paal*
to do, to make	לַעֲשׂוֹת	*138*	*paal*
to stop	לִפְסוֹק	*144*	*paal*
to open	לְהִיפָּתַח	*150*	*nifal*
to open; to begin	לִפְתּוֹחַ	*150*	*paal*
to solve	לִפְתּוֹר	*151*	*paal*
to laugh	לִצְחוֹק	*152*	*paal*
to scream, to shout	לִצְעוֹק	*155*	*paal*
to determine, to decide	לִקְבּוֹעַ	*159*	*paal*
to get up	לָקוּם	*160*	*paal*
to jump	לִקְפּוֹץ	*164*	*paal*
to get closer	לִקְרוֹב	*166*	*paal*
to happen	לִקְרוֹת	*167*	*paal*
to seem, look; to be seen	לְהֵירָאוֹת	*170*	*nifal*
to show	לְהַרְאוֹת	*170*	*hifil*

to see	לִרְאוֹת	*170*	*paal*
to become more distant	לְרַחֵק	*173*	*piel*
to want	לִרְצוֹת	*177*	*paal*
to ask	לִשְׁאוֹל	*180*	*paal*
to return	לָשׁוּב	*182*	*paal*
to swim	לִשְׂחוֹת	*183*	*paal*
to wash	לִשְׁטוֹף	*184*	*paal*
to put	לָשִׂים	*185*	*paal*
to lie (down)	לִשְׁכַּב	*186*	*paal*
to convince	לְשַׁכְנֵעַ	*187*	*piel*
to be heard	לְהִישָּׁמַע	*191*	*nifal*
to hear	לִשְׁמוֹעַ	*191*	*paal*
to saw	לִתְפּוֹר	*203*	*paal*

More Vocabulary

ENGLISH		HEBREW
the island(s)	m	הָאִי/ הָאִיִּים
sunrays	f, pl	קַרְנֵי הַשֶּׁמֶשׁ
my makeshift bed		מִיטָּתִי הַמְּאוּלְתֶּרֶת
the understanding(s)	f	הַהֲבָנָה/ הַהֲבָנוֹת
my brain	m	מוֹחִי = מוֹחַ שֶׁלִּי
why should I		מַדּוּעַ עָלַי
further, on		הָלְאָה
blossoming, bloom		פְּרִיחָה
rich smell(s)	m	רֵיחַ עָשִׁיר/ רֵיחוֹת עֲשִׁירִים
vegetation	f	צִמְחִיָּה

oyster gulf(s)		מִפְרַץ/ מִפְרְצִים הַצְּדָפִים
sometimes		לְעִיתִּים
marine mammals		יוֹנֵק יַמִּי/ יוֹנְקִים יַמִּיִּים
spectacular, breathtaking	m/f	מַרְהִיב / מַרְהִיבָה
at a certain moment, at one point		בְּרֶגַע מְסוּיָּם
morning activity(es)		פְּעוּלַּת/ פְּעוּלּוֹת הַבּוֹקֶר
regular, fixed, constant	m/f	קָבוּעַ/ קְבוּעָה
face washing	f	שְׁטִיפַת פָּנִים
bathing	f	רַחֲצָה
the river's mouth		שֶׁפֶךְ הַנָּהָר
amazing, wonderful	m/f	מַדְהִים/ מַדְהִימָה
the horizon line	m	קַו הָאוֹפֶק
ship(s), boat(s)	f	אוֹנִיָּה/ אוֹנִיּוֹת
look(s), glance(s)	m	מַבָּט/ מַבָּטִים
belatedly, slowly		בְּהִשְׁתַּהוּת
in the end, after all, finally		שֶׁלְּבַסּוֹף
large passenger ship(s)		אוֹנִיַּית/ אוֹנִיּוֹת נוֹסְעִים גְּדוֹלָה
vacation		נוֹפֶשׁ
suddenly		לְפֶתַע
captain's voice	m	קוֹל הַקַּפִּטָן
noisy	m/f	מַרְעִישׁ/ מַרְעִישָׁה
native	m	יָלִיד/ יְלִידִים
crowd, audience	m	קָהָל
amazement, shock	f	תַּדְהֵמָה
naked	m/f	עֵירוֹם/ עֵירוּמָּה

loudspeaker	m	רַמְקוֹל/ רַמְקוֹלִים
winner	m/f	זוֹכֶה/ זוֹכָה
the bingo contest(s)	f	תַּחֲרוּת/תַּחֲרוּיוֹת הַבִּינְגוֹ
fear(s)	m	פַּחַד/ פְּחָדִים
announcer(s)	m	כָּרוֹז/ כָּרוֹזִים
activity(es)	f	פְּעִילוּת/ פְּעִילוּיוֹת
limited, defined, measured	m/f	קָצוּב/ קְצוּבָה
until evening		עַד הָעֶרֶב
abbreviated “knife, spoon &fork” commonly used to mean ‘cutllery’	m	סכו"ם = סַכִּין, כַּף, מַזְלֵג
guest(s)	m	אוֹרֵחַ/ אוֹרְחִים
banana leaf(ves)	m	עָלֵה עֲלֵי בָּנָנוֹת
reflection(s)	f	הִשְׁתַּקְּפוּת/ שְׁתַּקְּפוּיוֹת
result(s)	f	תּוֹצָאָה/ תּוֹצָאוֹת
dust	m	אָבָק
dish(es), eating utensil(s)	m	כְּלִי כְּלֵי הָאוֹכֶל
figure(s), shape(s); character(s)		דְּמוּת/◌ְמוּיוֹת
feather(s)	f	נוֹצָה/ נוֹצוֹת
entertainment	m	בִּידּוּר
honorary guest	m	אוֹרֵח הַכָּבוֹד
my life’s dream(s)		חֲלוֹם/ חֲלוֹמוֹת חַיַּי
entertainment manager		מְנַהֵל הַבִּידּוּר
your wish(s)		רְצוֹנְךָ = רָצוֹן/ רְצוֹנוֹת שֶׁלְּךָ
she isn’t		אֵינֶנָּה
now, currently		כָּעֵת
with that; in that;		בְּכָךְ

4. The Fat Boy

הַיֶּלֶד הַשָּׁמֵן

Audio file: https://youtu.be/cgm7WehrIwk

אֲנִי בֶּן אַרְבַּע עֶשְׂרֵה. אֲנִי לְבַד. אֲנִי לֹא יָכוֹל (no infinitive) לָלֶכֶת (36) לַבְּרֵיכָה. הֵם צוֹחֲקִים (לִצְחוֹק 152) עָלַיי. הֵם אוֹמְרִים (לוֹמַר 5) שֶׁיֵּשׁ לִי שָׁדַיִים כְּמוֹ בַּחוּרָה. אֲנִי שָׁמֵן. גַּם אַבָּא שֶׁלִּי גַּם צוֹחֵק (לִצְחוֹק 152) עָלַי הוּא אוֹמֵר (לוֹמַר 5) לִי: "כַּמָּה אַתָּה אוֹכֵל (לֶאֱכוֹל 4)? אַתָּה רוֹצֶה (לִרְצוֹת 177) לִהְיוֹת (35) שָׁמֵן?" אֲנִי רוֹאֶה (לִרְאוֹת 170) אוֹתוֹ בְּרְאִי, אֶת הַיֶּלֶד הַשָּׁמֵן. הוּא מְאוֹד חָזָק. הוּא צוֹעֵק (לִצְעוֹק 155) עָלַי:

I am fourteen. I am alone. I can't go to the pool. They laugh at me. They say I have breasts like a girl. I am fat. My father laughs at me, too. He says to me, "How much do you eat? Do you want to be fat?" I see him in the mirror, the fat kid. He is very strong. He shouts at me,

"אַתָּה מְאוֹד שָׁמֵן, אַף פַּעַם לֹא יִהְיוּ (לִהְיוֹת 35) לְךָ חֲבֵרִים". אֲנִי לֹא רוֹצָה (לִרְצוֹת 177) לִשְׁמוֹעַ (191) אוֹתוֹ, אֲבָל אֲנִי כָּל כָּךְ קָטָן וְחַלָּשׁ. אֵין לִי

קוֹל. הַיֶּלֶד הַשָּׁמֵן הַזֶּה חָזָק מְאוֹד. הוּא חוֹנֵק (לַחֲנוֹק 63) אוֹתִי, הוּא יָכוֹל (no infinitive) לַהֲרוֹג (39) אוֹתִי. אֲנַחְנוּ נִלְחָמִים (לְהִילָּחֵם 84) וְהוּא גּוֹבֵר (לִגְבּוֹר 20) עָלַי. אֲנִי לֹא יוֹצֵא (לָצֵאת 72) מִן הַבַּיִת יוֹתֵר.

"You are very fat, you'll never have any friends." I don't want to hear him, but I am so small and weak. I have no voice. The fat kid is very strong. He is strangling me, he can kill me. We fight, and he overpowers me. I don't leave my home anymore.

עַכְשָׁיו אֲנִי בֶּן שֵׁשׁ עֶשְׂרֵה. אֲנִי לֹא שָׁמֵן יוֹתֵר. אֲנִי עוֹשֶׂה (לַעֲשׂוֹת 138) סְפּוֹרְט. אֲנִי רָץ (לָרוּץ 172) בַּשָּׂדוֹת כָּל עֶרֶב. שֶׁלֶג, הַכַּלְבָּה שֶׁלִּי, רָצָה (לָרוּץ 172) אִיתִּי. אֲנִי לֹא מַמָּשׁ אוֹהֵב (לֶאֱהוֹב 2) לַעֲשׂוֹת (138) סְפּוֹרְט, אֲבָל אֲנִי חַיָּיב (no infinitive). הַמּוֹרֶה קוֹרֵא (לִקְרוֹא 165) לִי לָבוֹא (9) אֵלָיו. הוּא אוֹמֵר (לוֹמַר 5) לִי, "אֲנַחְנוּ רוֹצִים (לִרְצוֹת 177) שֶׁתִּיסַּע (לִנְסוֹעַ 108) עִם מִשְׁלַחַת לְגֶרְמַנְיָה. הַאִם תִּרְצֶה (לִרְצוֹת 177) בְּכָךְ?"

Now I am sixteen. I am not fat anymore. I work out. I run in the fields every evening. Snow, my dog, runs by my side. I don't really like working out, but I must. The teacher calls me to come over. He tells me, "We want you to go to Germany with the team. Would you like to do that?"

אֲנִי אוֹמֵר (לוֹמַר 5) כֵּן. אֲבָל פִּתְאוֹם אֲנִי שׁוֹמֵעַ (לִשְׁמוֹעַ 191) קוֹל. זֶה הַקּוֹל שֶׁלּוֹ, שֶׁל הַיֶּלֶד הַשָּׁמֵן ."אַל תִּיסַּע (לִנְסוֹעַ 108) לְגֶרְמַנְיָה, הֵם יִצְחֲקוּ (לִצְחוֹק 152) עָלֶיךָ שָׁם, הֵם לֹא יֹאהֲבוּ (לֶאֱהוֹב 2) אוֹתְךָ". אֲנִי אוֹמֵר (לוֹמַר 5) לוֹ, "אַתָּה תִּשְׁתּוֹק (לִשְׁתּוֹק 197), אֲנִי לֹא שׁוֹמֵעַ (לִשְׁמוֹעַ

191) לְךָ יוֹתֵר. אֲנִי חָזָק יוֹתֵר עַכְשָׁיו. אֲנִי גַּם עוֹשֶׂה (לַעֲשׂוֹת 138) סְפּוֹרְט".

I say yes. But suddenly, I hear a voice. It's his voice, the fat kid. "Don't go to Germany, they will laugh at you there, they won't like you." I tell him, "You shut up, I am not listening to you anymore. I am stronger now. I work out, too."

אֲנִי נוֹסֵעַ (לִנְסוֹעַ 108) לְגֶרְמַנְיָה. שָׁם אֲנִי מוֹצֵא (לִמְצוֹא 94) מִשְׁפָּחָה חֲדָשָׁה. הֵם הַמִּשְׁפָּחָה שֶׁלִּי עַכְשָׁיו. יֵשׁ גַּם לִי גַּם חָבֵר חָדָשׁ, הַשֵּׁם שֶׁלּוֹ הוּא מַתְיוּ. אֲנִי פּוֹגֵשׁ (לִפְגּוֹשׁ 140) אֶת הַחֲבֵרִים שֶׁלּוֹ .בַּלַּיְלָה אֲנַחְנוּ חוֹגְגִים (לַחְגּוֹג 48) .נִמְרוֹד, הַיֶּלֶד הֲכִי מְקוּבָּל בַּשִּׁכְבָה, רוֹצֶה (לִרְצוֹת 177) לָצֵאת (72) אִתָּנוּ. אֲבָל אֵין לָנוּ זְמַן בִּשְׁבִילוֹ. אֲבָל בַּלַּיְלָה אֲנִי חוֹלֵם (לַחֲלוֹם 60) עַל נִמְרוֹד. הוּא רוֹקֵד (לִרְקוֹד 179) עִם שִׂמְלָה אֲדוּמָּה.

I go to Germany. I find a new family there. They are my family now. I also have a new friend, his name is Matthew. I meet with his friends. Tonight, we celebrate. Nimrod, the most popular kid in the grade, wants to go with us. But we have no time for him. But at night I dream about Nimrod. He dances in a red dress.

יֵשׁ כָּאן גַּם יַלְדָּה שֶׁאוֹהֶבֶת (לֶאֱהוֹב 2) אוֹתִי. הִיא בְּלוֹנְדִּינִית. "אַתָּה יוֹדֵעַ (לָדַעַת 69) שֶׁהֵם לֹא בֶּאֱמֶת חֲבֵרִים שֶׁלְּךָ" אֲנִי שׁוֹמֵעַ (לִשְׁמוֹעַ 191) קוֹל. "אַתָּה יוֹדֵעַ (לָדַעַת 69) שֶׁהֵם לֹא אוֹהֲבִים (לֶאֱהוֹב 2) אוֹתְךָ". אֲנִי אוֹמֵר (לוֹמַר 5) לוֹ, "אַתָּה תִּשְׁתּוֹק (לִשְׁתּוֹק 197), יֶלֶד שָׁמֵן. יֵשׁ לִי חֲבֵרִים חֲדָשִׁים עַכְשָׁיו. אֲנִי אֶהֱרוֹג (לַהֲרוֹג 39) אוֹתְךָ. אַתָּה סְתָם שָׁמֵן וּמְכוֹעָר". אֲנִי תּוֹפֵס (לִתְפּוֹס 202) אוֹתוֹ חָזָק, חוֹנֵק (לַחֲנוֹק 63) אוֹתוֹ וְהוֹרֵג (לַהֲרוֹג

39) אותוֹ. אֲנִי חוֹשֵׁב (לַחֲשׁוֹב 66) שֶׁהוּא מֵת (לָמוּת 89) עַכְשָׁיו.

There's also a girl who likes me. She's blonde. "You know that they are not really your friends," I hear a voice. "You know that they don't like you." I tell him, "You shut up, fat kid. I have new friends now. I will kill you. You are just fat and ugly." I grab him forcefully, strangle him, and kill him. I think he's dead now.

אֲנִי בֶּן עֶשְׂרִים וְשֵׁשׁ. אֲנִי עֲדַיִין לְבַד. אֲבָל עַכְשָׁיו אֲנִי כְּבָר לֹא שָׁמֵן בִּכְלָל. אֲנִי לוֹמֵד (לִלְמוֹד 87) בְּלִימּוּדִים מְאוֹד מַלְחִיצִים. יֵשׁ הַרְבֵּה בִּיקּוֹרֶת עָלַיי. הֵם רוֹצִים (לִרְצוֹת 177) מְאוֹד שֶׁאַצְלִיחַ (לְהַצְלִיחַ 153), אֲבָל כּוֹעֲסִים (לִכְעוֹס 80) עָלַיי. אֲנִי לֹא יוֹשֵׁן (לִישׁוֹן 77) טוֹב וְלֹא אוֹכֵל (לֶאֱכוֹל 4) טוֹב. לְעִיתִּים אֲנִי שׁוֹמֵעַ (לִשְׁמוֹעַ 191) אוֹתוֹ, אֶת הַיֶּלֶד הַשָּׁמֵן. לִפְעָמִים בַּלַּיְלָה לִפְנֵי שֶׁאֲנִי הוֹלֵךְ (לָלֶכֶת 36) לִישׁוֹן (77).

I am twenty-six. I am still alone. But now I am not fat at all. I am a student, and the studying process is very stressful. I get a lot of criticism. They want me to succeed, but they are angry at me. I don't sleep well, and I don't eat well. Sometimes I hear him, the fat kid. Sometimes at night, before going to sleep.

"אַתָּה לֹא תַּעֲבוֹר (לַעֲבוֹר 124) אֶת הַלִּימּוּדִים הָאֵלּוּ. הֵם לֹא רוֹצִים (לִרְצוֹת 177) אוֹתְךָ יוֹתֵר. אֵין לְךָ אֶת זֶה." "אַתָּה תִּהְיֶה (לִהְיוֹת 35) בְּשֶׁקֶט", אֲנִי אוֹמֵר (לוֹמַר 5) לוֹ בַּלַּיְלָה. "אֵיךְ חָזַרְתָּ (לַחֲזוֹר 54) בִּכְלָל? אֲנִי עֲדַיִין יָכוֹל (no infinitive) לַהֲרוֹג (39) אוֹתְךָ..." בַּבּוֹקֶר אֲנִי רוֹאֶה (לִרְאוֹת 170) שֶׁהוּא כְּבָר לֹא אִיתִּי בַּחֶדֶר. הוּא רוֹצֶה (לִרְצוֹת 177) שׁוּב לְדַבֵּר (30) אִיתִּי, אֲבָל אֲנִי לֹא שׁוֹמֵעַ (לִשְׁמוֹעַ 191) בְּקוֹלוֹ יוֹתֵר.

“You won’t pass these studies. They don’t want you anymore. You don’t have it in you.” “You be quiet,” I tell him at night. “How is that you’re back, anyway? I can still kill you…” In the morning I see that he is not in the room with me anymore. He wants to speak to me again, but I no longer hear his voice.

אֲנִי כְּבָר גָּדוֹל עַכְשָׁיו. אֲנִי כְּבָר לֹא חַיָּיב (no infinitive) לְהוֹכִיחַ (70) אֶת עַצְמִי. אֲנִי הוֹלֵךְ (לָלֶכֶת 36) לָעֲבוֹדָה שֶׁלִּי כָּל יוֹם. אֲנִי עוֹבֵד (לַעֲבוֹד 123) בְּבֵית הַסֵּפֶר. שָׁם אֲנִי פּוֹגֵשׁ (לִפְגּוֹשׁ 140) נַעַר. קוֹרְאִים (לִקְרוֹא 165) לוֹ סְתָיו. הוּא יֶלֶד שָׁמֵן. הוּא אוֹמֵר (לוֹמַר 5) לִי שֶׁאֵין לוֹ חֲבֵרִים. אֲנִי שׁוֹמֵעַ (לִשְׁמוֹעַ 191) אֶת סְתָיו, וַאֲנִי אוֹמֵר (לוֹמַר 5) לוֹ שֶׁיֵּידַע (לָדַעַת 69) שֶׁיּוֹם אֶחָד זֶה יַעֲבוֹר (לַעֲבוֹר 124), וְהַכֹּל יִהְיֶה (לִהְיוֹת 35) אַחֶרֶת , יִהְיֶה (לִהְיוֹת 35) יוֹתֵר טוֹב.

I am a grown-up now. I don’t have to prove myself anymore. I go to my work every day. I work at a school. I meet a kid there. His name is Stav. He is a fat kid. He tells me that he has no friends. I hear Stav, and I tell him that he should know that one day this will pass, and everything will be different, better.

לְאַחַר שֶׁסְּתָיו יוֹצֵא (לָצֵאת 72) מִן הַחֶדֶר, אֲנִי חוֹשֵׁב (לַחֲשׁוֹב 66) עָלָיו, עַל הַיֶּלֶד הַשָּׁמֵן שֶׁלִּי. הוּא עֲדַיִין כָּאן לִפְעָמִים. אֲנִי רוֹאֶה (לִרְאוֹת 170) אוֹתוֹ. בְּעִיקָּר כְּשֶׁאֲנִי עָצוּב. אֲנִי קוֹרֵא (לִקְרוֹא 165) לוֹ לָבוֹא (9), וְהִנֵּה הוּא פֹּה. "שָׁלוֹם", אֲנִי אוֹמֵר (לוֹמַר 5). "מָה אַתָּה רוֹצֶה (לִרְצוֹת 177) מִמֶּנִּי?" הוּא שׁוֹאֵל (לִשְׁאוֹל 180). "אַתָּה הֲרֵי שׂוֹנֵא (לִשְׂנוֹא 193) אוֹתִי". "לֹא", אֲנִי אוֹמֵר (לוֹמַר 5), "אֲנִי כְּבָר לֹא שׂוֹנֵא (לִשְׂנוֹא 193) אוֹתְךָ. אֲנִי חוֹשֵׁב (לַחֲשׁוֹב 66) שֶׁאַתָּה הוֹפֵךְ (לַהֲפוֹךְ 38) אוֹתִי

לְנָדִיב יוֹתֵר. בִּזְכוּתְךָ אֲנִי רָגִישׁ, וּבִזְכוּתְךָ עָזַרְתִּי (לַעֲזוֹר 130) לְהַרְבֵּה יְלָדִים אֲחֵרִים. אֲנִי אוֹהֵב (לֶאֱהוֹב 2) אוֹתְךָ. כֵּן, אוֹתְךָ, עִם כָּל הַשּׁוּמָּנִים שֶׁלְּךָ, וְשֶׁתֵּדַע (לָדַעַת 69) לְךָ שֶׁיֵּשׁ בְּךָ הָמוֹן יוֹפִי".

After Stav leaves my room, I think about him, my fat kid. He is still here sometimes. I see him. Especially when I'm sad. I call him to come over, and here he is. "Hi," I say. "What do you want from me?" - he asks, "You hate me, don't you?" "No," I say, "I don't hate you anymore. I think that you make me kinder. Thanks to you I am sensitive, and thanks to you I helped many other kids. I love you. Yes, you, with all your fats, and know what? There is a lot of beauty in you."

"בֶּאֱמֶת?" הוּא שׁוֹאֵל (לִשְׁאוֹל 180). "כֵּן, אֲנִי בַּעַדְךָ. אֲנִי חוֹשֵׁב (לַחֲשׁוֹב 66) שֶׁאַתָּה מוּכְשָׁר מְאוֹד, וְתִזְכּוֹר (לִזְכּוֹר 44) שֶׁגַּם הָיִיתָ (לִהְיוֹת 35) אִיתִּי בִּמְקוֹמוֹת רַבִּים בַּחַיִּים שֶׁלִּי. אַתָּה יוֹדֵעַ (לָדַעַת 69), אֲנִי חוֹשֵׁב (לַחֲשׁוֹב 66) שֶׁגַּם לְךָ הָיָה (לִהְיוֹת 35) חֵלֶק בַּהַצְלָחוֹת שֶׁלִּי בַּחַיִּים. נִרְאֶה (לְהֵירָאוֹת 170) לִי שֶׁאֲנַחְנוּ יְכוֹלִים (no infinitive) לִהְיוֹת (35) גַּם בְּיַחַד. לִחְיוֹת בְּיַחַד. אֲבָל בִּתְנַאי אֶחָד". "מָה?" הוּא שׁוֹאֵל (לִשְׁאוֹל 180). "שֶׁלִּפְעָמִים כְּשֶׁאוֹמַר (לוֹמַר 5) לְךָ לָלֶכֶת (36) - פָּשׁוּט תֵּלֵךְ (לָלֶכֶת 36) וְתַחֲזוֹר (לַחֲזוֹר 54) אַחַר כָּךְ, מְאוּחָר יוֹתֵר, וְתֹאמַר (לוֹמַר 5) לִי מַשֶּׁהוּ נֶחְמָד שֶׁעָשִׂיתָ (לַעֲשׂוֹת 138) הַיּוֹם..." "בְּסֵדֶר", הוּא אוֹמֵר (לוֹמַר 5), "מָה שֶׁתֹּאמַר (לוֹמַר 5) לִי אֶעֱשֶׂה (לַעֲשׂוֹת 138)".

"Really?" – he asks. "Yes, I am on your side. I think that you are very talented, and remember that you were with me in many places in my life. You know, I think that you had a part in all my successes. It also seems to me that we can be together. To be together. But on one condition." "What?" – he asks. "That sometimes, when I tell you to go away – just go and come back after that, later, and tell me about something nice that you did today…" "All right," he says, "I'll do what you're telling me."

Verbs

ENGLISH	INFINITIVE	TABLE	BINYAN
to love	לֶאֱהוֹב	2	*paal*
to be	לִהְיוֹת	3	*paal*
to eat	לֶאֱכוֹל	4	*paal*
to return	לַחֲזוֹר	4	*paal*
to say	לוֹמַר	5	*paal*
to exit, to come out	לָצֵאת	7	*paal*
to come	לָבוֹא	9	*paal*
to succeed	לְהַצְלִיחַ	13	*hifil*
to work	לַעֲבוֹד	13	*paal*
to pass	לַעֲבוֹר	14	*paal*
to call; to read	לִקְרוֹא	16	*paal*
to run	לָרוּץ	17	*paal*
to overcome, to overpower	לִגְבּוֹר	20	*paal*
to speak	לְדַבֵּר	30	*piel*
to go	לָלֶכֶת	36	*paal*
to turn	לַהֲפוֹךְ	38	*paal*
to kill	לַהֲרוֹג	39	*paal*
to remember	לִזְכּוֹר	44	*paal*
to celebrate	לַחְגּוֹג	48	*paal*
to dream	לַחֲלוֹם	60	*paal*

to strangle	לַחֲנוֹק	*63*	*paal*
to think	לַחֲשׁוֹב	*66*	*paal*
to know	לָדַעַת	*69*	*paal*
to prove	לְהוֹכִיחַ	*70*	*hifil*
to sleep	לִישׁוֹן	*77*	*paal*
to be angry	לִכְעוֹס	*80*	*paal*
to fight	לְהִילָּחֵם	*84*	*nifal*
to study	לִלְמוֹד	*87*	*paal*
to die	לָמוּת	*89*	*paal*
to find	לִמְצוֹא	*94*	*paal*
to travel	לִנְסוֹעַ	*108*	*paal*
to help	לַעֲזוֹר	*130*	*paal*
to do	לַעֲשׂוֹת	*138*	*paal*
to meet	לִפְגּוֹשׁ	*140*	*paal*
to laugh; to make fun	לִצְחוֹק	*152*	*paal*
to scream, to shout	לִצְעוֹק	*155*	*paal*
to seem, to look	לְהֵירָאוֹת	*170*	*nifal*
to see	לִרְאוֹת	*170*	*paal*
to want	לִרְצוֹת	*177*	*paal*
to dance	לִרְקוֹד	*179*	*paal*
to ask	לִשְׁאוֹל	*180*	*paal*
to hear	לִשְׁמוֹעַ	*191*	*paal*
to hate	לִשְׂנוֹא	*193*	*paal*
to shut up, to keep silence	לִשְׁתּוֹק	*197*	*paal*
to catch, to grab	לִתְפּוֹס	*202*	*paal*

More Vocabulary

ENGLISH		HEBREW
child (or boy) / children	m	יֶלֶד/ יְלָדִים
fat	m/f	שָׁמֵן/ שְׁמֵנָה
pool	f	בְּרֵיכָה/ בְּרֵכוֹת
breast(s)	m	שָׁד/ שָׁדַיִים
in the mirror		בְּרְאִי
never		אַף פַּעַם לֹא
weak	m/f	חַלָּשׁ/ חַלָּשָׁה
strong	m/f	חָזָק/ חֲזָקָה
delegation(s), expedition(s)	m/f	מִשְׁלַחַת/ מִשְׁלָחוֹת
here: popular, literally: accepted	m/f	מְקוּבָּל/ מְקוּבֶּלֶת
here: grade; literally: layer	f	שִׁכְבָה/ שְׁכָבוֹת
dress(es)	f	שִׂמְלָה/ שְׂמָלוֹת
blonde	m/f	בְּלוֹנְדִינִי/ בְּלוֹנְדִינִית
just, simply		סְתָם
ugly	m/f	מְכוֹעָר/ מְכוֹעֶרֶת
stressful	m/f	מַלְחִיץ/ מַלְחִיצָה
angry	m/f	כּוֹעֵס/ כּוֹעֶסֶת
sometimes, at times		לְעִיתִּים
sometimes		לִפְעָמִים
at all		בִּכְלָל
youngster, teenage boy or very young men	m	נַעַר/ נְעָרִים
mainly		בְּעִיקָר
sad	m/f	עָצוּב/ עֲצוּבָה
indeed, therefore		הֲרֵי

thanks to you		בִּזְכוּתְךָ
sensitive	m/f	רָגִישׁ/ רְגִישָׁה
for you, on your side		בַּעַדְךָ
talented, gifted	m/f	מוּכְשָׁר/ מוּכְשֶׁרֶת
on one condition		בִּתְנַאי אֶחָד

5. The Sign

הַשֶּׁלֶט

Audio file: https://youtu.be/j_LpMt6dXGg

הוּא לֹא רוֹצֶה (לִרְצוֹת 177) אוֹתִי יוֹתֵר, אֲנִי יוֹדַעַת (לָדַעַת 69). חַשְׁתִּי (לָחוּשׁ 53) אֶת זֶה הַבּוֹקֶר כְּשֶׁהוּא הָיָה (לִהְיוֹת 35) בְּתוֹכִי. זֶה הָיָה (לִהְיוֹת 35) מוּקְדָּם בַּבּוֹקֶר. הוּא חָזַר (לַחֲזוֹר 54) עָיֵיף אֶתְמוֹל וְנִרְאָה (לְהֵירָאוֹת 170) שֶׁהוּא לֹא יָשַׁן (לִישׁוֹן 77) כָּל הַלַּיְלָה. לָמָּה הוּא לֹא יָשַׁן (לִישׁוֹן 77)? הוּא יָשַׁב (לַחֲשׁוֹב 66) בִּי בַּבּוֹקֶר וְחָשַׁב (לַחֲשׁוֹב 66) עַל מַשֶּׁהוּ. הוּא גַּם שָׁטַף (לִשְׁטוֹף 184) אוֹתִי. נִרְאֶה (לְהֵירָאוֹת 170) לִי שֶׁהוּא כְּבָר לֹא רוֹצֶה (לִרְצוֹת 177) אוֹתִי יוֹתֵר.

He doesn't want me anymore, I know that. I felt it this morning when he was inside me. It was early in the morning. Yesterday he came back looking as if he didn't sleep the whole night. Why doesn't he sleep? He was sitting inside me in the morning and thinking about something. He also washed me. I think that he no longer wants me.

הוּא וְהֶחָבֵר שֶׁלּוֹ לוֹקְחִים (לָקַחַת 88) אוֹתִי לֶהָמוֹן טִיּוּלִים. הֵם אוֹהֲבִים (לֶאֱהוֹב 2) לִנְסוֹעַ (108) לְצָפוֹן. אֲנִי - לֹא כָּל כָּךְ. זֹאת נְסִיעָה אֲרוּכָּה שֶׁהִיא קָשָׁה לִי. לִפְעָמִים בַּטִּיּוּל הֵם רָבִים (לָרִיב 174), וְזֶה לֹא דָּבָר קַל לִהְיוֹת (35) אִיתָּם. הֵם רָבִים (לָרִיב 174) וְצוֹעֲקִים (לִצְעוֹק 155), וְכָךְ נִגְמַר (לְהִיגָּמֵר 25) הַטִּיּוּל. לְעִיתִּים אֲנִי רוֹצָה (לִרְצוֹת 177) מַמָּשׁ לִזְרוֹק (46) אוֹתָם מִתּוֹכִי. אֲבָל אֲנִי גַּם אוֹהֶבֶת (לֶאֱהוֹב 2) אוֹתָם.

He and his friend take me to a lot of trips. They like going to the north. Me – not so much. This is a long trip, and it's difficult to me. Sometimes they have a fight along the way, and it's not easy being with them. They quarrel and shout, and the trip ends like that. Sometimes I really want to throw them out of me. But I love them, too.

וְהֵם תָּמִיד עוֹשִׂים (לַעֲשׂוֹת 138) שׁוֹלֵם בַּסּוֹף. לִפְעָמִים אֲנַחְנוּ נוֹסְעִים (לִנְסוֹעַ 108) לִמְקוֹמוֹת מְאוֹד מְשַׂמְּחִים. אֲנַחְנוּ נוֹסְעִים (לִנְסוֹעַ 108) לְבַקֵּר (17) אֶת הַהוֹרִים שֶׁלּוֹ ,לְבַקֵּר 17 אֶת סַבְתָּא שֶׁלּוֹ, וְלִפְעָמִים גַּם לְבַקֵּר (17) אֶת הָאַחְיָינִים. אֲנִי אוֹהֶבֶת (לֶאֱהוֹב 2) יְלָדִים.

And they always make peace in the end. Sometimes we travel to very happy places. We go to visit his parents, to visit his grandmother, and sometimes to see the nephews. I like kids.

הוּא קָנָה (לִקְנוֹת 162) אוֹתִי מֵהָאִישׁ הַזֶּה. אִישׁ צָעִיר בְּסוֹכְנוּת הָרֶכֶב. אִישׁ שֶׁרַק רָצָה (לִרְצוֹת 177) כֶּסֶף. הוּא הָיָה (לִהְיוֹת 35) אוֹמֵר (לוֹמַר 5) דְּבָרִים יָפִים, אֲבָל לְלֹא אֱמֶת בְּלִיבּוֹ. הוּא לֹא בֶּאֱמֶת אָהַב (לֶאֱהוֹב 2) אוֹתִי. הוּא לֹא הֶרְאָה (לְהַרְאוֹת 170) חִיבָּה. אֲבָל לִפְנֵי שֶׁבָּאוּ (לָבוֹא 9)

קוֹנִים, הוּא שָׁטַף (לִשְׁטוֹף 184) אוֹתִי. הוּא לֹא אָמַר (לוֹמַר 5) לָהֶם שֶׁיֵּשׁ לִי נְזִילָה. וְאָז הִגִּיעַ (לְהַגִּיעַ 97) הָאַבָּא הַזֶּה וּבָחַר (לִבְחוֹר 10) בִּי.

He bought me from that man. A young man from the car dealership. That man only wanted money. He would say nice things, but there was no truth in his heart. He didn't really love me. He didn't show affection. But before the arrival of buyers, he would wash me. He didn't tell them I had a leak. And then the father came and chose me.

הָאַבָּא שֶׁל הַבָּחוּר שֶׁלִּי. הוּא שָׂם (לָשִׂים 185) כֶּסֶף מֵרֹאשׁ. אַבָּא שֶׁלּוֹ הוּא אִישׁ שֶׁאוֹהֵב (לֶאֱהוֹב 2) לִקְנוֹת (162) וְלִמְכּוֹר (92). הוּא קָשׁוּחַ, וְהוּא קָבַע (לִקְבּוֹעַ 159) בִּשְׁבִילוֹ עַל הַקְּנִיָּה. וְאָז הַבָּחוּר הִגִּיעַ (לְהַגִּיעַ 97) וְלָקַח (לָקַחַת 88) אוֹתִי, וְלֹא חַשְׁתִּי (לָחוּשׁ 53) עֲצוּבָה לְהִיפָּרֵד (148) מִן הָאִישׁ מִן הַסּוֹכְנוּת. אֲבָל מִי שֶׁבֶּאֱמֶת אָהַבְתִּי (לֶאֱהוֹב 2) הָיְיתָה (לִהְיוֹת 35) הָאִישָּׁה הָרִאשׁוֹנָה.

My guy's father. He put in the down payment. His father is the kind of person who likes buying and selling things. He is a harsh man, he decides for him what to buy. And then the guy came over and took me, and I wasn't sad leaving the man from the dealership. My first woman – that's whom I really loved.

הִיא הָיְיתָה (לִהְיוֹת 35) אִישָּׁה קְטַנָּה, מְעַט מְלֵאָה, עִם מִשְׁקָפַיִים, שֶׁלֹּא מַמָּשׁ נָסְעָה (לִנְסוֹעַ 108) לְשׁוּם מָקוֹם. כָּל הַיּוֹם הָיִיתִי (לִהְיוֹת 35) לְיַד בֵּיתָהּ. הִיא תָּמִיד הָיְיתָה (לִהְיוֹת 35) לְבַד. הִיא הָיְיתָה (לִהְיוֹת 35) שׁוֹמַעַת (לִשְׁמוֹעַ 191) שִׁירִים בַּתַּחֲנָה הַזֹּאת, שְׁמוֹנִים וּשְׁמוֹנֶה אֶף אֶם. הִיא אַהֲבָה (לֶאֱהוֹב 2) שִׁירִים יְשָׁנִים. לְעִיתִּים אֲפִילוּ

בָּכְתָה (לִבְכּוֹת 12) בַּנְּסִיעָה כְּשֶׁשָּׁמְעָה (לִשְׁמוֹעַ 191) שִׁיר יָשָׁן שֶׁהִזְכִּיר (לְהַזְכִּיר 44) לָהּ מַשֶּׁהוּ.

She was a little woman, a bit chubby, with glasses, who didn't drive anywhere. I stood near her house all day long. She always was alone. She listened to songs on that radio station, 88FM. She liked old songs. Sometimes she cried while driving when she heard an old song that reminded her of something.

רָצִיתִי (לִרְצוֹת 177) לַעֲזוֹר (130) לָהּ. רָצִיתִי לוֹמַר (5) לָהּ שֶׁהַכּוֹל יִהְיֶה (לִהְיוֹת 35) בְּסֵדֶר, שֶׁאוּלַי תִּמְצָא (לִמְצוֹא 94) אַהֲבָה יוֹם אֶחָד. אֲבָל הִיא לֹא מָצְאָה (לִמְצוֹא 94). וְיוֹם אֶחָד רָאִיתִי (לִרְאוֹת 170) שֶׁהִיא מַמָּשׁ עֲצוּבָה. אוּלַי הִיא הָיְתָה (לִהְיוֹת 35) קְצָת חוֹלָה. נָסַעְנוּ (לִנְסוֹעַ 108) לְבֵית חוֹלִים הַזֶּה בְּפֶּתַח תִּקְוָוה, וְהִיא הָיְתָה (לִהְיוֹת 35) שָׁם זְמַן רַב. וְאַחֲרֵי הַיּוֹם הַזֶּה הִיא לֹא נָסְעָה (לִנְסוֹעַ 108) הַרְבֵּה זְמַן, וּלְבַסּוֹף מָכְרָה (לִמְכּוֹר 92) אוֹתִי.

I wanted to help her. I wanted to tell her that everything will be all right, that maybe one day she'll find love. But she never did. And one day I saw that she was very sad. Maybe she was a bit sick. We went to that hospital in Petah Tikva, and she stayed there for a long time. And after that day she didn't drive for a long time, and finally she sold me.

בַּיּוֹם שֶׁהִיא מָכְרָה (לִמְכּוֹר 92) אוֹתִי רָצִיתִי (לִרְצוֹת 177) לַעֲצוֹר (135) אוֹתָהּ וְלוֹמַר (5) לָהּ שֶׁאֶעֱזוֹר (לַעֲזוֹר 130) לָהּ לִמְצוֹא (94) אַהֲבָה וְלִהְיוֹת (35) בְּרִיאָה. אֲבָל הִיא כְּבָר הָיְתָה (לִהְיוֹת 35) חוֹלָה מִדַּי וַעֲצוּבָה מִדַּי, וְהִיא לֹא שָׁמְעָה (לִשְׁמוֹעַ 191) אוֹתִי.

On the day she sold me, I wanted to stop her and tell her that I would help her to find love and be healthy. But she already was too sick and sad, and she didn't hear me.

גַּם אֲנִי אוֹהֶבֶת (לֶאֱהוֹב 2) מִישֶׁהוּ. אֲנִי אוֹהֶבֶת (לֶאֱהוֹב 2) אֶת נִיסָן. נִיסָן טֶרָאנוֹ. הוּא חוֹנֶה (לַחֲנוֹת 62) לְיָדִי בַּלַּיְלָה, וְהוּא מַמָּשׁ יָפֶה. כּוּלּוֹ לָבָן. אֶתְמוֹל יָרַד (לָרֶדֶת 74) גֶּשֶׁם וְרָצִיתִי (לִרְצוֹת 177) שֶׁנִּהְיֶה (לִהְיוֹת 35) קְרוֹבִים אֶחָד לַשֵּׁנִי, כָּכָה צְמוּדִים. אֲבָל לֹא יָכוֹלְנוּ (no infinitive) לָזוּז (42) לְבַד, כַּמּוּבָן. לִפְעָמִים אֲנִי רוֹמֶזֶת (לִרְמוֹז 176) לוֹ. וַאֲפִילוּ צוֹפֶרֶת (לִצְפּוֹר 157). אֲבָל הוּא לֹא כָּל כָּךְ עוֹנֶה (לַעֲנוֹת 133) לִי.

I love somebody, too. I love Nissan. Nissan Terrano. He parks next to me at night, and he is very beautiful. All white. Yesterday, it rained, and I wanted us to be close one to another, so close. But we couldn't move on our own, of course. Sometimes, I give him hints. I even honk. But he never really answers me.

נִרְאֶה (לְהֵירָאוֹת 170) לִי שֶׁהוּא אוֹהֵב (לֶאֱהוֹב 2) מִישֶׁהִי אַחֶרֶת. אֲנִי חוֹשֶׁבֶת (לַחֲשׁוֹב 66) שֶׁהוּא אוֹהֵב (לֶאֱהוֹב 2) אֶת קִיָה. הִיא לְבָנָה וְגַם קְטַנָּה. זֶה יָדוּעַ שֶׁגְּדוֹלִים אוֹהֲבִים (לֶאֱהוֹב 2) קְטַנּוֹת.

I think he loves somebody else. I think he loves Kia. She is white and small. Everybody knows that big ones love small ones.

אָז הַיּוֹם הוּא בָּא (לָבוֹא 9) וְתָלָה (לִתְלוֹת 201) עָלַיי שֶׁלֶט. הוּא דָּחַף (לִדְחוֹף 31) אוֹתוֹ חָזָק עַל הַחַלּוֹן וְתָלָה (לִתְלוֹת 201) אוֹתוֹ שָׁם. הוּא בֶּאֱמֶת לֹא רוֹצֶה (לִרְצוֹת 177) אוֹתִי יוֹתֵר. מָה לֹא עָשִׂיתִי (לַעֲשׂוֹת 138) בִּשְׁבִילוֹ ? מָה לֹא נָתַתִּי (לָתֵת 116) לוֹ? כֵּן, פַּעַם אַחַת נָזַלְתִּי (לִנְזוֹל 102), אֲנִי יוֹדַעַת (לָדַעַת 69). אֲבָל לְאָן לֹא לָקַחְתִּי (לָקַחַת 88) אוֹתוֹ? לְאָן? אִם זֶה לְטִיּוּל לְרָמַת הַגּוֹלָן, אִם זֶה לְטִיּוּל בְּיָם הַמֶּלַח.

So today he came and put a sign on me. He pushed it hard on the window and put it there. He really doesn't want me anymore. What didn't I do for him? What didn't I give him? Yes, I leaked once, I know. But where didn't I take him? Where? Whether it's to the Golan Heights, or to the Dead Sea.

הוּא יוֹשֵׁב (לַחֲשׁוֹב 66) בִּי הַרְבֵּה, וּבְעֶצֶם רוֹב הַיּוֹם. לִפְעָמִים נִרְאֶה (לְהֵירָאוֹת 170) שֶׁרַק אֲנַחְנוּ יַחַד בָּעוֹלָם הַזֶּה. לְעִיתִּים אֲנִי חוֹשֶׁבֶת (לַחֲשׁוֹב 66) שֶׁגַּם הוּא קְצָת עָצוּב. חָשׁ (לָחוּשׁ 53) שֶׁהַחַיִּים עוֹבְרִים (לַעֲבוֹר 124) עַל פָּנָיו. לֹא מַמָּשׁ חוֹוֶה (לַחֲווֹת 52) אוֹתָם. גַּם הוּא בּוֹכֶה (לִבְכּוֹת 12) לִפְעָמִים מִשִּׁירִים אוֹ סְתָם מִדְּבָרִים שֶׁהוּא חוֹשֵׁב (לַחֲשׁוֹב 66) עֲלֵיהֶם. גַּם הֶחָבֵר שֶׁלּוֹ בּוֹכֶה (לִבְכּוֹת 12).

He sits inside me a lot, most of the day, actually. Sometimes it seems that the two of us are alone in the whole world. Sometimes I think that he is a little sad, too. He feels that his life passes him by. That he doesn't really feel it. He also cries sometimes because of songs, or because of the things he thinks. His friend cries, too.

לִפְעָמִים שְׁנֵיהֶם בּוֹכִים (לִבְכּוֹת 12) כְּשֶׁהֵם בַּדֶּרֶךְ לְאָן שֶׁהוּא. אֲנִי לֹא רוֹצָה (לִרְצוֹת 177) שֶׁהוּא יִמְכּוֹר (לִמְכּוֹר 92) אוֹתִי. אֲנִי אֶלָּחֵם (לְהִילָּחֵם 84) בָּזֶה. אֲנִי לֹא אֶתֵּן (לָתֵת 116) אֶת עַצְמִי לְאִישׁ בְּקַלּוּת. אֲנִי מַמָּשׁ לֹא אוֹהֶבֶת (לֶאֱהוֹב 2) שִׁינּוּיִים. אָז לָמָּה זֶה קוֹרֶה (לִקְרוֹת 167)? הַאִם הוּא פָּגַשׁ (לִפְגּוֹשׁ 140) מִישֶׁהִי אַחֶרֶת? אוֹ שֶׁאוּלַי הוּא יִיסַּע (לִנְסוֹעַ 108) מֵעַכְשָׁיו בְּסַבָּא אוֹטוֹבּוּס? בַּסָּבִים הָאֵלֶּה יֵשׁ הֲמוֹן רִיבִים וּצְפִיפוּת.

Sometimes both of them cry as they drive somewhere. I don't want him to sell me. I will fight it. I will not give myself to anyone so easily. I really don't like changes. So why does this happen to me?

Has he met someone else? Or maybe, from now one he'll go by Grandpa Bus? There are lots of fights and crowds in those oldies.

הָאֲנָשִׁים זוֹרְקִים (לִזְרוֹק 46) לִכְלוּךְ בָּהֶם. כְּשֶׁהַסָּבָא אוֹטוֹבּוּס גּוֹמֵר (לִגְמוֹר 25) אֶת חַיָּיו, הֵם שׁוֹלְחִים (לִשְׁלוֹחַ 188) אוֹתָם לְבֵית הַקְּבָרוֹת. רָאִיתִי (לִרְאוֹת 170) אֶת זֶה. שָׂמִים (לָשִׂים 185) אוֹתָם בִּמְכוֹנָה גְּדוֹלָה, וְהֵם עוֹזְבִים (לַעֲזוֹב 129). כְּאִילוּ לֹא הָיוּ (לִהְיוֹת 35). אוּלַי גַּם אוֹתִי הוּא רוֹצֶה (לִרְצוֹת 177) לַהֲרוֹג (39)? לִגְמוֹר (25) אוֹתִי? מָה אִם אִישׁ לֹא יִרְצֶה (לִרְצוֹת 177) אוֹתִי? מָה עִם כָּל הַזִּיכְרוֹנוֹת וְכָל הַמַּסָּעוֹת שֶׁעָשִׂינוּ (לַעֲשׂוֹת 138) בְּיַחַד? מִי יִזְכּוֹר (לִזְרוֹק 46) אוֹתָם?

People litter inside them. When a Grandpa Bus ends his life, they send him to a cemetery. I saw it. They put them inside a big machine, and they leave, as if they never were. Maybe he wants to kill me, too? To end me? What if no one wants me? Want about all our memories and all the journeys we made together? Who will remember them?

אוּלַי...אוּלַי יָבוֹא (לָבוֹא 9) אֶחָד חָדָשׁ. בָּחוּר חָדָשׁ. הוּא יִהְיֶה (לִהְיוֹת 35) בְּלוֹנְדִּינִי כָּזֶה גָּבוֹהַּ. הוּא יִהְיֶה (לִהְיוֹת 35) צָעִיר. אֲבָל הוּא יִשְׁמוֹר (לִשְׁמוֹר 192) עָלַיי וּלְעוֹלָם לֹא יֹאמַר (לוֹמַר 5) לִי שָׁלוֹם. אוּלַי הוּא עוֹד יַגִּיעַ (לְהַגִּיעַ 97) אֲנִי יוֹדַעַת (לָדַעַת 69). אֲנִי מְצַפָּה (לְצַפּוֹת 156).

Maybe… Maybe there will be someone new. A new guy. He will be blonde and tall. He will be young. But he will take care of me and will never take leave of me. Maybe he still will come to me, I know that. I am waiting.

Verbs

ENGLISH	HEBREW	TABLE	BINYAN
to love	לֶאֱהוֹב	*2*	*paal*
to come	לָבוֹא	*9*	*paal*
to choose	לִבְחוֹר	*10*	*paal*
to cry	לִבְכּוֹת	*12*	*paal*
to visit	לְבַקֵּר	*17*	*piel*
to finish	לִגְמוֹר	*25*	*paal*
to push	לִדְחוֹף	*31*	*paal*
to know	לָדַעַת	*69*	*paal*
to arrive, to come	לְהַגִּיעַ	*97*	*hifil*
to be	לִהְיוֹת	*35*	*paal*
to remind	לְהַזְכִּיר	*44*	*hifil*
to end, to be over	לְהִיגָּמֵר	*25*	*nifal*
to fight	לְהִילָּחֵם	*84*	*nifal*
to separate	לְהִיפָּרֵד	*148*	*nifal*
to seem, to look	לְהֵירָאוֹת	*170*	*nifal*
to show	לְהַרְאוֹת	*170*	*hifil*
to kill	לַהֲרוֹג	*39*	*paal*
to say	לוֹמַר	*5*	*paal*
to move	לָזוּז	*42*	*paal*
to throw, to discard	לִזְרוֹק	*46*	*paal*
to experience, to feel	לַחֲווֹת	*52*	*paal*
to feel, to sense	לָחוּשׁ	*53*	*paal*
to return	לַחֲזוֹר	*54*	*paal*
to park	לַחֲנוֹת	*62*	*paal*
to think	לַחֲשׁוֹב	*66*	*paal*
to sleep	לִישׁוֹן	*77*	*paal*

to sell	לִמְכּוֹר	92	paal
to find	לִמְצוֹא	94	paal
to leak	לִנְזוֹל	102	paal
to travel	לִנְסוֹעַ	108	paal
to pass	לַעֲבוֹר	124	paal
to help	לַעֲזוֹר	130	paal
to leave	לַעֲזוֹב	129	paal
to answer	לַעֲנוֹת	133	paal
to stop	לַעֲצוֹר	135	paal
to do, to make	לַעֲשׂוֹת	138	paal
to meet	לִפְגּוֹשׁ	140	paal
to scream, to shout	לִצְעוֹק	155	paal
to honk (a horn)	לִצְפּוֹר	157	paal
to expect, to wait	לְצַפּוֹת	156	piel
to determine, to decide	לִקְבּוֹעַ	159	paal
to take	לָקַחַת	88	paal
to buy	לִקְנוֹת	162	paal
to happen	לִקְרוֹת	167	paal
to see	לִרְאוֹת	170	paal
to get down	לָרֶדֶת	74	paal
to quarrel, to fight	לָרִיב	174	paal
to hint	לִרְמוֹז	176	paal
to want	לִרְצוֹת	177	paal
to sit	לַחֲשׁוֹב	66	paal
to wash	לִשְׁטוֹף	184	paal
to put	לָשִׂים	185	paal
to send	לִשְׁלוֹחַ	188	paal
to hear	לִשְׁמוֹעַ	191	paal

to keep watch, to guard, to take care	לִשְׁמוֹר	*192*	*paal*
to hang	לִתְלוֹת	*201*	*paal*
to give	לָתֵת	*116*	*paal*

More Vocabulary

ENGLISH		HEBREW
sign(s)	m	שֶׁלֶט/ שְׁלָטִים
inside of me		בְּתוֹכִי
early		מוּקְדָּם
tired	m/f	עָיֵיף/ עֲיֵיפָה
north	m	צָפוֹן
easy, light	m/f	קַל/ קַלָּה
sometimes		לְעִיתִּים
from me, from inside of me		מִתּוֹכִי
peace (Yiddish word)		שׁוֹלֶם
gladdening, cheering		מְשַׂמֵּחַ/ מְשַׂמַּחַת
nephew(s)	m	אַחְיָין/ אַחְיָינִים
young	m/f	צָעִיר/ צְעִירָה
car dealership		סוֹכְנוּת הָרֶכֶב
in his heart, in his thoughts		בְּלִיבּוֹ
affection, sympathy	f	חִיבָּה
leak(s)	f	נְזִילָה/ נְזִילוֹת
firm, harsh, hard	m/f	קָשׁוּחַ/ קְשׁוּחָה
purchase(s)	f	קְנִיָּיה/ קְנִיּוֹת
a bit chubby		מְעַט מְלֵאָה
finally, after all		לְבַסּוֹף

healthy	m/f	בָּרִיא/ בְּרִיאָה
close (adj.)	m/f	קָרוֹב/ קְרוֹבָה
adjacent	m/f	צָמוּד/ צְמוּדָה
known	m/f	יָדוּעַ/ יְדוּעָה
the Dead Sea	m	יָם הַמֶּלַח
sometimes		לְעִיתִּים
song(s), poem(s)	m	שִׁיר/ שִׁירִים
somewhere		לְאָן שֶׁהוּא
easily, with ease		בְּקַלּוּת
grandfather(s)	m	סַבָּא/ סָבִים
quarrel, fight	m	רִיב/ רִיבִים
density	f	צְפִיפוּת
his life	m, pl	חַיָּיו = חַיִּים שֶׁלּוֹ
the cemetery	m	בֵּית הַקְּבָרוֹת
memory(es)	m	זִיכָּרוֹן/ זִיכְרוֹנוֹת
never won't		לְעוֹלָם לֹא

6. King Solomon

הַמֶּלֶךְ שְׁלֹמֹה

Audio file: https://youtu.be/hdW-hWV89jU

אֲנִי צוֹעֵד (לִצְעוֹד 154) הָלוֹךְ וָשׁוֹב בַּחֲצַר הַמֶּלֶךְ שְׁלֹמֹה, כּוּלִּי דְּאָגָה. מֵאָז בּוֹאָהּ שֶׁל הַמַּלְכָּה הַחֲדָשָׁה שְׁחוֹרַת הָעוֹר שׁוּם דָּבָר אֵינוֹ כְּפִי שֶׁהָיָה (לִהְיוֹת 35). הִיא בָּאָה (לָבוֹא 9) בְּאִישׁוֹן הַלַּיְלָה, וְכָל חֲצַר הַמַּלְכוּת בָּאָה (לָבוֹא 9) לִרְאוֹתָהּ (170). מְשָׁרְתֶיהָ הָיוּ (לִהְיוֹת 35) לְפָנֶיהָ וְאֶחָד נָשָׂא (לָשֵׂאת 114) אוֹתָהּ כְּאִילּוּ הָיְתָה (לִהְיוֹת 35) יַלְדָּה. הַחֲתוּנָּה הַזֹּאת הִיא טָעוּת.

I am pacing back and forth at the court of King Solomon, filled with anxiety. Since the arrival of the new dark-skinned queen nothing is as it used to be. She arrived in the dead of night, and the entire king's court came out to see her. Her servants stood in front of her, and one of them carried her as if she was a girl. This wedding is a mistake.

לְמֶלֶךְ שְׁלֹמֹה יֵשׁ כְּבָר אֶלֶף נָשִׁים, לָמָּה הוּא רוֹצֶה (לִרְצוֹת 177) עוֹד אַחַת? וְעוֹד גּוֹיָה? מָה אִיתִּי, בְּנוֹ רְחַבְעָם? מָתַי יִהְיֶה (לִהְיוֹת 35) לוֹ זְמַן עֲבוּרִי?

מַלְכַּת שְׁבָא הִיא נַעֲרָה שְׁחוֹרַת עוֹר מִמַּמְלָכָה בַּדָּרוֹם. חַיָּיב (no infinitive) אֲנִי לוֹמַר (5) שֶׁהִיא נַעֲרָה יָפָה. פָּנֶיהָ שְׁחוֹרוֹת וַעֲדִינוֹת, גּוּפָהּ מְיוּחָד. כַּאֲשֶׁר רָאִיתִי (לִרְאוֹת 170) אוֹתָהּ לָרִאשׁוֹנָה לִבִּי עָצַר (לַעֲצוֹר 135) מִלֶּכֶת.

King Solomon already has a thousand wives, why does he want another one? And a gentile, moreover? What about me, his son Rehoboam? When will he have time for me? The Queen of Sheba is a dark-skinned girl from a kingdom in the south. I must say that she is a beautiful girl. Her face is dark and gentle, her body is unusual. When I saw her for the first time, my heart stopped from beating.

יוֹפְיָיהּ הוּא אֶקְזוֹטִי. הַמַּרְאֶה שֶׁלָּהּ יָצַר (לִיצוֹר 73) בִּי תְּחוּשׁוֹת שֶׁל שִׂמְחָה וּמְשִׁיכָה, אוּלַי יוֹם אֶחָד הִיא תִּרְצֶה (לִרְצוֹת 177) גַּם בִּי. אַךְ הִיא גַּם אִשְׁתּוֹ הַחֲדָשָׁה שֶׁל אָבִי. מָה אֶעֱשֶׂה (לַעֲשׂוֹת 138)? אֲנִי שׂוֹנֵאת (לִשְׂנוֹא 193) אוֹתָהּ. עוֹד אִישָּׁה לְבַעֲלִי שְׁלֹמֹה. כַּמָּה נָשִׁים הוּא חַיָּיב (no infinitive)? מָה אִיתִּי? מָה עִם נַעֲמָה, אִשְׁתּוֹ הָאֲהוּבָה הָרִאשׁוֹנָה?

Her beauty is exotic. Her appearance inspires the feelings of happiness and attraction inside of me, maybe one day she'll want me, too. But she also is my father's new wife. What should I do? I hate her. Another wife for my husband Solomon. How many wives does he need? What about me? What about Naama, his beloved first wife?

כָּל אִישָּׁה חֲדָשָׁה שֶׁבָּאָה (לָבוֹא 9) לָאַרְמוֹן הִיא עוֹד אַחַת נֶגְדִּי, הִיא עוֹד אַחַת שֶׁלּוֹקַחַת (לָקַחַת 88) אוֹתוֹ מִמֶּנִּי. גַּם יֵשׁ בָּהּ רוֹעַ, אֲנִי רָאִיתִי (לִרְאוֹת 170) זֹאת .הִיא לוֹקַחַת (לָקַחַת 88) אֶת לִיבָּם שֶׁל הַגְּבָרִים, הוֹפֶכֶת (לַהֲפוֹךְ 38) אוֹתָם, וְאָז זוֹרֶקֶת (לִזְרוֹק 46) אוֹתָם.

Every new wife that comes to the palace is yet another opponent for me, yet another woman to take him from me. And she has evil in her, I saw that. She takes men's hearts, turns them around, and then throws them away.

הֶחָזֶה הַגָּדוֹל שֶׁלָּהּ מוֹשֵׁךְ (לִמְשׁוֹךְ 96) אוֹתָם. הֵם כּוּלָּם חַגִּים (לָחוֹג 51) סְבִיבָהּ כְּשֶׁהִיא בַּחֶדֶר. יֵשׁ בָּהּ כּוֹחַ שֶׁל כִּישׁוּף. שְׁלֹמֹה הַמֶּלֶךְ אוֹהֵב (לֶאֱהוֹב 2) אוֹתָהּ, וְהִיא צְעִירָה מִמֶּנּוּ בְּשָׁנִים כֹּה רַבּוֹת. אֲבָל אִם נִיתָּן (לְהִינָּתֵן 116) לִי, אוֹמַר (לוֹמַר 5) לָהּ דָּבָר אֶחָד כְּאִישָּׁה בּוֹגֶרֶת - הַיּוֹפִי אֵינוֹ לְתָמִיד. עָלֶיהָ לִמְצוֹא (94) אֶת הַדֶּרֶךְ לִשְׂרוֹד (194) גַּם כְּאִישָּׁה מְבוּגֶּרֶת יוֹתֵר, כַּאֲשֶׁר הַיּוֹפִי הַזֶּה הוֹלֵךְ (לָלֶכֶת 36) מִמֶּנָּה. בְּעוֹלָמֵנוּ לַגְּבָרִים יֵשׁ אֶת הַכּוֹחַ לִשְׁלוֹט (189). לָנוּ הַנָּשִׁים מָה יֵשׁ? יֵשׁ אֶת הַמַּרְאֶה שֶׁלָּנוּ וְאֶת הָעוֹרְמָה שֶׁלָּנוּ. וְכַאֲשֶׁר הַמֶּלֶךְ אֵינוֹ רוֹצֶה (לִרְצוֹת 177) בָּךְ יוֹתֵר, אַתְּ אֵינֵךְ חֲשׁוּבָה יוֹתֵר. אַתְּ קָמְלָה וְאֵינֵךְ שָׁם.

Her large bosom attracts them. They all go in circles around her when she is in the room. She has a bewitching power. King Solomon loves her, and she is so much younger than him. But if I may, I'd say to her one thing as a mature woman – beauty does not last. When this beauty goes away from her, she'll have to find a way to survive as an older woman, too. We have our looks and our wits. And when the king doesn't want you anymore, you are no longer important. You have withered, you have gone away.

אֵין בִּי עוֹד כּוֹחַ. אֲנִי הוּא הַמֶּלֶךְ שְׁלֹמֹה הָאַגָּדִי, אַךְ אֲנִי חָשׁ (לָחוּשׁ 53) כָּל כָּךְ זָקֵן. אֵין לִי כְּבָר כּוֹחוֹת לְכָל הַנָּשִׁים שֶׁלִּי, וּבְעִיקָּר לְזוֹ הַחֲדָשָׁה. יֵשׁ בָּהּ רוּחַ נְעוּרִים כָּזֹאת. טוֹב, הִיא בֶּאֱמֶת צְעִירָה. בַּמַּמְלָכָה הֵם רוֹצִים (לִרְצוֹת 177) לִרְאוֹת (170) שֶׁיֵּשׁ מַלְכָּה צְעִירָה. שֶׁלְּשַׁלִּיט הַמַּמְלָכָה יֵשׁ כּוֹחוֹת

אוֹן. הַמַּמְלָכָה שֶׁלָּנוּ הִיא מַמְלָכָה מוּצְלַחַת, עִם כֶּסֶף. מַמְלָכָה שֶׁל יְהוּדִים בַּעֲלֵי מָמוֹן.

I can’t take this anymore. I am the legendary King Solomon, but I feel so old. I am no longer strong enough for all my wives, and especially for the new one. She has that spirit of youth about her. Well, she’s young, indeed. The people of the kingdom want to see a young queen. That the kingdom’s ruler has virility. Our kingdom is a successful one, we have money. A kingdom of wealthy Jews.

אַךְ לְכָל מַמְלָכָה חַיָּיב (no infinitive) שֶׁיִּהְיֶה (לִהְיוֹת 35) מַנְהִיג בַּעַל כּוֹחַ הַחְלָטָה וְכָזֶה שֶׁהָאֲנָשִׁים רוֹאִים (לִרְאוֹת 170) בּוֹ סֶמֶל שֶׁל כּוֹחַ וּשְׁלִיטָה. כָּזֶה הוּא אֲנִי. זֶה מָה שֶׁקָּבַעְתִּי (לִקְבּוֹעַ 159) שֶׁאֶעֱשֶׂה (לַעֲשׂוֹת 138), יִהְיוּ (לִהְיוֹת 35) לִי אֶלֶף נָשִׁים וְיוֹתֵר. וְכָךְ הַשֵּׁם שֶׁלִּי יֵיצֵא (לָצֵאת 72) בְּרַחֲבֵי הָעוֹלָם. אַךְ אֵין בִּי כּוֹחַ עוֹד לְמַלְכַּת שְׁבָא. אֵין לִי כּוֹחוֹת לִרְאוֹת (170) אוֹתָהּ יוֹתֵר. הִיא לֹא אוֹהֶבֶת (לֶאֱהוֹב 2) אוֹתִי.

But every kingdom needs a supreme leader whom the people perceive as a symbol of strength and power. I am such a leader. This is what I’ve set for myself to do, to have a thousand wives, and then some. And this is why my name is famous across the world. But there is no strength left in me for the Queen of Sheba. I can no longer bear to see her. She doesn’t love me.

כְּשֶׁאֲנַחְנוּ בַּמִּיטָה, הִיא אֵינָהּ נוֹגַעַת (לִנְגּוֹעַ 97) בִּי. הִיא אֵינָהּ רוֹצָה (לִרְצוֹת 177) בִּי. כַּמּוּבָן שֶׁאֲנִי מַרְאֶה (לְהַרְאוֹת 170) לְכוּלָּם שֶׁאֲנִי אוֹהֵב (לֶאֱהוֹב 2) אוֹתָהּ. אַךְ יִהְיֶה (לִהְיוֹת 35) לִי קָשֶׁה לְאוֹרֶךְ זְמַן לַעֲשׂוֹת (138) זֹאת, לִרְצוֹת (177) בְּמִישֶׁהִי שֶׁאֵינָהּ רוֹצָה (לִרְצוֹת 177) בִּי. זוּגִיּוּת לְלֹא אַהֲבָה

אוֹ קֶשֶׁר. זוּגִיּוּת לְלֹא עָתִיד שֶׁל מַמָּשׁ. עַד מָתַי אֶהְיֶה (לִהְיוֹת 35) בָּהּ?

When we are in bed, she does not touch me. She does not want me. Of course, I show everyone that I love her. But it will be hard to me to do this for a long time, to want someone who doesn't want me. A relationship with no love or connection. A relationship with no real future. For how long I will be in it?

אֲנִי אוֹהֶבֶת (לֶאֱהוֹב 2) אוֹתוֹ. אוֹהֶבֶת (לֶאֱהוֹב 2) אֶת הָרֵיחַ שֶׁלּוֹ. אֶת יָדָיו הַחֲזָקוֹת. אֶת הַזֵּיעָה שֶׁלּוֹ. אֲנִי אוֹהֶבֶת (לֶאֱהוֹב 2) אֵיךְ שֶׁהוּא נוֹשֵׂא (לָשֵׂאת 114) אוֹתִי. אֶת הֶישֵּׂאָם אֲנִי רוֹצָה (לִרְצוֹת 177). הוּא גָּר (לָגוּר 22) אִיתָּנוּ בְּאַרְמוֹן בְּמַמְלֶכֶת שְׁבָא מֵאָז וּמִתָּמִיד. אֲנִי אוֹהֶבֶת (לֶאֱהוֹב 2) אֶת הַשְּׁרִירִים הַנּוּקְשִׁים שֶׁלּוֹ וְרֵיחַ זֵיעָתוֹ כְּשֶׁהוּא עוֹבֵד (לַעֲבוֹד 123). הוּא שׁוֹמֵר (לִשְׁמוֹר 192) עָלַיי כָּאן בָּאַרְמוֹן הֶחָדָשׁ בַּמַּמְלָכָה אֲרוּרָה זוֹ.

I love him. I love his smell. His strong arms. His sweat. I love how he carries me around. I want Hisham. He had been living in our palace since forever, back in the Kingdom of Sheba. I love his hard muscles and the smell of his sweat when he's at work. He keeps me safe here in the new palace, in this cursed kingdom.

אָבִי קָבַע (לִקְבּוֹעַ 159) עֲבוּרִי שֶׁעָלַיי לִהְיוֹת (35) מַלְכָּתוֹ שֶׁל הַמֶּלֶךְ הַיְּהוּדִי הַזָּקֵן. אָבִי יָדַע (לָדַעַת 69) שֶׁזֶּה אֵינוֹ רְצוֹנִי. אַךְ אָמַר (לוֹמַר 5) לִי שֶׁזֹּאת הִיא חוֹבָתִי עֲבוּר הַמַּמְלָכָה. הַמֶּלֶךְ שְׁלֹמֹה הוּא קָשִׁישׁ סֵנִילִי בַּעַל רֵיחַ מוּזָר. אֵינִי רוֹצָה (לִרְצוֹת 177) לִהְיוֹת (35) בְּמִיטָּתוֹ. בְּנוֹ רְחַבְעָם הוּא מוּזָר אַף הוּא וְלוּטֵשׁ (לִלְטוֹשׁ 86) בִּי עֵינַיִים לְלֹא הַפְסָקָה.

My father ordered that I ought to become the queen of the old king of Jews. My father knew that I didn't want that. But he told me that this was my duty toward the kingdom. King Solomon is a senile old man with a weird smell. I don't want to be in his bed. His son Rehoboam is a weirdo, too, and he stares at me all the time.

בּוֹדֵק (לִבְדּוֹק 8) אֶת גּוּפִי מַעְלָה וּמַטָּה. וְכֵן כָּל נְשׁוֹתָיו בָּאַרְמוֹן לֹא אוֹהֲבוֹת (לֶאֱהוֹב 2) אוֹתִי. רוֹצוֹת (לִרְצוֹת 177) בְּרָעָתִי. כֵּן, אֵין אֲנִי חָשָׁה (לָחוּשׁ 53) בַּבַּיִת כָּאן. הַמַּזָּל שֶׁלִּי הוּא שֶׁאֲנִי בָּאתִי (לָבוֹא 9) עִם הֵישָׁאם. הוּא שׁוֹמֵר (לִשְׁמוֹר 192) עָלַיי. לֹא יוֹדַעַת (לָדַעַת 69) עַד מָתַי אוּכַל (no infinitive לִהְיוֹת (35) בַּמָּקוֹם הַזֶּה יוֹתֵר.

Checking out my body up and down. And none of his wives in the palace likes me. They wish me ill. No, I don't feel at home here. I'm lucky to bring Hisham with me. He keeps me safe. I don't know for how long I will be able to stay in this place.

אֲנִי אֶהֱרוֹג (לַהֲרוֹג 39) אוֹתָם הַיּוֹם. אֶת כּוּלָּם. אֲנִי וְהִיא נִבְרַח (לִבְרוֹחַ 18) מִמַּמְלֶכֶת הַיְּהוּדִים הַזֹּאת. נִבְרַח (לִבְרוֹחַ 18) רָחוֹק לְמָקוֹם חָדָשׁ שֶׁבּוֹ אֵין אֲנָשִׁים כְּלָל. מָקוֹם שֶׁאֵין הֶבְדֵּל בֵּין מְשָׁרֶת וּמַלְכָּה. מָקוֹם שֶׁבּוֹ נִהְיֶה (לִהְיוֹת 35) שְׂמֵחִים. יִהְיוּ (לִהְיוֹת 35) לָנוּ יְלָדִים וְנִחְיֶה (לִחְיוֹת 55) בְּאוֹשֶׁר. קוֹדֶם כֹּל אֶהֱרוֹג (לַהֲרוֹג 39) אֶת הַמֶּלֶךְ שְׁלֹמֹה.

I'll kill them today. All of them. She and I will run away from that Kingdom of Jews. We will run far away to a new place with no people at all. To a place where there is no difference between a servant and a queen. Where we will be happy. We'll have kids and live happily. I'll kill King Solomon first.

אֶרְצַח (לִרְצוֹחַ 178) אוֹתוֹ בְּמִיטָתוֹ. וְאָז אֶת יְלָדָיו מְלֵאִי הַזִּימָה. הֵם נוֹעֲצִים (לִנְעוֹץ 109) בָּהּ עֵינַיִים,

רוֹאִים (לִרְאוֹת 170) בָּהּ כִּכְלִי רֵיק. וְאַחַר כָּךְ אֶת הַנָּשִׁים שֶׁלּוֹ אֶהֱרוֹג (לַהֲרוֹג 39). כּוּלָּם רוֹצִים (לִרְצוֹת 177) מִמֶּנָּה מַשֶּׁהוּ. מִמַּלְכַּת שְׁבָא הַיָּפָה שֶׁלִּי. הֵם אֵינָן אוֹהֲבִים (לֶאֱהוֹב 2) אוֹתָהּ כְּפִי שֶׁאֲנִי, הַמְּשָׁרֵת הַנֶּאֱמָן שֶׁלָּהּ, אוֹהֵב (לֶאֱהוֹב 2) אוֹתָהּ.

I'll kill him in his bed. And after that – his lewd children. They stare at her, see her as an empty vessel. And after that, I'll kill his wives. Everybody wants something from her. From my beautiful queen of Sheba. They don't love her as I, her loyal servant, love her.

אֶת הַנְּסִיכָה הַשְּׁחוֹרָה הַיָּפָה שֶׁלִּי, עוֹד מִיַּלְדוּת אָהַבְתִּי (לֶאֱהוֹב 2) אוֹתָהּ. אֲנִי אֶהֱרוֹג (לַהֲרוֹג 39) אוֹתָם, אֶת כּוּלָּם. אֶשְׁמוֹר (לִשְׁמוֹר 192) עָלֶיהָ כְּפִי שֶׁאָמַרְתִּי (לוֹמַר 5) שֶׁאֶעֱשֶׂה (לַעֲשׂוֹת 138). יֵשׁ בִּי כּוֹחַ לַעֲשׂוֹת (138) זֹאת. יֵשׁ בִּי. וְאָז נִהְיֶה (לִהְיוֹת 35) רַק אֲנִי וְהִיא לְבַדֵּנוּ בָּעוֹלָם. וְכָךְ יִזְכְּרוּ (לִזְכּוֹר 44) אֶת הַסִּיפּוּר הָאָרוּר הַזֶּה שֶׁל מַלְכַּת שְׁבָא וְהַמֶּלֶךְ שְׁלֹמֹה.

My beautiful black princess, I've been loving her since we were kids. I will kill them, all of them. I will keep her safe, as I said I would. I have enough strength to do that. I have it. And then we'll be alone in the whole world, just she and I. And so it will be remembered, this cursed tale of the Queen of Sheba and King Solomon.

Verbs

ENGLISH	HEBREW	TABLE	BINYAN
to love	לֶאֱהוֹב	*2*	*paal*
to say	לוֹמַר	*5*	*paal*
to feel, to sense	לָחוּשׁ	*5*	*paal*
to check	לִבְדּוֹק	*8*	*paal*
to come	לָבוֹא	*9*	*paal*
to run away	לִבְרוֹחַ	*18*	*paal*
to live, to reside	לָגוּר	*22*	*paal*
to be	לִהְיוֹת	*35*	*paal*
to go	לָלֶכֶת	*36*	*paal*
to turn	לַהֲפוֹךְ	*38*	*paal*
to kill	לַהֲרוֹג	*39*	*paal*
to remember	לִזְכּוֹר	*44*	*paal*
to throw, to discard	לִזְרוֹק	*46*	*paal*
to circle, to go round	לָחוּג	*51*	*paal*
to live	לִחְיוֹת	*55*	*paal*
to know	לָדַעַת	*69*	*paal*
to exit, to come out	לָצֵאת	*72*	*paal*
to create, to make	לִיצוֹר	*73*	*paal*
here: to stare	לִלְטוֹשׁ (עיניים)	*86*	*paal*
to take	לָקַחַת	*88*	*paal*
to find	לִמְצוֹא	*94*	*paal*
to attract; to pull	לִמְשׁוֹךְ	*96*	*paal*
to touch	לִנְגוֹעַ	*97*	*paal*
to affix, to insert	לִנְעוֹץ	*109*	*paal*
to bear, to carry	לָשֵׂאת	*114*	*paal*

to be given; here: to be given an opportunity	לְהִינָּתֵן	*116*	*nifal*
to work	לַעֲבוֹד	*123*	*paal*
to stop	לַעֲצוֹר	*135*	*paal*
to do, to make	לַעֲשׂוֹת	*138*	*paal*
to march	לִצְעוֹד	*154*	*paal*
to determine, to decide	לִקְבּוֹעַ	*159*	*paal*
to seem, to look	לְהֵירָאוֹת	*170*	*nifal*
to see	לִרְאוֹת	*170*	*paal*
to want	לִרְצוֹת	*177*	*paal*
to murder	לִרְצוֹחַ	*178*	*paal*
to rule	לִשְׁלוֹט	*189*	*paal*
to keep, to guard	לִשְׁמוֹר	*192*	*paal*
to hate	לִשְׂנוֹא	*193*	*paal*
to survive	לִשְׂרוֹד	*194*	*paal*

More Vocabulary

ENGLISH		HEBREW
King Solomon	m	הַמֶּלֶךְ שְׁלֹמֹה
court(s), yard(s)	f	חֲצַר/חֲצֵרוֹת
I'm all worried		כּוּלִּי דְּאָגָה
her arrival	m	בּוֹאָהּ = בּוֹא שֶׁלָּהּ
dark-skinned		שְׁחוֹרַת הָעוֹר
in the dead of the night		אִישׁוֹן הַלַּיְלָה
mistake(s)	f	טָעוּת/טָעֻיּוֹת
Rehoboam		רְחַבְעָם
for me, on my behalf		עֲבוּרִי

kingdom(s)		מַמְלָכָה/ מַמְלָכוֹת
young girl, teenage girl or very young woman	f	נַעֲרָה / נְעָרוֹת
gentleness, softness	f	עֲדִינוּת
exotic	m/f	אֶקְזוֹטִי/ אֶקְזוֹטִית
appearance	m	הַמַרְאֶה
feeling(s), sensation(s)	f	תְּחוּשָׁה/תְּחוּשׁוֹת
palace(s)	m	אַרְמוֹן/ אַרְמוֹנוֹת
evil, badness	m	רוֹעַ
their heart		לִיבָּם
the chest(s) (body part)	m	הֶחָזֶה / הֶחָזוֹת
witchcraft, sorcery	m	כִּישׁוּף/ כִּישׁוּפִים
so many, so multiple		כֹּה רַבּוֹת
adult, mature		בּוֹגֵר /בּוֹגֶרֶת
not forever		אֵינוֹ לְתָמִיד
cunning, craftiness	f	עוֹרְמָה
withered, wilted	m/f	קָמֵל /קָמְלָה
youth	m, pl	נְעוּרִים
successful	m/f	מוּצְלָח/מוּצְלַחַת
money, capital	m	מָמוֹן
leader(s)	m	מַנְהִיג / מַנְהִיגִים
decision(s)	f	הַחְלָטָה /הַחְלָטוֹת
symbol(s)	m	סֵמֶל /סְמָלִים
throughout the world		בְּרַחֲבֵי הָעוֹלָם
stubborn, insistent	m/f	נוּקְשֶׁה/נוּקְשָׁה
his sweat	f	זֵיעָתוֹ
cursed, damned	m/f	אָרוּר/אֲרוּרָה
strange, odd, weird	m/f	מוּזָר/מוּזָרָה

without stopping, all the time		לְלֹא הַפְסָקָה
something bad that happen to me (part of the phrase 'wish me ill')		בְּרָעָתִי
difference(s)	m	הֶבְדֵּל /הֶבְדֵּלִים
servant(s)	m	מְשָׁרֵת /מְשָׁרְתִים
as an empty vessel		כִּכְלִי רֵיק
loyal, faithful	m/f	נֶאֱמָן /נֶאֱמָנָה
princess(es)	f	נְסִיכָה/נְסִיכוֹת

7. Snoring

נְחִירוֹת

Audio file: https://youtu.be/5BsXrtTJm6k

שׁוּב הוּא נוֹחֵר (לִנְחוֹר 103). בָּא (לָבוֹא 9) לִי לָתֵת (116) לוֹ אֶת הַבְּעִיטָה הַקַּלָּה שֶׁתַּעֲצוֹר (לַעֲצוֹר 135) אֶת הַנְּחִירוֹת. פָּנָיו הַשְּׁחוּמוֹת הַיָּפוֹת עוֹלוֹת (לַעֲלוֹת 131) וְיוֹרְדוֹת (לָרֶדֶת 74) בְּכָל נְחִירָה. לֵילוֹת רַבִּים שֶׁאֲנִי לֹא יְשֵׁנָה (לִישׁוֹן 77). אֲנִי חוֹשֶׁבֶת (לַחְשׁוֹב 66) עַל כָּל מִינֵי דְּבָרִים שֶׁאֵינָם נוֹתְנִים (לָתֵת 116) לִי מְנוּחָה. אֲנִי חוֹשֶׁבֶת (לַחְשׁוֹב 66) לַעֲזוֹב (129) אוֹתוֹ. אַרְבַּע שָׁנִים עָבְרוּ (לַעֲבוֹר 124) מֵאָז שֶׁפָּגַשְׁנוּ (לִפְגּוֹשׁ 140) אֶחָד אֶת הַשֵּׁנִי.

He is snoring again. I want to give him a light smack to make him stop snoring. His beautiful swarthy face goes up and down with each snore. I haven't been sleeping for many nights. I'm thinking of all the things that bother me. I'm thinking of leaving him. Four years have passed since we met one another.

וְהוּא הָפַךְ (לַהֲפוֹךְ 38) לְמִישֶׁהוּ אַחֵר לְנֶגֶד עֵינַי. לְעִיתִּים הוּא מוֹשֵׁךְ (לִמְשׁוֹךְ 96) אוֹתִי. לְעִיתִּים

הוּא הוֹפֵךְ (לַהֲפוֹךְ 38) בְּעֵינַי לְיַלְדוּתִי וּמוּזָר. כְּבָר כַּמָּה זְמַן אֲנִי חוֹשֶׁבֶת (לַחְשׁוֹב 66) לַעֲזוֹב (129). אֲנִי אוֹהֶבֶת (לֶאֱהוֹב 2) אוֹתוֹ, אֲבָל לֹא בְּטוּחָה. אוֹהֶבֶת (לֶאֱהוֹב 2) שֶׁהוּא לְיָדִי, אֲבָל לִפְעָמִים אֲנִי לֹא רוֹצָה (לִרְצוֹת 177) בּוֹ וְרַק רוֹצָה (לִרְצוֹת 177) לִהְיוֹת (35) רְחוֹקָה מִמֶּנּוּ. הַיּוֹם בַּבּוֹקֶר אֲנִי אֶעֱשֶׂה (לַעֲשׂוֹת 138) זֹאת, אֲנִי אֶבְרַח (לִבְרוֹחַ 18) מִכָּאן.

Before my very eyes, he has become a different person. Sometimes he attracts me. Sometimes he seems to me immature and weird. For some time, I've been thinking of leaving. I love him, but I am not sure. I love when he is with me, but sometimes I don't want him and just want to be far away from him. This morning I will do that, I will run away from here.

אֲנִי קוֹבַעַת (לִקְבּוֹעַ 159) זֹאת אַחֲרֵי לַיְלָה שֶׁל מַחֲשָׁבוֹת וְהִתְלַבְּטוּיוֹת. אֲנִי לֹא אֶהְיֶה (לִהְיוֹת 35) תְּקוּעָה כָּאן לָנֶצַח. כֵּן, אֲנִי אֶבְרַח (לִבְרוֹחַ 18), יֵשׁ לִי אוֹמֶץ. אֲנִי אֲחַכֶּה (לְחַכּוֹת 57) שֶׁהוּא יֵיצֵא (לָצֵאת 72) לַעֲבוֹדָה שֶׁלּוֹ וְאֶעֱשֶׂה (לַעֲשׂוֹת 138) מָה שֶׁרָצִיתִי (לִרְצוֹת 177) לַעֲשׂוֹת (138) תָּמִיד, אֲנִי אֶבְרַח (לִבְרוֹחַ 18) בְּטִיסָה מִכָּאן. לֹא אוֹמַר (לוֹמַר 5) לְאַף אֶחָד. וְהִנֵּה הוּא קָם (לָקוּם 160).

I make this decision after a night of pondering and doubts. I will not be stuck here forever. Yes, I will run away, I have the courage. I will wait until he is out for his work and do what I always wanted to do, I will fly from here. I won't tell anyone. And now he's getting up.

הוּא אוֹמֵר (לוֹמַר 5) לִי יוֹם טוֹב וְנוֹתֵן (לָתֵת 116) לִי נְשִׁיקָה. אֲנִי עוֹשָׂה (לַעֲשׂוֹת 138) אֶת עַצְמִי יְשֵׁנָה (לִישׁוֹן 77). אַחֲרֵי שֶׁהוּא הוֹלֵךְ (לָלֶכֶת 36), אֲנִי קָמָה (לָקוּם 160) וְכוּלִּי חֲדוּרַת מַטָּרָה. אֲנִי

פּוֹתַחַת (לִפְתּוֹחַ 150) אֶת הַמַּחְשֵׁב. הִינֵּה טִיסוֹת, וּבְיָד רוֹעֶדֶת אֲנִי קוֹנָה (לִקְנוֹת 162) מַהֵר אֶת הַטִּיסָה הַזּוֹלָה הָרִאשׁוֹנָה שֶׁמָּצָאתִי (לִמְצוֹא 94). טִיסָה לָעִיר קָטָנְיָה. עִיר בְּסִיצִילְיָה, אִיטַלְיָה. אֲנִי אוֹהֶבֶת (לֶאֱהוֹב 2) אֶת אִיטַלְיָה.

He says to me good morning and gives me a kiss. I pretend to be asleep. Once he's gone, I get up, fully focused on my goal. I open the computer. Here are the flights, and with a shaking hand I quickly purchase the first cheap flight I see. A flight to Catania. A city in Sicily, Italy. I like Italy.

הַגְּלִידָה, הַפִּיצָה, הָאֲנָשִׁים. אֲנִי אוֹרֶזֶת (לֶאֱרוֹז 6) מִזְוָודָה קְטַנָּה. אֲנִי נוֹסַעַת (לִנְסוֹעַ 108) לִשְׂדֵה בְּמוֹנִית וְלֹא חוֹשֶׁבֶת (לַחְשׁוֹב 66) עַל מָה שֶׁאֲנִי עוֹשָׂה (לַעֲשׂוֹת 138). רַק פּוֹעֶלֶת (לִפְעוֹל 145). אַנְשֵׁי הַבִּיטָּחוֹן בַּשָּׂדֶה שׁוֹאֲלִים (לִשְׁאוֹל 180) אוֹתִי שְׁאֵלוֹת .אַתְּ נוֹסַעַת (לִנְסוֹעַ 108) לְבַד? אֲנִי חוֹשֶׁבֶת (לַחְשׁוֹב 66) שֶׁאֲנִי שׁוֹמַעַת (לִשְׁמוֹעַ 191) שֶׁהֵם שׁוֹאֲלִים (לִשְׁאוֹל 180) - וְאֵיפֹה הוּא? אַתֶּם עֲדַיִין בְּיַחַד? אֲבָל הֵם לֹא.

The ice cream, the pizza, the people. I pack a small suitcase. I go to the airport by taxi without thinking what I'm doing. Just doing. The airport security staff ask me questions. Am I flying alone? I think I hear them asking – and where is he? Are you still together? But they aren't asking that.

הִינֵּה כְּבָר אֲנִי יוֹשֶׁבֶת (לָשֶׁבֶת 76) בַּמָּטוֹס לִפְנֵי הַמִּרְאָה. אוּלַי כְּדַאי שֶׁאוֹמַר (לוֹמַר 5) לְמִישֶׁהוּ? אֲנִי פִּתְאוֹם חוֹשֶׁבֶת (לַחְשׁוֹב 66). אוּלַי כְּדַאי שֶׁאוֹמַר (לוֹמַר 5) לְמִשְׁפַּחְתִּי? אוּלַי כְּדַאי שֶׁאוֹמַר (לוֹמַר 5) לוֹ? הֵם יִדְאֲגוּ (לִדְאוֹג 29). הוּא יִהְיֶה (לִהְיוֹת 35) עָצוּב, הוּא יִבְכֶּה (לִבְכּוֹת 12). הוּא

יֶחְסַר (לַחְסוֹר 64) לִי. אֲנִי אֶתְגַּעְגֵּעַ (לְהִתְגַּעְגֵּעַ 28) לַשִּׂיחוֹת אִיתּוֹ וּלְמַגָּע. אָז מָה אֲנִי עוֹשָׂה (לַעֲשׂוֹת 138)?

Here I'm already sitting inside the plane before the departure. Maybe I should tell someone? - I think suddenly. Maybe I should tell my family? Maybe I should tell him? They will worry. He will be sad, he will cry. I will miss him. I will miss our talks and his touch. So what am I doing?

עוֹד קוֹל בָּרֹאשׁ שֶׁלִּי אֲנִי שׁוֹמַעַת (לִשְׁמוֹעַ 191) - "אַתְּ חַיֶּיבֶת (no infinitive) לִבְדּוֹק (8) שֶׁאַתְּ לֹא נִתְקַעַת (לְהִיתָּקַע 204) אִיתּוֹ. שֶׁיֵּשׁ לָךְ אֶת הַיְּכוֹלֶת עוֹד לִבְחוֹר (10) ". הַמָּטוֹס עוֹלֶה (לַעֲלוֹת 131) לַשָּׁמַיִם. אֲנִי יוֹשֶׁבֶת (לָשֶׁבֶת 76) לְבַדִּי מוּל הַחַלּוֹן. יִשְׂרָאֵל הוֹפֶכֶת (לַהֲפוֹךְ 38) קְטַנָּה פִּתְאוֹם. כָּל הַדְּאָגוֹת, מַעַרְכוֹת הַיְּחָסִים נִהְיוּ (no infinitive) קְטַנִּים. וְהִינֵּה אֲנִי רְחוֹקָה מֵהֶם. אֲנִי בַּדֶּרֶךְ לְסִיצִילְיָה, לְאִיטַלְיָה, לְאֵירוֹפָּה.

I'm hearing another voice inside of my head, "you have to make sure that you are not stuck with him. That you still have the ability to choose." The plain takes to the sky. I sit alone near a window. Israel becomes small. All the worries and relationships become small. And I am far away from them. I'm on my way to Sicily, Italy, to Europe.

טִיסָה שֶׁל שָׁלוֹשׁ שָׁעוֹת, וְהִנֵּה אֲנִי שָׁם. עוֹלָם אַחֵר. הַיָּם הוּא אוֹתוֹ יָם, אֲבָל בְּצַד הַשֵּׁנִי. אֲנִי הוֹלֶכֶת (לָלֶכֶת 36) בְּכָל הָעִיר. קְטַנְיָה הִיא עִיר יָפָה. יֵשׁ בָּהּ גַּם הֲמוֹן תַּיָּירִים מִכּוֹל הָעוֹלָם. הַרְבֵּה זוּגוֹת וּמִשְׁפָּחוֹת, וַאֲנִי לְבַדִּי צוֹעֶדֶת (לִצְעוֹד 154) לְבַד עִם מִזְוָודָה קְטַנָּה. רַק אֲנִי, אוֹכֶלֶת (לֶאֱכוֹל 4) גְּלִידָה וּבוֹכָה (לִבְכּוֹת 12). אֲנִי חוֹשֶׁבֶת

(לַחְשׁוֹב 66) עַל זֶה שֶׁאֵין לִי מָקוֹם לִישׁוֹן (77) .
אֲנִי מוֹצֵאת (לִמְצוֹא 94) מָלוֹן קָטָן בְּאֶמְצַע הָעִיר.

A three-hour flight, and I'm there. Another world. The sea is the same, but on the other side. I go everywhere in the city. Catania is a beautiful city. There are a lot of tourists from all over the world. Many couples and families, and I stroll on my own with a small suitcase. Just me, eating ice-cream and crying. I think that I have no place to stay. I find a small hotel in the city centre.

בַּעַל הַמָּלוֹן יוֹדֵעַ (לָדַעַת 69) רַק אִיטַלְקִית. הוּא אִישׁ מְבוּגָּר שֶׁקְּצָת מַזְכִּיר (לְהַזְכִּיר 44) לִי אֶת אַבָּא שֶׁלִּי. מַגִּיעַ (לְהַגִּיעַ 97) הַלַּיְלָה, וְהִנֵּה אֲנִי יְשֵׁנָה (לִישׁוֹן 77) לְבַד בְּמִיטַּת הַמָּלוֹן. גּוּפִי רוֹצֶה (לִרְצוֹת 177) לִמְצוֹא (94) אוֹתוֹ. אֲבָל הוּא אֵינֶנּוּ. אֲנִי חָשָׁה (לָחוּשׁ 53) אֶת הַמֶּתַח וּבוֹכָה. מָה עָשִׂיתִי (לַעֲשׂוֹת 138)? אֵיךְ פָּעַלְתִּי (לִפְעוֹל 145) כָּךְ? מַדּוּעַ עָשִׂיתִי (לַעֲשׂוֹת 138) זֹאת לְחַיַּי? בָּאֲרוּחַת בּוֹקֶר אוֹמֵר (לוֹמַר 5) לִי מְנַהֵל הַמָּלוֹן שֶׁכְּדַאי לִי לִנְסוֹעַ (108) לְהַר הַגַּעַשׁ אֶתְנָה.

The hotel owner speaks only Italian. He is an older man who reminds me of my father a little bit. The night comes, and here I am, sleeping alone in a hotel bed. My body wants to find him. But he isn't here. I feel the tension and cry. What have I done? How did I do that? Why did I do that with my life? At breakfast the hotel manager tells me that I should see the volcano Etna.

הוּא בְּלִיסִימוֹ. הוּא אוֹמֵר (לוֹמַר 5) לִי שֶׁזֶּהוּ הַר גַּעַשׁ פָּעִיל. אִישׁ אֵינוֹ יוֹדֵעַ (לָדַעַת 69) מָתַי יִפְרוֹץ (לִפְרוֹץ 149). לְעִיתִּים הוּא פּוֹרֵץ (לִפְרוֹץ 149) לְפֶתַע כַּאֲשֶׁר אִישׁ אֵינוֹ מוּכָן וּנְהָרוֹת שֶׁל לַבָּה זוֹרְמִים (לִזְרוֹם 45) בְּמוֹרַד הָהָר לְכִיווּן הָעִיר. אֲנִי נוֹסַעַת (לִנְסוֹעַ 108) לִרְאוֹת (170) אֶת הָהָר הַזֶּה.

אֲנִי בְּטִיּוּל מְאוּרְגָּן עִם שָׁלוֹשׁ זוּגוֹת, וַאֲנַחְנוּ נוֹסְעִים (לִנְסוֹעַ 108) אֶל הָהָר. הֵם בֶּטַח חוֹשְׁבִים (לַחְשׁוֹב 66), מִי נוֹסַעַת (לִנְסוֹעַ 108) לְבַד כָּךְ?

It is *bellissimo*. He tells me it is an active volcano. No one knows when it will erupt. Sometimes it erupts suddenly when no one is ready, and lava rivers flow down the mountain toward the city. I go to see that mountain. I take a group tour with three couples, and we ride to the mountain. They must be thinking, who travels alone like that?

אָנוּ עוֹלִים (לַעֲלוֹת 131) בְּמַעֲלֵי הָהָר. בַּדֶּרֶךְ אֲנִי רוֹאָה (לִרְאוֹת 170) אֶת הַלָּבָה הָרוֹתַחַת שֶׁקָּפְאָה (לִקְפּוֹא 163) מֵהִתְפָּרְצוּיוֹת קוֹדְמוֹת. אֲנִי חָשָׁה (לָחוּשׁ 53) בְּקוֹר. לְפֶתַע אָנוּ רוֹאִים (לִרְאוֹת 170) שֶׁיֵּשׁ שֶׁלֶג רַב בַּפִּסְגָּה. אֲנִי רוֹצָה (לִרְצוֹת 177) לַעֲלוֹת 131 (131) לְפִסְגַּת הָהָר. לִרְאוֹת (170) אֶת לוֹעַ הַר הַגַּעַשׁ. לָחוּשׁ (53) אֶת הַחוֹם וְהַקּוֹר שֶׁל הָהָר. הַמַּדְרִיכָה אוֹמֶרֶת (לוֹמַר 5) לִי שֶׁאֵין זֶה אֶפְשָׁרִי כָּרֶגַע, וְזֶה אַף אֵינוֹ חוּקִי.

We climb up the mountain. On our way I see solidified molten lava from previous eruptions. I feel cold. Suddenly we see that there is a lot of snow on the top. I want to climb to the top of the mountain. To see the volcano's mouth. To feel the mountain's heat and cold. The guide tells me that currently this is impossible, illegal even.

אֲנִי חָשָׁה (לָחוּשׁ 53) שֶׁזֶּה הַדָּבָר שֶׁעָלַיי לַעֲשׂוֹתוֹ. כַּאֲשֶׁר הֵם בַּחֲנוּת הַמַּזְכֵּירוֹת, אֲנִי עוֹזֶבֶת (לַעֲזוֹב 129) אוֹתָם. עוֹלָה (לַעֲלוֹת 131) עַל הָרַכֶּבֶל לְפִסְגַּת הָהָר. כְּכָל שֶׁאֲנִי עוֹלָה (לַעֲלוֹת 131), אֲנִי חָשָׁה (לָחוּשׁ 53) אֶת לִיבִּי הוֹלֵם (לַהֲלוֹם 37) בְּחוֹזְקָה. חָשָׁה (לָחוּשׁ 53) שֶׁשָּׁם, בְּלוֹעַ הַר הַגַּעַשׁ

אֶזְכֶּה (לִזְכּוֹת 43) לִתְשׁוּבָה. כְּשֶׁאַפְנֶה (לִפְנוֹת 142) אֶת מַבָּטִי לְתוֹכוֹ, אֵדַע (לָדַעַת 69) מָה עָלַיי לַעֲשׂוֹת (138) בְּחַיַּי.

I feel that this is what I have to do. While they are in a gift shop, I leave them. I take the cable car to the top of the mountain. As I am getting higher, I feel my heartbeat going stronger. I feel that there, at the volcano's mouth, I'll get the answer. When I look inside it, I will know what to do with my life.

לָהָר יִהְיוּ הַתְּשׁוּבוֹת. אֲנִי עוֹלָה (לַעֲלוֹת 131) מַעְלָה. הֵם שָׁם מֵאֲחוֹרַיי, הַקְּבוּצָה, קָטַנְיָה, יִשְׂרָאֵל וְהַהוּא שֶׁנּוֹחֵר (לִנְחוֹר 103) שָׁם בַּמִּיטָּה. אֲנִי עוֹלָה (לַעֲלוֹת 131) בְּשֶׁקֶט וּלְפֶתַע מוֹצֵאת (לִמְצוֹא 94) עַצְמִי עוֹמֶדֶת (לַעֲמוֹד 132) מוּלוֹ. לוֹעַ הַר הַגַּעַשׁ, הוּא כּוּלּוֹ אָדוֹם, וְרֵיחַ חָזָק שֶׁל גּוֹפְרִית יוֹצֵא (לָצֵאת 72) מִמֶּנּוּ. אֲנִי חָשָׁה (לָחוּשׁ 53) שֶׁאֲנִי עוֹמֶדֶת (לַעֲמוֹד 132) מוּל לִיבּוֹ שֶׁל הָעוֹלָם. אֲנִי חָשָׁה (לָחוּשׁ 53) שֶׁאִם אֶפּוֹל (לִיפּוֹל 110) פְּנִימָה, אִישׁ בֶּאֱמֶת לֹא יֵידַע (לָדַעַת 69).

The mountain will have the answers. I climb up. Back there are the group, Catania, Israel, and the snoring one in the bed. I climb up silently, and suddenly I find myself standing in front of it. The volcano's mouth, all red, with the strong smell of sulphur coming from it. I feel that I am standing before the heart of the world. I feel that if I fall down into it, no one will really know.

אֲנִי חָשָׁה (לָחוּשׁ 53) שֶׁזֶּהוּ, יֵשׁ בִּי עַכְשָׁיו הַכּוֹחַ לִמְחוֹק (90) הַכּוֹל. לִמְנוֹעַ (93) מֵהֶם שְׁלִיטָה עָלַיי. אֲנִי חָשָׁה (לָחוּשׁ 53) שֶׁעָלַי לַעֲשׂוֹת (138) זֹאת, אַךְ לְפֶתַע אֲנִי חָשָׁה (לָחוּשׁ 53) בְּיָד. בְּיָד עַל כְּתֵפִי. מַלְאַךְ ה'? לֹא זֶה פַּקָּח הַשְּׁמוּרָה. אִיטַלְקִי

נָמוּךְ בַּעַל שָׂפָם צוֹעֵק (לִצְעוֹק 155) עָלַיי וּמוֹשֵׁךְ (לִמְשׁוֹךְ 96) אוֹתִי. הוּא יוֹדֵעַ (לָדַעַת 69) רַק אִיטַלְקִית. וְאוֹמֵר (לוֹמַר 5) מִילָּה לִי אַחַת שֶׁהִיא - "וָבֶּנֶה". בְּסֵדֶר, הוּא אוֹמֵר (לוֹמַר 5). יִהְיֶה (לִהְיוֹת 35) בְּסֵדֶר.

I feel that that's it, I have now the power to erase it all. To prevent them from controlling me. I feel that I need to do that, but suddenly I feel a hand. A hand on my shoulder. A God's angel? No, it's a reserve inspector. A short Italian with moustache shouts at me and pulls me away. He speaks Italian only. He says to me one word, "va bene", okay. It will be okay.

אֲנִי חַשָּׁה חוּלְשָׁה וְנוֹתֶנֶת (לָתֵת 116) לוֹ לָשֵׂאת (114) אוֹתִי לְמַטָּה. יוֹמַיִים אַחַר כָּךְ אֲנִי נוֹסַעַת (לִנְסוֹעַ 108) לִשְׂדֵה הַתְּעוּפָה. אֲנִי חוֹזֶרֶת (לַחֲזוֹר 54) לָאָרֶץ. בַּיּוֹמַיִים הָאֵלֶּה עָשִׂיתִי (לַעֲשׂוֹת 138) טֵלֵפוֹנִים רַבִּים בָּהֶם אָמַרְתִּי (לוֹמַר 5) לְכוּלָּם שֶׁאֲנִי בְּסֵדֶר. וְלוֹ – אָמַרְתִּי (לוֹמַר 5) לוֹ שֶׁזֶּהוּ אֲנִי חוֹזֶרֶת (לַחֲזוֹר 54). אֲנִי רוֹצָה (לִרְצוֹת 177) אֶת חַיֵּינוּ בַּחֲזָרָה. אֲנִי רוֹצָה (לִרְצוֹת 177) רַק לִישׁוֹן (77) לְיָדוֹ. אֲנִי רוֹצָה (לִרְצוֹת 177) אֶת חוֹמּוֹ וְלִבּוֹ עָלַיי. זֶהוּ, אֲנִי חוֹזֶרֶת (לַחֲזוֹר 54).

I feel weak and let him carry me down the mountain. Two days later I go to the airport. I go back to Israel. In these two days I made lots of phone calls and told everyone that I was okay. And to him – I told him, that's it, I'm coming back. I want our life back. I only want to sleep next to him. I want his warmth and his heart against me. That's it, I'm coming back.

Verbs

ENGLISH	HEBREW	TABLE	BINYAN
to love	לֶאֱהוֹב	*2*	*paal*
to eat	לֶאֱכוֹל	*4*	*paal*
to say	לוֹמַר	*5*	*paal*
to pack	לֶאֱרוֹז	*6*	*paal*
to check	לִבְדּוֹק	*8*	*paal*
to come	לָבוֹא	*9*	*paal*
to choose	לִבְחוֹר	*10*	*paal*
to cry	לִבְכּוֹת	*12*	*paal*
to run away	לִבְרוֹחַ	*18*	*paal*
to miss (emotion)	לְהִתְגַּעְגֵּעַ	*28*	*hitpael*
to warry	לִדְאוֹג	*29*	*paal*
to be	לִהְיוֹת	*35*	*paal*
to go	לָלֶכֶת	*36*	*paal*
to hit, to strike; to beat rapidly	לַהֲלוֹם	*37*	*paal*
to turn	לַהֲפוֹךְ	*38*	*paal*
to win, to achieve	לִזְכּוֹת	*43*	*paal*
to remind	לְהַזְכִּיר	*44*	*hifil*
to flow	לִזְרוֹם	*45*	*paal*
to feel, to sense	לָחוּשׁ	*53*	*paal*
to return	לַחֲזוֹר	*54*	*paal*
to wait	לְחַכּוֹת	*57*	*piel*
to be lacking	לַחְסוֹר	*64*	*paal*
to think	לַחְשׁוֹב	*66*	*paal*
to know	לָדַעַת	*69*	*paal*
to exit, to go out	לָצֵאת	*72*	*paal*

to get down, to descend	לָרֶדֶת	*74*	*paal*
to sit	לָשֶׁבֶת	*76*	*paal*
to sleep	לִישׁוֹן	*77*	*paal*
to erase	לִמְחוֹק	*90*	*paal*
to prevent	לִמְנוֹעַ	*93*	*paal*
to find	לִמְצוֹא	*94*	*paal*
to pull; to attract	לִמְשׁוֹךְ	*96*	*paal*
to arrive, to come	לְהַגִּיעַ	*97*	*hifil*
to snore	לִנְחוֹר	*103*	*paal*
to travel	לִנְסוֹעַ	*108*	*paal*
to fall	לִיפּוֹל	*110*	*paal*
to bear, to carry	לָשֵׂאת	*114*	*paal*
to give	לָתֵת	*116*	*paal*
to work	לַעֲבוֹר	*124*	*paal*
to leave	לַעֲזוֹב	*129*	*paal*
to rise; to ascend	לַעֲלוֹת	*131*	*paal*
to stand	לַעֲמוֹד	*132*	*paal*
to stop	לַעֲצוֹר	*135*	*paal*
to do, to make	לַעֲשׂוֹת	*138*	*paal*
to meet	לִפְגּוֹשׁ	*140*	*paal*
to contact; to apply	לִפְנוֹת	*142*	*paal*
to act	לִפְעוֹל	*145*	*paal*
to erupt	לִפְרוֹץ	*149*	*paal*
to open	לִפְתּוֹחַ	*150*	*paal*
to march, to stroll	לִצְעוֹד	*154*	*paal*
to scream, to shout	לִצְעוֹק	*155*	*paal*
to determine; to decide	לִקְבּוֹעַ	*159*	*paal*
to get up	לָקוּם	*160*	*paal*

to buy	לִקְנוֹת	*162*	*paal*
to freeze	לִקְפּוֹא	*163*	*paal*
to see	לִרְאוֹת	*170*	*paal*
to want	לִרְצוֹת	*177*	*paal*
to ask	לִשְׁאוֹל	*180*	*paal*
to hear	לִשְׁמוֹעַ	*191*	*paal*
to stuck	לְהִיתָּקַע	*204*	*nifal*

More Vocabulary

ENGLISH		HEBREW
kick(s)	f	בְּעִיטָה/ בְּעִיטוֹת
snore(s)	f	נְחִירָה/ נְחִירוֹת
his face	f, pl.	פָּנָיו = פָּנִים שֶׁלּוֹ
brownish, dark brown	m/f	שְׁחוּם/שְׁחוּמָה
they are not		אֵינָם
rest	f	מְנוּחָה
my eyes	f	עֵינַי = עֵינַיִים שֶׁלִּי
sometimes		לְעִיתִּים
distant, remote	m/f	רָחוֹק/ רְחוֹקָה
thought(s)	f	מַחֲשָׁבָה/ מַחֲשָׁבוֹת
hesitation(s), doubt(s)	f	הִתְלַבְּטוּת/ הִתְלַבְּטוּיוֹת
stuck	m/f	תָּקוּעַ/ תְּקוּעָה
bravery	m	אוֹמֶץ
flight(s)		טִיסָה/ טִיסוֹת
all of me, I'm all; here: very, extremely		כּוּלִּי
motivated, goal-oriented	m/f	חֲדוּר/חֲדוּרַת מַטָּרָה

computer(s)	m	מַחְשֵׁב /מַחְשְׁבִים
take-off(s), departure(s) (about flights)	f	הַמְרָאָה/ הַמְרָאוֹת
it is worthwhile, it makes sense; one should		כְּדַאי
talk(s), conversation(s)	f	שִׂיחָה/ שִׂיחוֹת
ability, capability	f	יְכוֹלֶת/ יְכוֹלוֹת
worry(ies)	f	דְּאָגָה/ דְּאָגוֹת
tourist(s)	m	תַּיָּיר/ תַּיָּירִים
in the middle		בְּאֶמְצַע
he is not		הוּא אֵינֶנּוּ
tension(s)	m	מֶתַח/ מְתָחִים
volcano(s)	m	הַר/ הָרֵי גַּעַשׁ
active	m/f	פָּעִיל /פְּעִילָה
downhill		בְּמוֹרַד
direction	m	כִּיווּן/ כִּיווּנִים
trip	m	טִיּוּל/ טִיּוּלִים
organised	m/f	מְאוּרְגָּן/ מְאוּרְגֶּנֶת
eruption	f	הִתְפָּרְצוּת/ הִתְפָּרְצוּיוֹת
coldness, cold	m	קוֹר
suddenly		לְפֶתַע
top(s), peak(s), summit(s)	f	פִּסְגָּה/ פְּסָגוֹת
the mouth of a volcano	m	לוֹעַ הַר הַגַּעַשׁ
legal	m/f	חוּקִי/ חוּקִית
shop(s)	f	חֲנוּת /חֲנוּיוֹת
administration, office	f	מַזְכִּירוּת
cable car	m	רַכֶּבֶל
my heart	m	לִיבִּי = לֵב שֶׁלִּי

forcefully, strongly		בְּחוֹזְקָה
look, gaze	m	מַבָּטִי = מַבָּט שֶׁלִּי
sulphur	f	גּוֹפְרִית
control	f	שְׁלִיטָה
my shoulder	f	כְּתֵפִי = כָּתֵף שֶׁלִּי
God's anger	m	מַלְאַךְ ה'
inspector(s)	m	פַּקָּח/ פַּקָּחִים
(nature) reserve(s)	f	שְׁמוּרָה/ שְׁמוּרוֹת
moustache	m	שָׂפָם
weakness	f	חוּלְשָׁה

8. The Robbery

הַשּׁוֹד

Audio file: https://youtu.be/mNYFfRBs6_o

זֶה הָיָה (לִהְיוֹת 35) עוֹד יוֹם סְתָוִוי טִיפּוּסִי לְחוֹדֶשׁ אוֹקְטוֹבֶּר, הַשָּׁעוֹן הַמְּעוֹרֵר הֵעִיר (לְהָעִיר 128) אוֹתִי בְּ-6 וָחֵצִי, קַמְתִּי (לָקוּם 160) מֵהַמִּיטָּה בְּקוֹשִׁי רַב, אֲבָל פָּקַחְתִּי (לִפְקוֹחַ 147) אֶת עֵינַיי בִּמְהִירוּת מֵהַקְּרִירוּת שֶׁל הַבּוֹקֶר, אֲנִי אוֹהֵב (לֶאֱהוֹב 2) אֶת הַתְּקוּפָה הַזֹּאת שֶׁל הַשָּׁנָה, קוֹר נָעִים וּלְאַחַר מִכֵּן חֲמִימוּת הַשֶּׁמֶשׁ עַד שְׁעוֹת אַחַר הַצָּהֳרַיִים.

It was a usual autumn day in October, the alarm clock waked me up at 6:30, I barely managed to pull myself out from my bed, but the morning cold waked me soon, I like this part of the year, the cold is pleasant, and after that the sun is warm until the afternoon.

הֵכַנְתִּי (לְהָכִין 78) לְעַצְמִי חֲבִיתָה עִם 2 בֵּיצִים, כּוֹס קָפֶה שָׁחוֹר, שְׁתֵּי פְּרוּסוֹת לֶחֶם מָלֵא וְגֶזֶר. אָרַזְתִּי (לֶאֱרוֹז 6) אֶת אֲרוּחַת הַבּוֹקֶר שֶׁלִּי וְנָסַעְתִּי (לִנְסוֹעַ 108) לַתַּחֲנָה. נִכְנַסְתִּי (לְהִיכָּנֵס 79) וְאָמַרְתִּי (לוֹמַר 5) שָׁלוֹם לִכְלוּם וְנִכְנַסְתִּי (לְהִיכָּנֵס

(79) לַמִּטְבָּחוֹן כְּדֵי לֶאֱכוֹל (4) אֶת אֲרוּחַת הַבּוֹקֶר, כּוּלָּם צוֹחֲקִים (לִצְחוֹק 152) עָלַי שֶׁאֲנִי לוֹקֵחַ (לָקַחַת 88) אוֹכֶל מֵהַבַּיִת וְחוֹשְׁבִים (לַחְשׁוֹב) שֶׁאֲנִי קְצָת סְנוֹב שֶׁאֲנִי לֹא אוֹכֵל (לֶאֱכוֹל 4) אֶת מָה שֶׁיֵּשׁ בַּחֲדַר הָאוֹכֶל, "שׁוֹטְרִים אֲמִיתִיִּים אוֹכְלִים (לֶאֱכוֹל 4) מָה שֶׁיֵּשׁ!" זֶה מָה שֶׁהַמְּפַקֵּד שֶׁלִּי פַּעַם אָמַר (לוֹמַר 5) לִי, אֲבָל לְאַחַר 10 שְׁנוֹת שֵׁירוּת בַּמִּשְׁטָרָה אֲנִי חוֹשֵׁב (לַחְשׁוֹב) שֶׁמְּקוֹמִי בְּתוֹר "שׁוֹטֵר אֲמִיתִי" בַּתַּחֲנָה כְּבָר מְבוּסָּס הֵיטֵב.

I fixed myself an omelette with two eggs, a cup of black coffee, two slices of full-wheat bread, and a carrot. I wrapped my breakfast up and went to the station. I came in, said hi to everyone, and went to the kitchenette to have my breakfast, everybody laughs at me for bringing food from home and think that I am a bit of a snob for not eating whatever there is in the dining room, “real cops eat whatever there is!” – this is what our commander told me once, but after 10 years of police service I think that my position as “a real cop” is well established in the station.

הַשּׁוּתָּף שֶׁלִּי, גַּבִּי, נִכְנַס (לְהִיכָּנֵס 79) בְּאִיחוּר כְּהֶרְגֵּלוֹ וְהָלַךְ (לָלֶכֶת 36) יָשָׁר לַמִּטְבָּחוֹן, נָתַן (לָתֵת 116) לִי טְפִיחָה בָּעוֹרֶף וְאָמַר (לוֹמַר 5): "שׁוּב אַתָּה עִם הַגֶּזֶר הַזֶּה? לֵךְ (לָלֶכֶת 36) קַח (לָקַחַת 88) בֵּיצִים קָשׁוֹת וְשׁוֹקוֹ, וְאַתָּה כְּמוֹ חָדָשׁ תּוֹךְ 10 דַּקּוֹת בְּאַחְרָיוּת" עִם חִיּוּךְ מַמְזֵרִי.

My partner Gabi came late, as usual, and went straight to the kitchenette, smacked me on the back of my head and said, “Here you are again with that carrot? Get some hard-boiled eggs and chocolate milk and in ten minutes you’ll be as good as new, guaranteed,” with a mischievous smile.

אֲנִי חִיַּיכְתִּי (לְחַיֵּיךְ 56) וְהִמְשַׁכְתִּי (לְהַמְשִׁיךְ 96) לֶאֱכוֹל (4), אֲנִי מַכִּיר (לְהַכִּיר 106) אֶת גַּבִּי כְּבָר

8 שָׁנִים, הוּא הֶחָבֵר הֲכִי טוֹב שֶׁלִּי, כְּשֶׁהָיָה (לִהְיוֹת 35) טִירוֹן אָמַרְתִּי (לוֹמַר 5) לוֹ שֶׁהַנַּעֲלַיִים שֶׁלּוֹ שֶׁהָיוּ (לִהְיוֹת 35) מְלוּכְלָכוֹת מִבּוֹץ, הוּא אָמַר (לוֹמַר 5) לִי שֶׁכָּכָה יוֹתֵר יָפֶה וְצָחַק (לִצְחוֹק 152), הַחוּצְפָּה שֶׁלּוֹ עִצְבְּנָה (לְעַצְבֵּן 134) אוֹתִי וּבְמֶשֶׁךְ חוֹדֶשׁ הוּא נִיקָּה (לְנַקּוֹת 112) אֶת הַנַּעֲלַיִים שֶׁל כָּל הַתַּחֲנָה כְּעוֹנֶשׁ, מֵאָז אֲנַחְנוּ בִּלְתִּי נִפְרָדִים.

I smiled and kept eating, I've been knowing Gabi for 8 years already, he is my best friend, when he was a rookie I told him that his shoes were dirty, he told me that this way he liked them better and laughed, his insolence pissed me off and for the next month he was cleaning the shoes of the entire station as a punishment, since then we are inseparable.

אֲנִי מְפַקֵּד יְחִידַת הָאוֹפַנּוֹעָנִים בְּמָחוֹז תֵּל אָבִיב, גַּבִּי הוּא סְגָנִי, מֵיטַל הָרוֹכֶבֶת הֲכִי טוֹבָה שֶׁיֵּשׁ, הִיא נוֹסַעַת (לִנְסוֹעַ 108) בִּמְהִירוּת שֶׁל 250 קָמָ"שׁ וְקֶצֶב, הַלֵּב שֶׁלָּהּ לֹא יוֹרֵד (לָרֶדֶת 74) מִ-80 דְּפִיקוֹת לֵב בְּדַקָּה, תָּמִיד מְמוּקֶּדֶת. יוֹסִי הוּא הַשָּׁקֵט בַּצֶּוֶות, אֲבָל הַבֶּנְאָדָם הָרַצְיוֹנָלִי בַּחֲבוּרָה, הוּא מְאַזֵּן (לְאַזֵּן 3) אֶת כָּל הָרְבִיעִייָה הַזֹּאת. לֹא הָיִיתִי (לִהְיוֹת 35) מַחֲלִיף (לְהַחֲלִיף 61) אֶת הָאֲנָשִׁים הָאֵלֶּה תְּמוּרַת כָּל הַכֶּסֶף שֶׁבָּעוֹלָם. הַחֲבֵרוּת שֶׁלָּנוּ וַעֲבוֹדַת הַצֶּוֶות יְקָרַת עֵרֶךְ.

I am a Tel Aviv District motorbike unit commander, Gabi is my second in command, Meital is the best rider ever, she rides at 250 km per hour and her heartbeat doesn't go lower than 8o beats per minute, she's always focused. Yossi is the quiet one, but he is the most rational person of the pack, he balances all four of us. I wouldn't trade these people for all the money in the world. Our friendship and teamwork are valuable.

"גַּבִּי, אֲנִי רוֹאֶה (לִרְאוֹת 170) שֶׁאַתָּה וְהַפִּיצוֹת נְהְיֵיתֶם (no infinitive) חֲבֵרִים מַמָּשׁ טוֹבִים, אַתָּה בָּטוּחַ שֶׁאַתָּה יָכוֹל (no infinitive) לַעֲלוֹת 131 (131) עַל הָאוֹפַנּוֹעַ?" אָמְרָה (לוֹמַר 5) מֵיטַל לְגַבִּי, "תַּעַזְבִי (לַעֲזוֹב 129) אוֹתוֹ" אָמַר (לוֹמַר 5) יוֹסִי "הוּא מֵכִין (לְהָכִין 78) אֶת עַצְמוֹ לְפֶנְסְיָה, חֲסֵרִים (לַחְסוֹר 64) שְׁלִיחֵי פִּיצָה בָּאָרֶץ, אָז הוּא עוֹשֶׂה (לַעֲשׂוֹת 138) אֶת מָה שֶׁהוּא אוֹהֵב (לֶאֱהוֹב 2), לֶאֱכוֹל (4) פִּיצָה וְלִרְכּוֹב 175". כּוּלָּנוּ צָחַקְנוּ (לִצְחוֹק 152).

“Gabi, I see that you and pizzas have become really good friends, are you sure that you can get on the bike?” – said Meital to Gabi, “Leave him be,” said Yossi, “he’s getting ready for retirement, there aren’t enough pizza delivery boys in Israel, so he does what he really loves, eating pizza and riding.” We all laughed.

זוֹהִי הַשָּׁעָה שֶׁל הַתַּדְרִיךְ הַיּוֹמִי שֶׁלָּנוּ עִם מְפַקֵּד הַתַּחֲנָה, כָּרָגִיל הַדְּבָרִים הַשִּׁגְרָתִיִּים: "תְּנוּ (לָתֵת 116) חִיזּוּק בַּגִּזְרָה הַצְּפוֹנִית, עִם כָּל סוֹחֲרֵי הַסַּמִּים שֶׁיֵּשׁ שָׁם כַּנִּרְאֶה יֵשׁ גַּם נֶשֶׁק. תִּהְיוּ (לִהְיוֹת 35) עֵרָנִיִּים וּזְהִירִים", אָמַר (לוֹמַר 5) הַמְּפַקֵּד. בָּרֶגַע שֶׁיָּצָאנוּ (לָצֵאת 72) מֵחֲדַר הַתַּדְרִיכִים, רָאִינוּ (לִרְאוֹת 170) טִירוֹן אֶחָד רָץ (לָרוּץ 172) עִם הַבָּעַת פָּנִים חִיוֶּורֶת וְצוֹעֵק (לִצְעוֹק 155): "יֵשׁ הֲרוּגִים, הֵם יוֹרִים (לִירוֹת 75) לְכָל עֵבֶר!"

It was the time for our daily briefing with the station commander, the routine staff as usual: “More attention in the northern sector, with all the drug dealers up there, there probably are weapons, too. Be vigilant and careful,” the commander said. Once we were out of the briefing room, we saw a rookie running with pale face and calling: “There are victims, they are shooting in all directions!”

תָּפַסְתִּי (לִתְפּוֹס 202) אוֹתוֹ מֵהַכְּתֵפַיִים וְאָמַרְתִּי (לוֹמַר 5) לוֹ שֶׁיֵּירָגַע (לְהֵירָגַע 171) וְיַסְבִּיר (לְהַסְבִּיר 118) בְּדִיּוּק מָה קוֹרֶה (לִקְרוֹת 167). בֵּינְתַיִים כָּל הַתַּחֲנָה זָזָה (לָזוּז 42) לְכָל עֵבֶר כְּמוֹ חַוַּות נְמָלִים, אֵירוּעֵי יֶרִי עִם מִסְפָּר רַב שֶׁל הֲרוּגִים זֶה לֹא מַשֶּׁהוּ נָפוֹץ בַּגִּזְרָה שֶׁלָּנוּ, אֲבָל מַשֶּׁהוּ שֶׁכְּבָר חָוִינוּ (לַחֲווֹת 52) בֶּעָבָר. רַצְתִּי (לָרוּץ 172) לְחָמָ"ל עִם הַצֶּוֶות לַעֲלוֹת (131) תֵּיאוּר יוֹתֵר בָּרוּר שֶׁל הַמַּצָּב, חֲמִישָּׁה שׁוֹדְדִים חֲמוּשִׁים בְּרוֹבִים אוֹטוֹמָטִיִּים נִכְנְסוּ (לְהִיכָּנֵס 79) לַבַּנְק בִּשְׁכוּנַת הֶרְצְל לִפְנֵי כְּ-5 דַּקּוֹת וְהִתְחִילוּ (לְהַתְחִיל 200) לִירוֹת (75) בְּכוּלָּם, הֵם הִתְבַּצְּרוּ (לְהִתְבַּצֵּר 15) בַּבַּנְק, וְיֵשׁ לָהֶם בְּנֵי עֲרוּבָּה.

I grabbed him by the shoulders and told him to calm down and explain what exactly was going on. Meanwhile, the whole station was set in motion like an ant farm, shooting incidents with a large death count is not a common event in our sector, but it is something we have dealt with before. My teammates and I ran to the control room to get a clearer description of the situation, five robbers armed with automatic guns went into a bank in Herzl neighbourhood five minutes ago and started shooting at everyone, they entrenched themselves in the bank, and they have hostages.

הִקְפַּצְנוּ (לְהַקְפִּיץ 164) אֶת כָּל הַכּוֹחוֹת לַמָּקוֹם. "גַּבִּי, מֵיטַל, יוֹסִי, עָלוּ (לַעֲלוֹת 131) מַהֵר עַל צִיּוּד, אֲנַחְנוּ עָפִים (לָעוּף 127) לְשָׁם, קְחוּ (לָקַחַת 88) אִתְּכֶם אֶקְסְטְרָה תַּחְמוֹשֶׁת וּקְחוּ (לָקַחַת 88) גַּם M16 בְּנוֹסָף לַנֶּשֶׁק הָאִישִׁי שֶׁלָּכֶם ושכפ"צִים, יַאללְָה, תְּנוּ (לָתֵת 116) גַּז!" צָעַקְתִּי (לִצְעוֹק 155)

לְצָווֹת, כּוּלָּם הִתְחִילוּ (לְהַתְחִיל 200) לָרוּץ (172) לְכִיווּן הַחֲנָיָיה תּוֹךְ כְּדֵי שֶׁאֲנַחְנוּ לוֹקְחִים (לָקַחַת 88) אֶת כָּל הַצִּיוּד הַדָּרוּשׁ.

We sent all the units to the location. “Gabi, Meital, Yossi, put on the equipment at once, we fly there, bring extra ammo, and take M-16 in addition to your personal guns, and armoured vests, too. Come on, hurry up!” – I shouted at the team, everyone started running to the parking lot while picking up all the required equipment.

מֶרְחַק הַנְּסִיעָה מֵהַתַּחֲנָה עַד לַבַּנְק בְּהֶרְצֵל הוּא 15 דַּקּוֹת, אֲבָל בִּשְׁבִיל זֶה שׁוֹלְחִים (לִשְׁלוֹחַ 188) אוֹתָנוּ, שֶׁנַּגִּיעַ (לְהַגִּיעַ 97) לְשָׁם תּוֹךְ 5 דַּקּוֹת, אֲנַחְנוּ נוֹסְעִים (לִנְסוֹעַ 108) בִּמְהִירוּת תּוֹךְ כְּדֵי הִתְחַמְּקוּת מֵעוֹמֶס הַתְּנוּעָה שֶׁיֵּשׁ בִּשְׁעוֹת הַצָּהֳרַיִים בְּתֵל אָבִיב. הִגַּעְנוּ (לְהַגִּיעַ 97) הֲכִי מַהֵר שֶׁיָּכֹלְנוּ (no infinitive). רָאִיתִי (לִרְאוֹת 170) אֶת כְּנִיסַת הַבַּנְק, זְכוּכִיּוֹת מְנוּפָּצוֹת וָדָם עַל הָרִצְפָּה, שְׁתֵּי גוּפוֹת עַל הָרִצְפָּה וְעוֹד אַרְבָּעָה פְּצוּעִים.

The driving distance from the station to the bank is 15 minutes, but this is why they send us, to be there in 5 minutes, we ride quickly, evading the midday Tel Aviv traffic. We arrived as quickly as we could. I saw the entrance to the bank, shattered glass and blood on the floor, two bodies on the floor, and four more wounded.

אֲנַחְנוּ הַכּוֹחַ הַמִּשְׁטַרְתִּי הָרִאשׁוֹן וּבֵינְתַיִים הַיָּחִיד שֶׁהִגִּיעַ (לְהַגִּיעַ 97) לַמָּקוֹם, שָׁמַעְתִּי (לִשְׁמוֹעַ 191) אֶת הַסִּירֵנוֹת שֶׁל הָאַמְבּוּלַנְסִים בַּדֶּרֶךְ. "יוֹסִי, תַּרְחִיק (לְהַרְחִיק 173) אֶת כָּל הָאֲנָשִׁים מֵהָרְחוֹב, אֲנִי לֹא צָרִיךְ (no infinitive) עוֹד גוּפוֹת", צָעַק (לִצְעוֹק 155) גַּבִּי. "לִדְרוֹךְ (33) אֶת הַנְּשָׁקִים

וְתִהְיוּ (לִהְיוֹת 35) זְהִירִים, אֲנַחְנוּ נִכְנָסִים (לְהִיכָּנֵס 79)" אָמַרְתִּי (לוֹמַר 5) לְצֶוֶות.

We are the first and, so far, the only police unit on the scene, I heard the ambulance sirens on the way. "Yossi, move the people away from the street, I don't need more bodies," Gabi shouted. "Weapons on ready and be careful, we're going in," I told the squad.

קוֹלוֹת יְרִי וּצְעָקוֹת הִגִּיעוּ (לְהַגִּיעַ 97) מִתּוֹךְ הַבַּנְק, מֵיטַל פָּרְצָה (לִפְרוֹץ 149) אֶת הַדֶּלֶת הָאֲחוֹרִית שֶׁל הַבַּנְק וְנִכְנַסְנוּ (לְהִיכָּנֵס 79) פְּנִימָה, כְּשֶׁה-M16 שֶׁלָּנוּ מְכוּוָּנִים קָדִימָה, צְרוֹר יְרִיּוֹת נִשְׁמַע (לְהִישָּׁמַע 191) וְרָאִיתִי (לִרְאוֹת 170) אֶת גַּבִּי נוֹפֵל (לִיפּוֹל 110) עַל הָרִצְפָּה. יוֹסִי הִתְחִיל (לְהַתְחִיל 200) לִירוֹת (75) עַל הַשּׁוֹדְדִים וּמֵיטַל הוֹרִידָה (לְהוֹרִיד 74) שְׁנַיִים מֵהֶם.

Shots and screams were heard from the bank, Meital broke in the bank's back door, and we went in, pointing forward our M-16s, we heard a series of shots and I saw Gabi falling down on the floor. Yossi starts shooting at the robbers, and Meital downed two of them.

דְּמָמָה נִשְׁמְעָה (לְהִישָּׁמַע 191) בְּאוֹזְנַיי וְנִכְנַסְתִּי (לְהִיכָּנֵס 79) לְהֶלֶם בִּזְמַן שֶׁגַּבִּי שׁוֹכֵב (לִשְׁכַּב 186) וּמְדַמֵּם (לְדַמֵּם 32) עַל הָרִצְפָּה, מֵיטַל מָשְׁכָה (לִמְשׁוֹךְ 96) אוֹתִי הַצִּידָּה וְהֵבַנְתִּי (לְהָבִין 11) שֶׁנִּפְגַּעְתִּי (לְהִיפָּגַע 139) בַּכָּתֵף, "הוּא מֵת (לָמוּת 89), שְׁלוֹט (לִשְׁלוֹט 189) בְּעַצְמְךָ" צָעֲקָה (לִצְעוֹק 155) לִי מֵיטַל בִּזְמַן שֶׁיּוֹסִי מְחַפֶּה (לְחַפּוֹת 65) עָלֵינוּ. דָּחַפְתִּי (לִדְחוֹף 31) אֶת מֵיטַל הַצִּידָּה וְהִסְתַּעַרְתִּי (לְהִסְתַּעֵר 121) בְּזַעַם עַל הַשּׁוֹדְדִים,

רָאִיתִי (לִרְאוֹת 170) שֶׁיּוֹסִי הוֹרִיד (לְהוֹרִיד 74) עוֹד שְׁנַיִים.

My ears went deaf, and I entered into shock, as Gabi was lying and bleeding on the floor, Meital pulled me aside, and I understood that I got a shoulder wound, "He's dead, get a hold of yourself," shouted Meital at me as Yossi was covering us. I pushed Meital aside and stormed furiously at the robbers, I saw that Yossi downed two more of them.

"זִרְקוּ (לִזְרוֹק 46) אֶת הַנְּשָׁקִים שֶׁלָּכֶם אוֹ שֶׁאֲנִי מְפוֹצֵץ (לְפוֹצֵץ 146) אֶת כָּל הַמָּקוֹם" צָעַק (לִצְעוֹק 155) הַשּׁוֹדֵד הָאַחֲרוֹן, הָלַכְתִּי (לָלֶכֶת 36) בִּדְמָמָה אַחַר קוֹל צַעֲקוֹתָיו וּבִזְמַן שֶׁאֲנִי מִתְגַּנֵּב (לְהִתְגַּנֵּב 26) מֵאֲחוֹרָיו וְהַקָּנֶה שֶׁלִּי מְכֻוָּן לְרֹאשׁוֹ. לָחַצְתִּי (לִלְחוֹץ 85) עַל הַהֶדֶק וְהָרַגְתִּי (לַהֲרוֹג 39) אוֹתוֹ, הִתְמוֹטַטְתִּי (לְהִתְמוֹטֵט 91) עַל הָרִצְפָּה, אִיבַּדְתִּי (לְאַבֵּד 1) הַרְבֵּה דָּם וְאֶת הֶחָבֵר הֲכִי טוֹב שֶׁלִּי.

"Drop your weapons or I'll blow the place up," shouted the last robber, I went silently to the sound of his screams, sneaking behind his back and pointing my gun at his head. I pulled the trigger and killed him, and fainted on the floor, I lost a lot of blood and my best friend.

Verbs

ENGLISH	INFINITIVE	TABLE	BINYAN
to lose	לְאַבֵּד	*1*	*piel*
to love	לֶאֱהוֹב	*2*	*paal*
to balance	לְאַזֵּן	*3*	*piel*
to eat	לֶאֱכוֹל	*4*	*paal*
to say	לוֹמַר	*5*	*paal*

to pack	לֶאֱרוֹז	*6*	*paal*
to understand	לְהָבִין	*11*	*hifil*
to entrench oneself in, to make a stronghold in	לְהִתְבַּצֵּר	*15*	*hitpael*
to sneak	לְהִתְגַּנֵּב	*26*	*hitpael*
to push	לִדְחוֹף	*31*	*paal*
to bleed	לְדַמֵּם	*32*	*piel*
to load (a weapon)	לִדְרוֹךְ	*33*	*paal*
to be	לִהְיוֹת	*35*	*paal*
to go	לָלֶכֶת	*36*	*paal*
to kill	לַהֲרוֹג	*39*	*paal*
to move	לָזוּז	*42*	*paal*
to throw, to discard	לִזְרוֹק	*46*	*paal*
to experience	לַחֲווֹת	*52*	*paal*
to smile	לְחַייֵךְ	*56*	*piel*
to change, to replace	לְהַחֲלִיף	*61*	*hifil*
to be lacking	לַחְסוֹר	*64*	*paal*
to cover up	לְחַפּוֹת	*65*	*piel*
to think	לַחֲשׁוֹב	*66*	*paal*
to exit, to go out	לָצֵאת	*72*	*paal*
to get down, to descend	לָרֶדֶת	*74*	*paal*
to put down	לְהוֹרִיד	*74*	*hifil*
to shoot, to fire (a gun)	לִירוֹת	*75*	*paal*
to prepare	לְהָכִין	*78*	*hifil*
to enter, to come in	לְהִיכָּנֵס	*79*	*nifal*
to push, to press	לִלְחוֹץ	*85*	*paal*
to take	לָקַחַת	*88*	*paal*
to die	לָמוּת	*89*	*paal*

to collapse	לְהִתְמוֹטֵט	*91*	*hitpael*
to continue	לְהַמְשִׁיךְ	*96*	*hifil*
to pull; to attract	לִמְשׁוֹךְ	*96*	*paal*
to come, to arrive	לְהַגִּיעַ	*97*	*hifil*
to be familiar, to know	לְהַכִּיר	*106*	*hifil*
to travel, to ride, to drive	לִנְסוֹעַ	*108*	*paal*
to fall down	לִיפּוֹל	*110*	*paal*
to clean	לְנַקּוֹת	*112*	*piel*
to give	לָתֵת	*116*	*paal*
to explain	לְהַסְבִּיר	*118*	*hifil*
to storm, to attack	לְהִסְתַּעֵר	*121*	*hipael*
to fly	לָעוּף	*127*	*paal*
to wake up	לְהָעִיר	*128*	*hifil*
to leave	לַעֲזוֹב	*129*	*paal*
to rise, to ascend	לַעֲלוֹת	*131*	*paal*
to irritate, to anger	לְעַצְבֵּן	*134*	*piel*
to do, to make	לַעֲשׂוֹת	*138*	*paal*
to be hurt	לְהִיפָּגַע	*139*	*nifal*
to blow up, to make smth explode	לְפוֹצֵץ	*146*	*piel*
to open (one's eyes, ears)	לִפְקוֹחַ	*147*	*paal*
to break in; to erupt	לִפְרוֹץ	*149*	*paal*
to laugh	לִצְחוֹק	*152*	*paal*
to scream, to shout	לִצְעוֹק	*155*	*paal*
to get, to receive	לְקַבֵּל	*158*	*piel*
to get up, to stand up	לָקוּם	*160*	*paal*
to bounce; here: to scramble (military jargon)	לְהַקְפִּיץ	*164*	*hifil*

to happen	לִקְרוֹת	*167*	*paal*
to see	לִרְאוֹת	*170*	*paal*
to calm down	לְהֵירָגַע	*171*	*nifal*
to run	לָרוּץ	*172*	*paal*
to distance, to move something away	לְהַרְחִיק	*173*	*hifil*
to ride	לִרְכּוֹב	*175*	*paal*
to lie down	לִשְׁכַּב	*186*	*paal*
to send	לִשְׁלוֹחַ	*188*	*paal*
to control; to rule	לִשְׁלוֹט	*189*	*paal*
to hear	לִשְׁמוֹעַ	*191*	
to be heard	לְהִישָּׁמַע	*191*	*nifal*
to start	לְהַתְחִיל	*200*	*hifil*
to grab, to catch	לִתְפּוֹס	*202*	*paal*

More Vocabulary

ENGLISH		HEBREW
robbery	m	שׁוֹד
typical	m/f	טִיפּוּסִי/ טִיפּוּסִית
arousing, awakening, stimulating	m/f	מְעוֹרֵר/ מְעוֹרֶרֶת
alarm clock	m	הַשָּׁעוֹן הַמְעוֹרֵר
with great difficulty		בְּקוֹשִׁי רַב
coolness, cool weather	f	קְרִירוּת
after that		לְאַחַר מִכֵּן
warmness, warm weather	f	חֲמִימוּת
egg(s)	f	בֵּיצָה/ בֵּיצִים
slice(s)	f	פְּרוּסוֹת/ פְּרוּסוֹת

bread(s)	m	לֶחֶם/ לְחָמִים
wholegrain bread	m	לֶחֶם מָלֵא
snob	m	סְנוֹב/ סְנוֹבִּים
commander	m	מְפַקֵּד /מְפַקְּדִים
my place in the line		מְקוֹמִי (= מָקוֹם שֶׁלִּי) בַּתּוֹר
line, queue	m	תּוֹר/תּוֹרִים
based (on smth.), solid	m/f	מְבוּסָּס/ מְבוּסֶּסֶת
well		הֵיטֵב
partner(s)	m	שׁוּתָּף/ שׁוּתָּפִים
pat, slap	f	טְפִיחָה/ טְפִיחוֹת
nape, rear	m	עוֹרֶף
responsibly		בְּאַחְרָיוּת
sly	m/f	מַמְזֵרִי/ מַמְזֵרִית
newbie(s), rookie(s)	m	טִירוֹן/ טִירוֹנִים
dirty	m/f	מְלוּכְלָךְ/ מְלוּכְלֶכֶת
punishment(s)	m	עוֹנֶשׁ/ עוֹנָשִׁים
inseparable	m/f	בִּלְתִּי נִפְרָד/ נִפְרֶדֶת
my second-in-command	m	סְגָנִי = סְגַן שֶׁלִּי
(female) rider	f	רוֹכֶבֶת/ רוֹכְבוֹת
focused	m/f	מְמוּקָּד/ מְמוּקֶּדֶת
in exchange for		תְּמוּרַת
valuable	m/f	יָקָר/ יְקָרַת עֵרֶךְ
briefing(s), instruction(s)	m	תַּדְרִיךְ/ תַּדְרִיכִים
routine, regular	m/f	שִׁגְרָתִי/ שִׁגְרָתִית
alert, vigilant	m/f	עֵרָנִי/ עֵרָנִית
cautious, careful	m/f	זָהִיר/ זְהִירָה
facial expression(s)	f	הַבָּעַת/ הַבָּעוֹת פָּנִים

pale	m/f	חִיוֵּור/ חִיוֶּורֶת
killed	m	הָרוּג/ הֲרוּגִים
shoulder(s)	f	כָּתֵף/ כְּתֵפַיִים
meanwhile		בֵּינְתַיִים
ant farm(s)	f	חַוַּות/ חַווֹת נְמָלִים
shooting(s)	m	אֵירוּעַ/ אֵירוּעֵי יֶרִי
common, widespread	m/f	נָפוֹץ/ נְפוֹצָה
(military) headquarters		חָמָ"ל = חֲדַר מִלְחָמָה
description(s)	m	תֵּיאוּר/ תֵּיאוּרִים
robber(s)	m	שׁוֹדֵד/ שׁוֹדְדִים
armed, armed person	m/f	חָמוּשׁ/חֲמוּשָׁה/חֲמוּשִׁים
gun, rifle	m	רוֹבֶה/ רוֹבִים
automatic	m/f	אוֹטוֹמָטִי/ אוֹטוֹמָטִית
hostage(s)	m	בֵּן/בְּנֵי עֲרוּבָּה
equipment	m	צִיּוּד
weapon(s)	m	נֶשֶׁק/ נְשָׁקִים
personal	m/f	אִישִׁי/ אִישִׁית
bulletproof vest (slang; literally: explosion layer)	m	שַׁכְפָּ"ץ = שִׁכְבַת פִּיצוּץ
required, necessary	m/f	דָּרוּשׁ/ דְּרוּשָׁה
distance(s)	m	מֶרְחַק/ מֶרְחָקִים
ride(s), drive(s), travel(s)	f	נְסִיעָה/ נְסִיעוֹת
while (doing smth.)		תּוֹךְ כְּדֵי
evasion	f	הִתְחַמְּקוּת/הִתְחַמְּקוּיוֹת
road traffic		עוֹמֶס הַתְּנוּעָה
glass	f	זְכוּכִית/ זְכוּכִיּוֹת
shattered	m/f	מְנוּפָּץ/ מְנוּפֶּצֶת
bundle, bunch; burst (of gunfire)	m	צְרוֹר/ צְרוֹרוֹת

silence	f	דְּמָמָה
shock	m	הֶלֶם
anger, wrath	m	זַעַם
trigger(s)	m	הֶדֶק/ הֲדָקִים

9. His Fear

הַפַּחַד שֶׁלּוֹ

Audio file: https://youtu.be/Aq3dXygr2F4

זֶה הָיָה (לִהְיוֹת 35) הַיּוֹם הָרִאשׁוֹן שֶׁל כִּיתָּה א'. הַיֶּלֶד חָשַׁב (לַחְשׁוֹב 66) עַל הַיּוֹם הַזֶּה שָׁבוּעוֹת רַבִּים. הוּא יָדַע (לָדַעַת 69) שֶׁזֶּה יִהְיֶה יוֹם גּוֹרָלִי עֲבוּרוֹ. הַיֶּלֶד הָיָה קָטָן, אוּלַי בֶּן שֵׁשׁ. אֲבָל הוּא כְּבָר פָּחַד (לְפַחֵד 141) מִדְּבָרִים רַבִּים. הוּא תָּמִיד חָשׁ (לָחוּשׁ 53) שֶׁהוּא פּוֹחֵד מֵהַחַיִּים. כַּאֲשֶׁר הוּא נוֹלַד (לְהִיוָּלֵד 71), סַבָּא שֶׁלּוֹ הָיָה חוֹלֶה מְאוֹד. הוּא בְּעֶצֶם לֹא יָדַע, אֲבָל בִּשְׁבִיל אִימָּא שֶׁלּוֹ הַלֵּידָה שֶׁלּוֹ הָיְיתָה כְּמוֹ הַצָּלָה עֲבוּרָהּ.

It was the first day of the first grade. The boy had been thinking about this day for many weeks. He knew that this will be a fateful day for him. The boy was little, perhaps 6 years old. But he already was afraid of lots of things. He always felt that he was afraid of life. When he was born, his grandfather was very sick. He did not know that, but for his mother his birth was a salvation of sorts.

מַשֶּׁהוּ שֶׁעָזַר (לַעֲזוֹר 130) לָהּ לְהִתְגַּבֵּר (20) עַל מַחֲלַת הַסָּב. בְּאוֹפֶן מְאוֹד מוּזָר, בְּדִיּוּק בַּזְּמַן

שֶׁהַיֶּלֶד נוֹלַד, גַּם לַמִּשְׁפָּחָה נוֹדַע (לְהִיוָּדַע 69) שֶׁלְּסַבָּא יֵשׁ סַרְטָן. הַיֶּלֶד וְהַסַּרְטָן בָּאוּ (לָבוֹא 9) בְּיַחַד. כַּנִּרְאֶה שֶׁלִּפְעָמִים לֵידָה וּמָוֶות הֵם קְרוֹבִים כְּמוֹ אַחִים. הֵם אֶחָד לְיַד הַשֵּׁנִי. אֶחָד נוֹלַד וְהַשֵּׁנִי גּוֹסֵס (לִגְסוֹס 27). הָאִימָּא הָיְיתָה מְאוֹד עֲצוּבָה כַּאֲשֶׁר הַיֶּלֶד נוֹלַד, אֲבָל הוּא הָיָה כְּמוֹ הַתְּרַפְיָה שֶׁלָּהּ.

Something that helped her to cope with the grandfather's illness. Oddly enough, exactly at the time of the boy's birth, the family got to know that the grandfather had cancer. The boy and cancer came together. Looks like sometimes, birth and death are close like brothers. They are one next to another. One is born and the other dies. The mother was very sad when the boy was born, but he became a kind of a therapy for her.

הִיא בָּנְתָה (לִבְנוֹת 13) אִיתּוֹ עוֹלָם סָגוּר שֶׁבּוֹ אֵין לְסַרְטָן כּוֹחַ עֲלֵיהֶם. עוֹלָם סָגוּר. הַיֶּלֶד לָקַח (לָקַחַת 88) מַשֶּׁהוּ מֵהָעוֹלָם הַסָּגוּר הַזֶּה אִיתּוֹ לְחַיִּים. בְּעִיקָּר נִרְאֶה (לְהֵרָאוֹת 170) שֶׁהוּא לָקַח אֶת הַפַּחַד מֵהַסַּרְטָן לַחַיִּים שֶׁלּוֹ. הוּא לָקַח אֶת הַפַּחַד שֶׁלּוֹ וְשֶׁל הָאִימָּא שֶׁלּוֹ אִיתּוֹ לְכָל מָקוֹם.

Together with him, she built a closed world where cancer had no power over them. A closed world. The boy took a part of that closed world into his own life. Mainly, it seemed that he took the fear of cancer into his life. He carried his and his mother's fear with him everywhere.

מָחָר כָּאָמוּר הוּא הַיּוֹם הָרִאשׁוֹן שֶׁל כִּיתָּה א'. הַיֶּלֶד לֹא יָכוֹל (no infinitive) הָיָה לִישׁוֹן (77) בַּלַּיְלָה . הוּא חָשַׁשׁ (לַחֲשׁוֹשׁ). לְבַסּוֹף לְאַחַר לַיְלָה לְלֹא שֵׁינָה הוּא קָם (לָקוּם 160) וְיָשַׁב (לָשֶׁבֶת 76) בַּסָּלוֹן. אַבָּא שֶׁלּוֹ יָצָא (לָצֵאת 72)

בְּבוֹקֶר מוּקְדָּם לַעֲבוֹדָה. הוּא רָאָה (לִרְאוֹת 170) אֶת הַיֶּלֶד יוֹשֵׁב בַּסָּלוֹן וְנִרְאָה הָיָה לוֹ שֶׁהוּא פַּחַד. הָאַבָּא חָשַׁב (לַחֲשׁוֹב 66) שֶׁזֶּה מוּזָר וְאוּלַי גַּם קְצָת מַצְחִיק. "נָתִי," הוּא אָמַר (לוֹמַר 5) לוֹ, "הַכֹּל יִהְיֶה בְּסֵדֶר. אַתָּה תֹּאהַב (לֶאֱהוֹב 2) אֶת בֵּית הַסֵּפֶר, אֲנִי בָּטוּחַ ,וְיִהְיוּ לְךָ הָמוֹן חֲבֵרִים. אַתָּה לֹא צָרִיךְ לְפַחֵד (no infinitive) (141)."

As mentioned, tomorrow is the first day of the first grade. The boy couldn't sleep that night. He was anxious. Finally, after a sleepless night, he got up and sat in the living room. Early in the morning, his father came out for work. He saw the boy sitting in the living room, and it seemed to him that he was afraid. The father thought that this was strange and also a little funny. "Natty," he said to him, "everything will be all right. You will love the school, I'm sure of it, and you'll meet many friends. You don't have to be afraid."

אֲבָל בְּסוֹף מִילּוֹת הָעִידוּד שֶׁל הָאָב לֹא עָזְרוּ. הַפַּחַד שֶׁהָאִימָּא הֶחְדִּירָה (לְהַחְדִּיר 50) בּוֹ שִׁיתֵּק (לְשַׁתֵּק 197) אוֹתוֹ. הוּא הִסְתּוֹבֵב (לְהִסְתּוֹבֵב 117) לְבַדּוֹ בְּבֵית הַסֵּפֶר הָעֲנָק וְהֶחָדָשׁ הַזֶּה. הַכֹּל הָיָה נִרְאֶה לוֹ כָּל כָּךְ מַפְחִיד. אֲבָל אַתֶּם יוֹדְעִים מִמָּה הוּא לֹא פָּחַד? מִלְּלְמוֹד (87). הוּא אָהַב לִלְמוֹד (87). הוּא הָיָה טוֹב בְּלִימּוּדִים. אַחַר כָּךְ הוּא הִצְלִיחַ (לְהַצְלִיחַ 153) מְאוֹד בְּבֵית הַסֵּפֶר. מֵאִיּוֹת בְּכָל הַמִּבְחָנִים. אֲבָל פָּחוֹת הִצְלִיחַ עִם הַחֲבֵרִים, כִּי הוּא פָּחַד.

But in the end the father's words of encouragement did not help. He wandered alone around that huge new school. Everything looked so scary to him. But guess what he was not afraid of? The studies. He loved studying. He was good at studies. Over time, he achieved great success at school. Got straight A’s. But he was less successful with friends because he was afraid.

וְאָז הִגִּיעַ (לְהַגִּיעַ 97) הַלַּיְלָה לִפְנֵי שֶׁהַיֶּלֶד הָלַךְ (לָלֶכֶת 36) לַצָּבָא. נִרְאֶה שֶׁשּׁוּב הוּא לֹא יָכוֹל הָיָה לִישׁוֹן (77). הוּא פָּחַד. צָבָא זֶה לֹא בֵּית הַסֵּפֶר. הוּא קָם וְיָשַׁב בַּסָּלוֹן וְחִיכָּה (לְחַכּוֹת 57) לַבּוֹקֶר. בְּבוֹקֶר מוּקְדָּם הוּא שׁוּב רָאָה אֶת הָאָב. הָאָב אָמַר לוֹ "מָה קָרָה (לִקְרוֹת 167) לְךָ נָתִי? אֵין לְךָ מָה לְפַחֵד (141). הַכּוֹל יִהְיֶה בְּסֵדֶר. אַתָּה תִּהְיֶה טוֹב שָׁם בַּצָּבָא, אֲנִי יוֹדֵעַ שֶׁיִּהְיוּ לְךָ הֲמוֹן חֲבֵרִים וְתַפְקִידִים מְעַנְיְינִים". אֲבָל בְּסוֹף הַמִּילִּים שֶׁל הָאָב לֹא עָזְרוּ. שׁוּב הַפַּחַד הַזֶּה שֶׁל הָאִימָּא שָׁלַט (לִשְׁלוֹט 189) בּוֹ.

Then came the night before the day the boy had to go to the army. It appeared that he couldn’t sleep again. He was afraid. The army is not a school. He got up and sat in the living room, waiting for the morning to come. Early in the morning he saw his father again. His father told him, “What’s up with you, Natty? There is nothing to be afraid of. Everything will be all right. You’ll do good there in the army, I know that you’ll have many friends and interesting jobs.” But in the end, his father’s words didn’t help. Again, his mother’s fear took hold of him.

הוּא הָלַךְ, אֲבָל שָׁם הָיוּ הַרְבֵּה קְשָׁיִים וְאֶתְגָּרִים. שָׁם בַּצָּבָא הָיוּ לָהֶם גַּם תּוֹכְנִיּוֹת מוּזָרוֹת עֲבוּרוֹ. תַּפְקִידִים שֶׁלֹּא הִתְאִימוּ (לְהַתְאִים 198) לוֹ. לֹא הִצְלִיחַ לִמְצוֹא (94) אֶת עַצְמוֹ בְּשֵׁירוּת . הַשָּׁנָה הָרִאשׁוֹנָה הָיְיתָה מְאוֹד קָשָׁה, אֲבָל אַתֶּם יוֹדְעִים מָה, אַחַר כָּךְ בְּהֶמְשֵׁךְ הוּא לָמַד (לִלְמוֹד 87) קְצָת לְהִתְגַּבֵּר (20) עַל הַפַּחַד שֶׁלּוֹ וּפָגַשׁ (לִפְגּוֹשׁ 140) הֲמוֹן אֲנָשִׁים חֲדָשִׁים. אֲפִילּוּ פָּגַשׁ שָׁם חֲבֵרָה.

בַּסּוֹף הוּא סִיֵּים (לְסַיֵּם 119) אֶת הַצָּבָא וְיָצָא קְצָת מִישֶׁהוּ אַחֵר קְצָת מִמָּה שֶׁנִּכְנַס (לְהִיכָּנֵס 79).

He went, but there were many problems and challenges. They also had strange plans for him there, in the army. Jobs that did not suit him. He struggled to fit in the military service. The first year was very hard, but you know what? After that, he learned a little how to overcome his fear and met many new people. He even met a girlfriend. In the end he had completed the service term and went out as a little different person from the one who came in.

וְאָז הִגִּיעַ הַלַּיְלָה הַזֶּה לִפְנֵי שֶׁהוּא הִתְחִיל (לְהַתְחִיל 200) לִלְמוֹד (87) בָּאוּנִיבֶרְסִיטָה. שׁוּב הוּא לֹא יָשַׁן. הוּא פָּחַד, אֲבָל הַפַּעַם הוּא כְּבָר יָדַע כַּמָּה דְּבָרִים עַל עַצְמוֹ וְעַל הַחַיִּים . אַבָּא שֶׁלּוֹ כְּבָר לֹא נִיסָּה (לְנַסּוֹת 107) לְעוֹדֵד (126) אוֹתוֹ כִּי אֶת הָאוּנִיבֶרְסִיטָה הוּא לֹא הִכִּיר (לְהַכִּיר 106) וְגַם אַבָּא שֶׁלּוֹ קְצָת פָּחַד מִמֶּנָּה. עַכְשָׁיו הוּא בֶּאֱמֶת כְּבָר הָיָה לְבַד, אֲבָל הוּא הָלַךְ בַּסּוֹף. בַּלִּימּוּדִים הָאֵלֶּה הוּא גִּילָּה (לְגַלּוֹת 24) שֶׁהַפַּחַד שֶׁלּוֹ הוּא בְּעֶצֶם הַכְּלִי שֶׁלּוֹ.

And then there was the night before the day he was supposed to go to college. Again, he didn’t sleep. He was afraid, but this time he already knew a couple of things about himself and the life. His father didn’t try to encourage him anymore because he was not familiar with college life, and his father, too, was a little afraid of it. Now he really was on his own, but he still went in the end. During his studies he discovered that his fear was, in fact, his tool.

הוּא לָמַד בָּאוּנִיבֶרְסִיטָה אֵיךְ לַעֲזוֹר (130) לַאֲנָשִׁים עִם הַפְּחָדִים שֶׁלָּהֶם. הוּא לָמַד שִׁיטוֹת לַעֲזוֹר (130) לִילָדִים אֵיךְ לֹא לְפַחֵד (141). פִּתְאוֹם בְּלִימּוּדִים הוּא הֵבִין (לְהָבִין 11) אֶת הַכּוֹחַ שֶׁיֵּשׁ לוֹ. אֵיךְ הוּא יָכוֹל לַעֲזוֹר (130) לְמִישֶׁהוּ אַחֵר

בֶּאֱמֶת. וְלַעֲזוֹר (130) בַּדֶּרֶךְ גַּם לְעַצְמוֹ. הַדֶּרֶךְ הַיְּחִידָה שֶׁהוּא יָכוֹל לְהִתְגַּבֵּר (20) עַל הַפַּחַד שֶׁלּוֹ הוּא לַעֲזוֹר (130) לַאֲנָשִׁים אֲחֵרִים עִם אוֹתוֹ הַפַּחַד בְּדִיּוּק.

In college, he learned how to help people with their fears. He learned ways to help children not to be afraid. Suddenly, during his studies, he understood the power he had. How he could really help somebody else. And at the same time, to help himself, too. The only way he could overcome his fear was to help other people with the very same fear.

וּבֶאֱמֶת הַיּוֹם הוּא עוֹבֵד (לַעֲבוֹד 123) בְּטִיפּוּל בִּפְחָדִים .הוּא עוֹזֵר לַיְּלָדִים וְלַנְּעָרִים לֹא לְפַחֵד (141) יוֹתֵר. הוּא מְלַמֵּד (לְלַמֵּד 87) אוֹתָם שִׁיטוֹת חֲדָשׁוֹת וּמְסַפֵּר (לְסַפֵּר 122) לָהֶם עַל הַכּוֹחוֹת שֶׁיֵּשׁ לָהֶם. הוּא נוֹתֵן (לָתֵת 116) לָהֶם מִמָּה שֶׁהוּא לָמַד מֵהַחַיִּים וְכָל מָה שֶׁהוּא יָכוֹל עַל מְנַת שֶׁיַּצְלִיחוּ . הוּא רוֹצֶה (לִרְצוֹת 177) שֶׁהֵם יַצְלִיחוּ בְּכָל הַתְּחוּמִים וְלֹא יִתְּנוּ לַפַּחַד שֶׁלָּהֶם לִשְׁלוֹט (189) בָּהֶם וּלְנַהֵל (99) אוֹתָם.

And indeed, today he works in fear treatment. He helps children and teenagers not to be afraid anymore. He teaches them new methods and tells them about the powers they have. He shares with them something he learned from his life and does everything he can to help them succeed. He wants them to succeed in all the areas and not to let their fear control and manage them.

וּבֶאֱמֶת רַק כָּךְ אֶפְשָׁר לְהִתְגַּבֵּר (20) עַל הַפְּחָדִים שֶׁלָּנוּ כַּאֲשֶׁר אַתָּה לֹא לְבַד וּמִישֶׁהוּ שֶׁהָיָה שָׁם בְּאוֹתוֹ הַמָּקוֹם מְסַפֵּר לְךָ עַל אֵיךְ אֶפְשָׁר לִהְיוֹת (35) חֲזָקִים.

And indeed, this is the only way to overcome our fears, when you are not alone, and someone who had been in the same place tells you how you can become stronger.

Verbs

ENGLISH	INFINITIVE	TABLE	BINYAN
to love, to like	לֶאֱהוֹב	*2*	*paal*
to say, to tell	לוֹמַר	*5*	*paal*
to come	לָבוֹא	*9*	*paal*
to understand	לְהָבִין	*11*	*hifil*
to build	לִבְנוֹת	*13*	*paal*
to overcome	לְהִתְגַּבֵּר	*20*	*hitpael*
to discover	לְגַלּוֹת	*24*	*piel*
to be dying	לִגְסוֹס	*27*	*paal*
to be	לִהְיוֹת	*35*	*paal*
to go	לָלֶכֶת	*36*	*paal*
to instill, to insert	לְהַחְדִּיר	*50*	*hifil*
to sense	לָחוּשׁ	*53*	*paal*
to wait	לְחַכּוֹת	*57*	*piel*
to think	לַחֲשׁוֹב	*66*	*paal*
to fear	לַחֲשׁוֹשׁ	*67*	*paal*
to know	לָדַעַת	*69*	*paal*
to be known	לְהִיוָּדֵעַ	*69*	*nifal*
to be born	לְהִיוָּלֵד	*71*	*nifal*
to go out, to exit	לָצֵאת	*72*	*paal*
to sit	לָשֶׁבֶת	*76*	*paal*
to sleep	לִישׁוֹן	*77*	*paal*

to enter, to come in	לְהִיכָּנֵס	*79*	*nifal*
to learn	לִלְמוֹד	*87*	*paal*
to teach	לְלַמֵּד	*87*	*piel*
to take	לָקַחַת	*88*	*paal*
to find	לִמְצוֹא	*94*	*paal*
to arrive, to come	לְהַגִּיעַ	*97*	*hifil*
to manage	לְנַהֵל	*99*	*piel*
to get to know	לְהַכִּיר	*106*	*hifil*
to try	לְנַסּוֹת	*107*	*piel*
to give	לָתֵת	*116*	*paal*
to turn around, to wander about	לְהִסְתּוֹבֵב	*117*	*hitpael*
to finish	לְסַיֵּים	*119*	*piel*
to tell	לְסַפֵּר	*122*	*piel*
to work	לַעֲבוֹד	*123*	
to cheer, to encourage	לְעוֹדֵד	*126*	*piel*
to help	לַעֲזוֹר	*130*	*paal*
to meet	לִפְגּוֹשׁ	*140*	*paal*
to be scared of	לְפַחֵד	*141*	*piel*
to succeed	לְהַצְלִיחַ	*153*	*hifil*
to get up	לָקוּם	*160*	*paal*
to happen	לִקְרוֹת	*167*	*paal*
to show	לְהַרְאוֹת	*170*	*hifil*
to see	לִרְאוֹת	*170*	*paal*
to want	לִרְצוֹת	*177*	*paal*
to control	לִשְׁלוֹט	*189*	*paal*
to paralyze	לְשַׁתֵּק	*197*	*piel*
to match, to suit	לְהַתְאִים	*198*	*hifil*

to begin	לְהַתְחִיל	*200*	*hifil*

More Vocabulary

ENGLISH		HEBREW
fear(s)	m	פַּחַד/ פְּחָדִים
crucial, critical	m/f	גּוֹרָלִי/ גּוֹרָלִית
for him		עֲבוּרוֹ
salvation(s), rescue	f	הַצָּלָה/ הַצָּלוֹת
salvation for her		הַצָּלָה עֲבוּרָהּ
in a way, in a manner		בְּאוֹפֶן
cancer	m	סַרְטָן
seems that, apparently		כַּנִּרְאֶה שֶׁ
when		כַּאֲשֶׁר
as said, as mentioned		כָּאָמוּר
concern(s), fear(s)	m	חֲשַׁשׁ/ חֲשָׁשׁוֹת
at last, in the end		לְבַסּוֹף
encouraging word(s)		מִילָּה/ מִילּוֹת הָעִידוּד
scary	m/f	מַפְחִיד/ מַפְחִידָה
hundred(s)	f	מֵאָה/ מֵאוֹת
examination(s)	m	מִבְחָן/ מִבְחָנִים
role(s), position(s)	m	תַּפְקִיד/ תַּפְקִידִים
difficulty(ies)	m	קוֹשִׁי/ קְשָׁיִים
challenge(s)	m	אֶתְגָּר/ אֶתְגָּרִים
plan(s), program(s)	f	תּוֹכְנִית/ תּוֹכְנִיּוֹת
further on, afterwards		בַּהֶמְשֵׁךְ
tool(s), instrument(s)	m	כְּלִי/ כֵּלִים
method(s), system(s)	f	שִׁיטָה/ שִׁיטוֹת

treatment(s)	m	טִיפּוּל/ טִיפּוּלִים
teenage boy(s) or young man(s), youngster(s)		נַעַר/ נְעָרִים
in order to		עַל מְנַת שֶׁ
domain(s), area(s), field(s) (e.g., of knowledge)	m	תְּחוּם/ תְּחוּמִים

10. The Sting

הָעֲקִיצָה

Audio file: https://youtu.be/96IKvucvD28

אֲנִי רוֹאֶה (לִרְאוֹת 170) אוֹתוֹ מֵרָחוֹק. יֵשׁ לוֹ רֵיחַ שֶׁל זֵיעָה. הוּא שׁוֹכֵב (לִשְׁכַּב 186) בַּמִּיטָּה לְבַד שָׁם. אֲנִי כְּבָר הַרְבֵּה זְמַן רָצִיתִי (לִרְצוֹת 177) אֶת הַגּוּף שֶׁלוֹ. רָצִיתִי אוֹתוֹ מַמָּשׁ. רָצִיתִי (לִרְצוֹת 177) לַעֲקוֹץ (136) אוֹתוֹ. אֲנִי חוֹשֵׁב (לַחְשׁוֹב 66) עַל הַדָּם שֶׁלוֹ אֶצְלִי בַּגָּרוֹן, וְזֶה עוֹשֶׂה (לַעֲשׂוֹת 138) לִי תֵּיאָבוֹן.

I see him from far away. He has the smell of sweat. He lies on the bed alone. For a very long time now, I have wanted his body. I wanted it so badly. I wanted to bite him. I think about his blood running down my throat, and it makes me hungry.

הִנֵּה הוּא שׁוּב עָשָׂה (לַעֲשׂוֹת 138) סִיבוּב בַּמִּיטָּה. מַמָּשׁ תָּמִים הָאִישׁ הַזֶּה. הוּא לֹא יוֹדֵעַ (לָדַעַת 69) שֶׁאֲנִי רוֹאֶה (לִרְאוֹת 170) אוֹתוֹ. כָּל מָה שֶׁקּוֹרֶה (לִקְרוֹת 167) בַּדִּירָה אֲנִי רוֹאֶה (לִרְאוֹת 170). בּוֹא (לָבוֹא 9) נָנוּחַ (לָנוּחַ 101) פֹּה עוֹד קְצָת, נִרְאֶה (לִרְאוֹת 170) שֶׁהוּא יִישַׁן (לִישׁוֹן 77) עָמוֹק וְאָז

נִתְקוֹף (לִתְקוֹף 205). אֲנִי אוֹהֵב (לֶאֱהוֹב 2) לָעוּף (127). הַתְּחוּשָׁה הַזֹּאת שֶׁל הָאֲוִויר בַּכְּנָפַיִים.

There he goes, flipping around in his bed again. This guy is so naive. He doesn't know that I can see him. I can see everything that happens around this apartment. Let's rest here a bit longer; we'll see that he's fast asleep, and then we attack. I love flying. This feeling of air between my wings.

הָאֲוִויר הַנָּקִי שָׁם לְמַעְלָה. אֲנִי גָּדַלְתִּי (לִגְדּוֹל 21) בַּשְּׁלוּלִית. אֲנִי כְּבָר בֶּן שָׁבוּעַ. אֲנִי גָּר (לָגוּר 22) בַּבַּיִת הַזֶּה בְּעֵרֶךְ יוֹמַיִים. זֶה בַּיִת מָלֵא בְּזֶבֶל. הָמוֹן רֵיחוֹת שֶׁאֲנִי אוֹהֵב (לֶאֱהוֹב 2). בָּנָנוֹת רְקוּבוֹת, טוּנָה יְשָׁנָה, בָּשָׂר מְקוּלְקָל. רֵיחוֹת נֶהֱדָרִים. הָאִישׁ הַזֶּה לֹא נָקִי. וְאַתֶּם יוֹדְעִים (לָדַעַת 69) מַשֶּׁהוּ, יֵשׁ כָּאן גַּם תִּינוֹק. הוּא עוֹשֶׂה (לַעֲשׂוֹת 138) תֵּיאָבוֹן, הַתִּינוֹק הַזֶּה. אֲנִי אוֹהֵב (לֶאֱהוֹב 2) אֶת הַדָּם שֶׁלּוֹ.

This pure air up there. I grew up in a puddle. I am one week old already. I have lived in this house for almost two days. This house is full of trash. Plenty of smells that I love. Rotten bananas, old tuna, rancid meat. Amazing smells. This man is not clean. And you know something, there's also a baby here. This baby is giving me such an appetite. I love his blood.

לִפְעָמִים שֶׁהוּא יָשֵׁן (לִישׁוֹן), אֲנִי עָף מֵעָלָיו וְאָז עוֹקֵץ (לַעֲקוֹץ 136) אוֹתוֹ. כָּל כָּךְ תָּמִים, מָתוֹק וְגַם טָעִים. אֲבָל הַיּוֹם אֲנִי חוֹשֵׁב (לַחְשׁוֹב 66) שֶׁאֶשְׁתֶּה (לִשְׁתּוֹת 196) קְצָת מִן הַדָּם שֶׁל אַבָּא שֶׁלּוֹ וְאוּלַי אַחַר כָּךְ יִהְיֶה (לִהְיוֹת 35) לִי כּוֹחַ לַעֲשׂוֹת (138) גַּם אֲנִי יְלָדִים. בַּבַּיִת הַזֶּה גָּרָה (לָגוּר 22) אִיתִּי גַּם נְקֵבָה. אֲנִי נוֹתֵן (לָתֵת 116) לָהּ אֶת מֶרְחַב שֶׁלָּהּ, מְנַסֶּה (לְנַסּוֹת 89) לִרְמוֹז (176) לָהּ שֶׁאֲנִי בָּעִנְיָין וְאוּלַי נִהְיֶה (לִהְיוֹת 35) גַּם אֲנַחְנוּ יוֹם אֶחָד הוֹרִים.

Sometimes when he sleeps, I fly above him, and then I bite him. So innocent, sweet, and delicious. But today I think I will take a sip of blood from his father, and maybe after that, I will also have the energy to make some kids of my own. In this house, there's a female living with me. I give her her space and try to hint at her that I am interested in her; maybe we could also be parents one day.

לֹא שֶׁאֵדַע (לָדַעַת 69) מִי הַיְלָדִים שֶׁלִּי, אֲבָל זֶה גַּם יִהְיֶה (לִהְיוֹת 35) נֶחְמָד לִהְיוֹת (35) אַבָּא, גַּם אִם זֶה לְכַמָּה דַּקּוֹת. לַנְּקֵבָה הַזֹּאת יֵשׁ מְחוֹשִׁים אֲרוּכִּים , קוֹל נָעִים, וְיֵשׁ לָהּ אֶת הַמַּרְאֶה הַמָּלֵא. אֲנִי אוֹהֵב (לֶאֱהוֹב 2) אֶת הַמַּרְאֶה הַמָּלֵא, הָעֲסִיסִי שֶׁל הַיְּתוּשׁוֹת. הִנֵּה הָאִישׁ זָז בַּמִּיטָּה. נִרְאָה (לְהֵירָאוֹת 170) לִי שֶׁאֵצֵא (לָצֵאת 72) לַעֲקוֹץ (136), אוּלַי הוּא עוֹד מְעַט יָקוּם (לָקוּם 160). אֲנִי עָף וְנוֹחֵת (לִנְחוֹת 104) עַל הַיָּד שֶׁלּוֹ. יָד גְּדוֹלָה, מְלֵאָה בַּשְּׂעָרוֹת.

Not that I would know my kids, but it would be nice to be a father, even just for a few minutes. This female has long antennae, a pleasant voice, and she also has a full look. I like the juicy, full look of female mosquitos. Look here; the man is moving in his bed. I think I will go to take a bite; maybe he will wake up soon. I fly and land on his arm - big, hairy arm.

עוֹד רֶגַע אֲנִי אֶמְצוֹץ (לִמְצוֹץ 95) לוֹ אֶת הַדָּם. וְאַחֲרֵי זֶה אֵלֵךְ (לָלֶכֶת 36) לַיַּתּוּשָׁה לַעֲשׂוֹת (138) סֶקְס. אוּלַי אֲפִילוּ אֶזְכֶּה (לִזְכּוֹת 43) לִפְגּוֹשׁ (140) אֶת הַיְלָדִים שֶׁלִּי הַיּוֹם. הַחַיִּים שֶׁלִּי הֵם לֹא אֲרוּכִּים בִּמְיוּחָד, אֲבָל אֲנִי אוֹהֵב (לֶאֱהוֹב 2) אוֹתָם. יֵשׁ בָּהֶם חוֹפֶשׁ, אַדְרֶנָלִין וְגַם צַיִד. זֶהוּ, אֲנִי עוֹקֵץ (לַעֲקוֹץ 136). אֲנִי שׁוֹתֶה (לִשְׁתּוֹת 196), אֵיזֶה טָעִים. יֵשׁ לוֹ טַעַם שֶׁל וָנִיל. אוֹי... הוּא קָם.

Soon, I will suck his blood. And after that, I will go to the female mosquito to have sex. Maybe I will even get to meet my children today. My life is not too long, but I love it. There's freedom, adrenaline, and hunting. That's it! I'm biting; I'm drinking! It's so delicious; he has the flavor of vanilla. Uh oh, he woke up.

הַיָּד שֶׁלּוֹ קְרֵבָה (לִקְרוֹב) אֵלַיי. הוּא כּוֹעֵס (לִכְעוֹס 80). טוֹב, אֲנִי עָף (לָעוּף 127) מִמֶּנּוֹ, מַהֵר וְרָחוֹק. הוּא קָם (לָקוּם 160) מִן הַמִּיטָּה. הוּא גָּדוֹל כָּל כָּךְ, הָאִישׁ הַזֶּה. הוּא נִרְאֶה (לְהֵירָאוֹת 170) עָצוּב וְכוֹעֵס יַחְדָּיו. הוּא תּוֹפֵס (לִתְפּוֹס 202) שְׂמִיכָה גְּדוֹלָה... הוּא יָכוֹל (no infinitive) לַהֲרוֹג (39) אוֹתִי... הַצִּילוּ (לְהַצִּיל 111) ... אֲנִי ...

His hand approaches me. He's angry. Okay - I fly away from him, fast and far away. He gets up from the bed. He is so big, that man. He seems both sad and angry. He's grabbing a big blanket... He can kill me…. Help… I….

עוֹד פַּעַם אֲנִי חוֹלֵם (לַחֲלוֹם 60) אֶת הַחֲלוֹם הַזֶּה. הַשֵּׁינָה שֶׁלִּי טְרוּפָה. לִפְעָמִים אֲנִי חוֹלֵם (לַחֲלוֹם 60), לִפְעָמִים אֲנִי לֹא יָשֵׁן (לִישׁוֹן 77) וְחוֹשֵׁב (לַחְשׁוֹב 66) עַל הַחֲלוֹם. בַּחֲלוֹם אֲנִי וְעִירִית שׁוֹטְפִים (לִשְׁטוֹף 190) אֶת הַדִּירָה. פִּתְאוֹם הִיא אוֹמֶרֶת (לוֹמַר 5) לִי שֶׁאֲנַחְנוּ חַיָּיבִים (no infinitive) לַעֲצוֹר (135). הִיא אוֹמֶרֶת (לוֹמַר 5) שֶׁהִיא עוֹזֶבֶת (לַעֲזוֹב 129) , וְשֶׁהִיא לֹא יְכוֹלָה (no infinitive) עוֹד.

Here's another time that I dream this dream. My sleep is restless. Sometimes I dream; sometimes I do not sleep and think about this dream. In the dream, Irit and I are washing the apartment. Suddenly she tells me we must stop. She says she's leaving and that she can't take it anymore.

מֵאָז שֶׁבָּא (לָבוֹא 9) הַתִּינוֹק, הִיא חָשָׁה (לָחוּשׁ 53) שֶׁהִיא רַק עֲצוּבָה, וְהִיא לֹא יוֹדַעַת (לָדַעַת 69) מָה הִיא רוֹצָה (לִרְצוֹת 177). וְעַכְשָׁיו הִיא רוֹצָה (לִרְצוֹת 177) רַק לִבְרוֹחַ (18) מִכָּאן. "לֹא..." אֲנִי אוֹמֵר (לוֹמַר 5) בַּחֲלוֹם. אַל תַּעַזְבִי (לַעֲזוֹב 129) אוֹתָנוּ, יִהְיֶה (לִהְיוֹת 35) בְּסֵדֶר. "אַל תַּעַזְבִי (לַעֲזוֹב 129) אוֹתִי וְאֶת דְּבִיר. אֲנִי אֶעֱשֶׂה (לַעֲשׂוֹת 138) הַכּוֹל, אֲנִי אֶשְׁמוֹר (לִשְׁמוֹר 192) עָלָיו וְאַאֲכִיל (לְהַאֲכִיל 4) אוֹתוֹ" אֲנִי אוֹמֵר (לוֹמַר 5) לָהּ בַּחֲלוֹם. פִּתְאוֹם, אֲנִי חָשׁ (לָחוּשׁ 53) כְּאֵב קַל בִּזְרוֹעַ, וַאֲנִי יוֹצֵא (לָצֵאת 72) מִן הַחֲלוֹם. זִמְזוּם מוּכָּר אֲנִי שׁוֹמֵעַ (לִשְׁמוֹעַ 179).

Since the baby came into this world, she's feeling sad, and she doesn't know what she wants. And now she just wants to run away from here. "No…" I say in my dream. Don't leave us, it will be okay. "Don't leave Dvir and me. I'll do everything; I'll watch over him and feed him", I tell her in my dream. Suddenly, I feel a slight pain in my arm and exit the dream. I hear a familiar buzzing.

זֶה שׁוּב הַיַּתּוּשׁ הַזֶּה. מֵאָז שֶׁעִירִית עָזְבָה (לַעֲזוֹב 129) אֶת הַדִּירָה יֵשׁ כָּאן הָמוֹן יַתּוּשִׁים וּשְׁאַר מַזִּיקִים. הִיא בֶּאֱמֶת עָזְבָה (לַעֲזוֹב 129) אוֹתִי יוֹם אֶחָד ,כְּמוֹ בַּחֲלוֹם, וְעַכְשָׁיו לְבַד עִם דְּבִיר, הַתִּינוֹק שֶׁלָּנוּ. הִיא הָיְיתָה (לִהְיוֹת 35) בְּדִיכָּאוֹן, אָמְרוּ (לוֹמַר 5) לִי. אֵיפֹה הִיא עַכְשָׁיו? אִישׁ לֹא יוֹדֵעַ (לָדַעַת 69). יֵשׁ הַרְבֵּה דְּבָרִים לַעֲשׂוֹת (138) בַּדִּירָה. קָשֶׁה לִהְיוֹת (35) לְבַד בְּמַצָּב הַזֶּה. אֲנִי לֹא יָכוֹל (no infinitive) לַעֲשׂוֹת (138) אֶת הַכּוֹל לְבַד. וְעַכְשָׁיו זֶה רַק אֲנִי, דְּבִיר וְהַיַּתּוּשִׁים.

It's this mosquito again. Ever since Irit left the apartment, there are many mosquitos and other vermins here. She really did leave me one day, like in the dream, and now I'm alone with Dvir, our baby. She was depressed, they told me. Where is she now? Nobody knows. There's a lot of things to do in the apartment. It's hard to be alone in this situation. I can't do everything alone. Now it's just me, Dvir and the mosquitos.

גַּם אֶת דְּבִיר הַיְתוּשִׁים עוֹקְצִים (לַעֲקוֹץ 136). לִפְעָמִים כָּל הַפָּנִים שֶׁלּוֹ עִם עֲקִיצוֹת. הַיַּתּוּשׁ הַזֶּה הוּא רַע. הוּא הָאוֹיֵב שֶׁלִּי. אֲנִי אֶתְפּוֹס (לִתְפּוֹס 202) אוֹתוֹ ,אֲנִי אֶהֱרוֹג (לַהֲרוֹג 39) אוֹתוֹ. הוּא לֹא יִבְרַח (לִבְרוֹחַ 18) מִמֶּנִּי. אֲנִי לוֹקֵחַ (לָקַחַת 88) שְׂמִיכָה גְּדוֹלָה, וְאָז אֲנִי בְּמִרְדָּף אַדִּיר אַחֲרֵי הַיַּתּוּשׁ. הוּא בּוֹרֵחַ (לִבְרוֹחַ 18) מִמֶּנִּי. הוּא חָכָם. הוּא גַּם מָהִיר. אֲנִי חָשׁ אֶת הַכַּעַס הָרַב שֶׁיּוֹצֵא (לָצֵאת 72) מִמֶּנִּי. אֲנִי חָשׁ (לָחוּשׁ 53) שִׂמְחָה מְסוּיֶּמֶת שֶׁיֵּשׁ בִּי, אֶת הַכּוֹחַ לָקַחַת (88) אֶת הַחַיִּים לְחַיָּה כֹּה קְטַנָּה.

The mosquitos also bite Dvir. Sometimes his whole face is filled with bites. This mosquito is evil. It is my enemy. I'll catch it; I'll kill it. It won't run away from me. I take a big blanket and go on a great pursuit after the mosquito. It runs away from me. It's smart. It's also fast. I feel the rage coming out of me. I feel some kind of happiness knowing that I have the power to take the life of such a small animal.

אֲנִי חָשׁ (לָחוּשׁ 53) סִיפּוּק שֶׁאֲנִי יוֹתֵר חָזָק מִמֶּנּוּ. אֲנִי כְּמוֹ אֱלוֹהִים קָטָן שֶׁקּוֹבֵעַ (לִקְבּוֹעַ 159) מִי יִחְיֶה (לִחְיוֹת 55) וּמִי יָמוּת (לָמוּת 89). הִנֵּה עַכְשָׁיו אֶהֱרוֹג (לַהֲרוֹג 39) אוֹתוֹ. אֲנִי חוֹבֵט (לַחְבּוֹט 47) בּוֹ עַל הַקִּיר. גּוּפָתוֹ הַקְּטַנָּה נוֹשֶׁרֶת (לִנְשׁוֹר 115) מִן הַקִּיר וְנָחָה (לִנְחוֹת 104) עַל רִצְפַּת הַחֶדֶר. כֵּן, הִנֵּה, עַכְשָׁיו הוּא לָמַד (לִלְמוֹד 87) אֶת הַלֶּקַח שֶׁלּוֹ. הוּא לֹא יִיקַּח (לָקַחַת 88) דָּבָר יוֹתֵר מִמֶּנִּי.

אֲנִי הַשּׁוֹלֵט, וַאֲנִי לָקַחְתִּי (לָקַחַת 88) לוֹ אֶת חַיָּיו. אֲבָל עַכְשָׁיו אֲנִי בֶּאֱמֶת לְבַד. מַמָּשׁ לְבַד, לְגַמְרֵי. בְּלִי הַיַּתּוּשׁ וּבְלִי עִירִית - רַק אֲנִי, דְּבִיר שֶׁבּוֹכֶה (לִבְכּוֹת 12) וְהַזֶּבֶל שֶׁעוֹלֶה (לַעֲלוֹת 131) עַל גְּדוֹתָיו.

I feel satisfied knowing that I am stronger than it. I'm like a little god that decides who should live and who should die. Here, now I will kill it. I smash it against the wall. Its little body falls from the wall and lies on the room's floor. Yes, now it learned its lesson. It won't take another single thing from me. I am the ruler, and I took its life. But now I am really alone. Completely alone. Without the mosquito, without Irit. Just me, Dvir, who's crying, and the overflowing garbage.

Verbs

ENGLISH	INFINITIVE	TABLE	BINYAN
to love	לֶאֱהוֹב	*2*	*paal*
to feed	לְהַאֲכִיל	*4*	*hifil*
to say	לוֹמַר	*5*	*paal*
to come	לָבוֹא	*9*	*paal*
to cry	לִבְכּוֹת	*12*	*paal*
to escape	לִבְרוֹחַ	*18*	*paal*
to grow	לִגְדּוֹל	*21*	*paal*
to live (at a place)	לָגוּר	*22*	*paal*
to be	לִהְיוֹת	*35*	*paal*
to go	לָלֶכֶת	*36*	*paal*
to kill	לַהֲרוֹג	*39*	*paal*
to win	לִזְכּוֹת	*43*	*paal*

to pound, beat	לַחְבּוֹט	*47*	*paal*
to sense	לָחוּשׁ	*53*	*paal*
to live	לִחְיוֹת	*55*	*paal*
to dream	לַחֲלוֹם	*60*	*paal*
to think	לַחְשׁוֹב	*66*	*paal*
to know	לָדַעַת	*69*	*paal*
to go out	לָצֵאת	*72*	*paal*
to sleep	לִישׁוֹן	*77*	*paal*
to be angry	לִכְעוֹס	*80*	*paal*
to learn, study	לִלְמוֹד	*87*	*paal*
to take	לָקַחַת	*88*	*paal*
to die	לָמוּת	*89*	*paal*
to try	לְנַסּוֹת	*89*	*piel*
to suck, drain out	לִמְצוֹץ	*95*	*paal*
to rest	לָנוּחַ	*101*	*paal*
to land	לִנְחוֹת	*104*	*paal*
to rescue	לְהַצִּיל	*111*	*hifil*
to drop, fall	לִנְשׁוֹר	*115*	*paal*
to give	לָתֵת	*116*	*paal*
to fly (e.g.birds)	לָעוּף	*127*	*paal*
to leave, abandon	לַעֲזוֹב	*129*	*paal*
to rise	לַעֲלוֹת	*131*	*paal*
to stop	לַעֲצוֹר	*135*	*paal*
to sting	לַעֲקוֹץ	*136*	*paal*
to do	לַעֲשׂוֹת	*138*	*paal*
to meet	לִפְגּוֹשׁ	*140*	*paal*
to determine	לִקְבּוֹעַ	*159*	*paal*
to get tup	לָקוּם	*160*	*paal*

to draw near	לִקְרוֹב	*166*	*paal*
to happen	לִקְרוֹת	*167*	*paal*
to be seen	לְהֵירָאוֹת	*170*	*nifal*
to see	לִרְאוֹת	*170*	*paal*
to hint	לִרְמוֹז	*176*	*paal*
to want	לִרְצוֹת	*177*	*paal*
to murder	לִרְצוֹחַ	*178*	*paal*
to hear	לִשְׁמוֹעַ	*179*	*paal*
to lie down	לִשְׁכַּב	*186*	*paal*
to wash	לִשְׁטוֹף	*190*	*paal*
to preserve, take care	לִשְׁמוֹר	*192*	*paal*
to drink	לִשְׁתּוֹת	*196*	*paal*
to fetch	לִתְפּוֹס	*202*	*paal*
to attack	לִתְקוֹף	*205*	*paal*

More Vocabulary

ENGLISH		HEBREW
sweat	f	זֵיעָה
throat(s)	m	גָּרוֹן/ גְּרוֹנוֹת
appetite	m	תֵּיאָבוֹן
round(s)	m	סִיבּוּב/ סיבובים
innocent	m/f	תָּמִים/ תמימה
deep	m/f	עָמוֹק/ עמוקה
feeling, sensation	f	תְּחוּשָׁה/תחושות
wing(s)	m	כָּנָף/ כְּנָפַיִים
approximately		בְּעֵרֶךְ
garbage	m	זֶבֶל

smell(s)	f	רֵיחַ/ רֵיחוֹת
rotten	m/f	רָקוּב/ רְקוּבָה
spoiled	m/f	מְקוּלְקָל/ מְקוּלְקֶלֶת
baby	m/f	תִּינוֹק/ תִּינוֹקֶת
space(s)	m	מֶרְחַב/ מֶרְחָבִים
I’m interested		אֲנִי בָּעִנְיָין
female	f	נְקֵבָה
sense(s)	m	חוּשׁ/ חוּשִׁים
long	m	אָרוֹךְ/ אֲרוּכִּים
appearance(s)	m	מַרְאֶה/ מַראוֹת
juicy	m	עֲסִיסִי/ עֲסִיסִית
mosquito/female mosquito	m/f	יַתּוּשׁ/ יַתּוּשָׁהּ
hair	f	שַׂעֲרָה/ שְׂעָרוֹת
especially		בִּמְיוּחָד
freedom, vacation(s)	m	חוֹפֶשׁ/ חוֹפָשִׁים
hunt	m	צַיִד
from him		מִמֵּנוֹ
angry	m/f	כּוֹעֵס/ כּוֹעֶסֶת
sad	m/f	עָצוּב/ עֲצוּבָה
together		יַחְדָּיו
blanket	f	שְׂמִיכָה/ שְׂמִיכוֹת
sleep (noun)	f	שֵׁינָה
disturbed, crazy	m/f	טָרוּף/ טְרוּפָה
pain(s)	m	כְּאֵב/ כְּאֵבִים
easy	m/f	קַל/ קַלָּה
arm(s)	m	זְרוֹעַ/ זְרוֹעוֹת
pest(s); damager(s)	m	מַזִּיק /מַזִּיקִים
depression(s)	m	דִּיכָּאוֹן/ דִיכְאוֹנוֹת

nobody knows		אִישׁ לֹא יוֹדֵעַ
situation(s), condition(s)		מַצָּב/ מַצָּבִים
sting, bite	f	עֲקִיצָה/ עֲקִיצוֹת
bad	m/f	רַע/ רָעָה
enemy(ies)	m	אוֹיֵב/ אוֹיְבִים
chase(s), pursuit(s) huge	m m/f	מִרְדָּף/ מִרְדָּפִים אַדִּיר/ אַדִּירָה
smart, wise	m/f	חָכָם/ חֲכָמָה
joy(s), happiness	f	שִׂמְחָה/שְׂמָחוֹת
some, certain	m/f	מְסוּיָּם/ מְסוּיֶּמֶת
satisfaction	m	סִיפּוּק
wall(s)	m	קִיר/ קִירוֹת
floor(s); ground	f	רִצְפָּה/ רְצָפוֹת
lesson(s)	m	לֶקַח/ לְקָחִים
rule, control	m	שׁוֹלֵט
his life	m, pl	חַיָּיו = חַיִּים שֶׁלּוֹ
totally, completely		לְגַמְרֵי
his banks (mainly in the phrase “לַעֲלוֹת עַל גְּדוֹתָיו” – to overflow, to become overwhelmed)	f, pl	גְּדוֹתָיו = גָּדוֹת שֶׁלּוֹ

Part B: Conjugation Tables

1. אבד

to lose (piel) לְאַבֵּד

future tense

אני	אֲאַבֵּד
אתה	תְּאַבֵּד
את	תְּאַבְּדִי
הוא	יְאַבֵּד
היא	תְּאַבֵּד
אנחנו	נְאַבֵּד
אתם/ן	תְּאַבְּדוּ
הם/ן	יְאַבְּדוּ

past tense

אני	אִיבַּדְתִּי
אתה	אִיבַּדְתָּ
את	אִיבַּדְתְּ
הוא	אִיבֵּד
היא	אִיבְּדָה
אנחנו	אִיבַּדְנוּ
אתם/ן	אִיבַּדְתֶּם/ן
הם/ן	אִיבְּדוּ

present tense

m. sgl.	מְאַבֵּד
f. sgl.	מְאַבֶּדֶת
m. pl.	מְאַבְּדִים
f. pl.	מְאַבְּדוֹת

imperative

m. sgl.	אַבֵּד!
f. sgl.	אַבְּדִי!
pl.	אַבְּדוּ!

2. אהב

to love, like (paal) - לֶאֱהוֹב

future tense

אני	אוֹהֵב
אתה	תֹּאהַב
את	תֹּאהֲבִי
הוא	יֹאהַב
היא	תֹּאהַב
אנחנו	נֹאהַב
אתם/ן	תֹּאהֲבוּ
הם/ן	יֹאהֲבוּ

past tense

אני	אָהַבְתִּי
אתה	אָהַבְתָּ
את	אָהַבְתְּ
הוא	אָהַב
היא	אָהֲבָה
אנחנו	אָהַבְנוּ
אתם/ן	אֲהַבְתֶּם/ן
הם/ן	אָהֲבוּ

present tense

m. sgl.	אוֹהֵב
f. sgl.	אוֹהֶבֶת
m. pl.	אוֹהֲבִים
f. pl.	אוֹהֲבוֹת

imperative

m. sgl.	אֱהַב!
f. sgl.	אֶהֱבִי!
pl.	אֶהֱבוּ!

3. אזן

to balance לְאַזֵּן piel

present tense		past tense		future tense	
מְאַזֵּן	m. sgl.	אִיזַּנְתִּי	אני	אֲאַזֵּן	אני
מְאַזֶּנֶת	f. sgl.	אִיזַּנְתָּ	אתה	תְּאַזֵּן	אתה
מְאַזְּנִים	m. pl.	אִיזַּנְתְּ	את	תְּאַזְּנִי	את
מְאַזְּנוֹת	f. pl.	אִיזֵּן	הוא	יְאַזֵּן	הוא
		אִיזְּנָה	היא	תְּאַזֵּן	היא
imperative		אִיזְּנוּ	אנחנו	נְאַזֵּן	אנחנו
אַזֵּן!	m. sgl.	אִיזַּנְתֶּם/ן	אתם/ן	תְּאַזְּנוּ	אתם/ן
אַזְּנִי!	f. sgl.	אִיזְּנוּ	הם/ן	יְאַזְּנוּ	הם/ן
אַזְּנוּ!	pl.				

4. אכל

to eat לֶאֱכוֹל paal

present tense		past tense		future tense	
אוֹכֵל	m. sgl.	אָכַלְתִּי	אני	אוֹכַל	אני
אוֹכֶלֶת	f. sgl.	אָכַלְתָּ	אתה	תֹּאכַל	אתה
אוֹכְלִים	m. pl.	אָכַלְתְּ	את	תֹּאכְלִי	את
אוֹכְלוֹת	f. pl.	אָכַל	הוא	יֹאכַל	הוא
		אָכְלָה	היא	תֹּאכַל	היא
imperative		אָכַלְנוּ	אנחנו	נֹאכַל	אנחנו
אֱכוֹל!	m. sgl.	אֲכַלְתֶּם/ן	אתם/ן	תֹּאכְלוּ	אתם/ן
אִכְלִי!	f. sgl.	אָכְלוּ	הם/ן	יֹאכְלוּ	הם/ן
אִכְלוּ!	pl.				

to feed לְהַאֲכִיל hifil

present tense		past tense		future tense	
מַאֲכִיל	m. sgl.	הֶאֱכַלְתִּי	אני	אַאֲכִיל	אני
מַאֲכִילָה	f. sgl.	הֶאֱכַלְתָּ	אתה	תַּאֲכִיל	אתה
מַאֲכִילִים	m. pl.	הֶאֱכַלְתְּ	את	תַּאֲכִילִי	את
מַאֲכִילוֹת	f. pl.	הֶאֱכִיל	הוא	יַאֲכִיל	הוא
		הֶאֱכִילָה	היא	תַּאֲכִיל	היא
		הֶאֱכַלְנוּ	אנחנו	נַאֲכִיל	אנחנו
		הֶאֱכַלְתֶּם/ן	אתם/ן	תַּאֲכִילוּ	אתם/ן
		הֶאֱכִילוּ	הם/ן	יַאֲכִילוּ	הם/ן

imperative	
הַאֲכֵל!	m. sgl.
הַאֲכִילִי!	f. sgl.
הַאֲכִילוּ!	pl.

5. אמר

to say לוֹמַר paal

present tense		past tense		future tense	
אוֹמֵר	m. sgl.	אָמַרְתִּי	אני	אוֹמַר	אני
אוֹמֶרֶת	f. sgl.	אָמַרְתָּ	אתה	תֹּאמַר	אתה
אוֹמְרִים	m. pl.	אָמַרְתְּ	את	תֹּאמְרִי	את
אוֹמְרוֹת	f. pl.	אָמַר	הוא	יֹאמַר	הוא
		אָמְרָה	היא	תֹּאמַר	היא
		אָמַרְנוּ	אנחנו	נֹאמַר	אנחנו
		אֲמַרְתֶּם/ן	אתם/ן	תֹּאמְרוּ	אתם/ן
		אָמְרוּ	הם/ן	יֹאמְרוּ	הם/ן

imperative	
אֱמוֹר!	m. sgl.
אִמְרִי!	f. sgl.
אִמְרוּ!	pl.

6. ארז

to pack לֶאֱרוֹז paal

present tense		past tense		future tense	
אוֹרֵז	m. sgl.	אָרַזְתִּי	אני	אֶאֱרוֹז	אני
אוֹרֶזֶת	f. sgl.	אָרַזְתָּ	אתה	תֶּאֱרוֹז	אתה
אוֹרְזִים	m. pl.	אָרַזְתְּ	את	תֶּאֶרְזִי	את
אוֹרְזוֹת	f. pl.	אָרַז	הוא	יֶאֱרוֹז	הוא
		אָרְזָה	היא	תֶּאֱרוֹז	היא
imperative		אָרַזְנוּ	אנחנו	נֶאֱרוֹז	אנחנו
אֱרוֹז!	m. sgl.	אֲרַזְתֶּם/ן	אתם/ן	תֶּאֶרְזוּ	אתם/ן
אִרְזִי!	f. sgl.	אָרְזוּ	הם/ן	יֶאֶרְזוּ	הם/ן
אִרְזוּ!	pl.				

7. בגד

to betray לִבְגּוֹד paal

present tense		past tense		future tense	
בּוֹגֵד	m. sgl.	בָּגַדְתִּי	אני	אֶבְגּוֹד	אני
בּוֹגֶדֶת	f. sgl.	בָּגַדְתָּ	אתה	תִּבְגּוֹד	אתה
בּוֹגְדִים	m. pl.	בָּגַדְתְּ	את	תִּבְגְּדִי	את
בּוֹגְדוֹת	f. pl.	בָּגַד	הוא	יִבְגּוֹד	הוא
		בָּגְדָה	היא	תִּבְגּוֹד	היא
imperative		בָּגַדְנוּ	אנחנו	נִבְגּוֹד	אנחנו
בְּגוֹד!	m. sgl.	בְּגַדְתֶּם/ן	אתם/ן	תִּבְגְּדוּ	אתם/ן
בִּגְדִי!	f. sgl.	בָּגְדוּ	הם/ן	יִבְגְּדוּ	הם/ן
בִּגְדוּ!	pl.				

8. בדק

to check לִבְדּוֹק paal

present tense		past tense		future tense	
בּוֹדֵק	m. sgl.	בָּדַקְתִּי	אני	אֶבְדּוֹק	אני
בּוֹדֶקֶת	f. sgl.	בָּדַקְתָּ	אתה	תִּבְדּוֹק	אתה
בּוֹדְקִים	m. pl.	בָּדַקְתְּ	את	תִּבְדְּקִי	את
בּוֹדְקוֹת	f. pl.	בָּדַק	הוא	יִבְדּוֹק	הוא
		בָּדְקָה	היא	תִּבְדּוֹק	היא
imperative		בָּדַקְנוּ	אנחנו	נִבְדּוֹק	אנחנו
בְּדוֹק!	m. sgl.	בְּדַקְתֶּם/ן	אתם/ן	תִּבְדְּקוּ	אתם/ן
בִּדְקִי!	f. sgl.	בָּדְקוּ	הם/ן	יִבְדְּקוּ	הם/ן
בִּדְקוּ!	pl.				

9. בוא

to come לָבוֹא paal

present tense		past tense		future tense	
בָּא	m. sgl.	בָּאתִי	אני	אָבוֹא	אני
בָּאָה	f. sgl.	בָּאתָ	אתה	תָּבוֹא	אתה
בָּאִים	m. pl.	בָּאת	את	תָּבוֹאִי	את
בָּאוֹת	f. pl.	בָּא	הוא	יָבוֹא	הוא
		בָּאָה	היא	תָּבוֹא	היא
imperative		בָּאנוּ	אנחנו	נָבוֹא	אנחנו
בּוֹא!	m. sgl.	בָּאתֶם/ן	אתם/ן	תָּבוֹאוּ	אתם/ן
בּוֹאִי!	f. sgl.	בָּאוּ	הם/ן	יָבוֹאוּ	הם/ן
יָבוֹאוּ	pl.				

10. בחר

to choose לִבְחוֹר paal

present tense		past tense		future tense	
בּוֹחֵר	m. sgl.	בָּחַרְתִּי	אני	אֶבְחַר	אני
בּוֹחֶרֶת	f. sgl.	בָּחַרְתָּ	אתה	תִּבְחַר	אתה
בּוֹחֲרִים	m. pl.	בָּחַרְתְּ	את	תִּבְחֲרִי	את
בּוֹחֲרוֹת	f. pl.	בָּחַר	הוא	יִבְחַר	הוא
		בָּחֲרָה	היא	תִּבְחַר	היא
imperative		בָּחַרְנוּ	אנחנו	נִבְחַר	אנחנו
בְּחַר!	m. sgl.	בְּחַרְתֶּם/ן	אתם/ן	תִּבְחֲרוּ	אתם/ן
בַּחֲרִי!	f. sgl.	בָּחֲרוּ	הם/ן	יִבְחֲרוּ	הם/ן
בַּחֲרוּ!	pl.				

11. בין

to understand לְהָבִין hifil

present tense		past tense		future tense	
מֵבִין	m. sgl.	הֵבַנְתִּי	אני	אָבִין	אני
מְבִינָה	f. sgl.	הֵבַנְתָּ	אתה	תָּבִין	אתה
מְבִינִים	m. pl.	הֵבַנְתְּ	את	תָּבִינִי	את
מְבִינוֹת	f. pl.	הֵבִין	הוא	יָבִין	הוא
		הֵבִינָה	היא	תָּבִין	היא
imperative		הֵבַנּוּ	אנחנו	נָבִין	אנחנו
הָבֵן!	m. sgl.	הֲבַנְתֶּם /ן	אתם/ן	תָּבִינוּ	אתם/ן
הָבִינִי!	f. sgl.	הֵבִינוּ	הם/ן	יָבִינוּ	הם/ן
הָבִינוּ!	pl.				

12. בכה

to cry, weep לִבְכּוֹת paal

present tense		past tense		future tense	
בּוֹכֶה	m. sgl.	בָּכִיתִי	אני	אֶבְכֶּה	אני
בּוֹכָה	f. sgl.	בָּכִיתָ	אתה	תִּבְכֶּה	אתה
בּוֹכִים	m. pl.	בָּכִית	את	תִּבְכִּי	את
בּוֹכוֹת	f. pl.	בָּכָה	הוא	יִבְכֶּה	הוא
		בָּכְתָה	היא	תִּבְכֶּה	היא
imperative		בָּכִינוּ	אנחנו	נִבְכֶּה	אנחנו
בְּכֵה!	m. sgl.	בְּכִיתֶם/ן	אתם/ן	תִּבְכּוּ	אתם/ן
בְּכִי!	f. sgl.	בָּכוּ	הם/ן	יִבְכּוּ	הם/ן
בְּכוּ!	pl.				

13. בנה

to build לִבְנוֹת paal

present tense		past tense		future tense	
בּוֹנֶה	m. sgl.	בָּנִיתִי	אני	אֶבְנֶה	אני
בּוֹנָה	f. sgl.	בָּנִיתָ	אתה	תִּבְנֶה	אתה
בּוֹנִים	m. pl.	בָּנִית	את	תִּבְנִי	את
בּוֹנוֹת	f. pl.	בָּנָה	הוא	יִבְנֶה	הוא
		בָּנְתָה	היא	תִּבְנֶה	היא
imperative		בָּנִינוּ	אנחנו	נִבְנֶה	אנחנו
בְּנֵה!	m. sgl.	בְּנִיתֶם/ן	אתם/ן	תִּבְנוּ	אתם/ן
בְּנִי!	f. sgl.	בָּנוּ	הם/ן	יִבְנוּ	הם/ן
בְּנוּ!	pl.				

14. בער

to burn לִבְעוֹר paal

present tense		past tense		future tense	
בּוֹעֵר	m. sgl.	בָּעַרְתִּי	אני	אֶבְעַר	אני
בּוֹעֶרֶת	f. sgl.	בָּעַרְתָּ	אתה	תִּבְעַר	אתה
בּוֹעֲרִים	m. pl.	בָּעַרְתְּ	את	תִּבְעֲרִי	את
בּוֹעֲרוֹת	f. pl.	בָּעַר	הוא	יִבְעַר	הוא
		בָּעֲרָה	היא	תִּבְעַר	היא
		בָּעַרְנוּ	אנחנו	נִבְעַר	אנחנו
		בְּעַרְתֶּם/ן	אתם/ן	תִּבְעֲרוּ	אתם/ן
		בָּעֲרוּ	הם/ן	יִבְעֲרוּ	הם/ן

imperative	
בְּעַר!	m. sgl.
בַּעֲרִי!	f. sgl.
בַּעֲרוּ!	pl.

15. בצר

to be fortified לְהִתְבַּצֵּר hitpael

present tense		past tense		future tense	
מִתְבַּצֵּר	m. sgl.	הִתְבַּצַּרְתִּי	אני	אֶתְבַּצֵּר	אני
מִתְבַּצֶּרֶת	f. sgl.	הִתְבַּצַּרְתָּ	אתה	תִּתְבַּצֵּר	אתה
מִתְבַּצְּרִים	m. pl.	הִתְבַּצַּרְתְּ	את	תִּתְבַּצְּרִי	את
מִתְבַּצְּרוֹת	f. pl.	הִתְבַּצֵּר	הוא	יִתְבַּצֵּר	הוא
		הִתְבַּצְּרָה	היא	תִּתְבַּצֵּר	היא
		הִתְבַּצַּרְנוּ	אנחנו	נִתְבַּצֵּר	אנחנו
		הִתְבַּצַּרְתֶּם/ן	אתם/ן	תִּתְבַּצְּרוּ	אתם/ן
		הִתְבַּצְּרוּ	הם/ן	יִתְבַּצְּרוּ	הם/ן

imperative	
הִתְבַּצֵּר!	m. sgl.
הִתְבַּצְּרִי!	f. sgl.
הִתְבַּצְּרוּ!	pl.

16. בקע

to emerge, to break through לִבְקוֹעַ paal

present tense		past tense		future tense	
בּוֹקֵעַ	m. sgl.	בָּקַעְתִּי	אני	אֶבְקַע	אני
בּוֹקַעַת	f. sgl.	בָּקַעְתָּ	אתה	תִּבְקַע	אתה
בּוֹקְעִים	m. pl.	בָּקַעְתְּ	את	תִּבְקְעִי	את
בּוֹקְעוֹת	f. pl.	בָּקַע	הוא	יִבְקַע	הוא
		בָּקְעָה	היא	תִּבְקַע	היא
imperative		בָּקַעְנוּ	אנחנו	נִבְקַע	אנחנו
בְּקַע!	m. sgl.	בְּקַעְתֶּם/ן	אתם/ן	תִּבְקְעוּ	אתם/ן
בִּקְעִי!	f. sgl.	בָּקְעוּ	הם/ן	יִבְקְעוּ	הם/ן
בִּקְעוּ!	pl.				

17. בקר

to visit לְבַקֵּר piel

present tense		past tense		future tense	
מְבַקֵּר	m. sgl.	בִּיקַּרְתִּי	אני	אֲבַקֵּר	אני
מְבַקֶּרֶת	f. sgl.	בִּיקַּרְתָּ	אתה	תְּבַקֵּר	אתה
מְבַקְּרִים	m. pl.	בִּיקַּרְתְּ	את	תְּבַקְּרִי	את
מְבַקְּרוֹת	f. pl.	בִּיקֵּר	הוא	יְבַקֵּר	הוא
		בִּיקְּרָה	היא	תְּבַקֵּר	היא
imperative		בִּיקַּרְנוּ	אנחנו	נְבַקֵּר	אנחנו
בַּקֵּר!	m. sgl.	בִּיקַּרְתֶּם/ן	אתם/ן	תְּבַקְּרוּ	אתם/ן
בַּקְּרִי!	f. sgl.	בִּיקְּרוּ	הם/ן	יְבַקְּרוּ	הם/ן
בַּקְּרוּ!	pl.				

18. ברח

to escape, to run away לִבְרוֹחַ paal

present tense		past tense		future tense	
בּוֹרֵחַ	m. sgl.	בָּרַחְתִּי	אני	אֶבְרַח	אני
בּוֹרַחַת	f. sgl.	בָּרַחְתָּ	אתה	תִּבְרַח	אתה
בּוֹרְחִים	m. pl.	בָּרַחְתְּ	את	תִּבְרְחִי	את
בּוֹרְחוֹת	f. pl.	בָּרַח	הוא	יִבְרַח	הוא
		בָּרְחָה	היא	תִּבְרַח	היא
		בָּרַחְנוּ	אנחנו	נִבְרַח	אנחנו
		בְּרַחְתֶּם/ן	אתם/ן	תִּבְרְחוּ	אתם/ן
		בָּרְחוּ	הם/ן	יִבְרְחוּ	הם/ן

imperative	
בְּרַח!	m. sgl.
בִּרְחִי!	f. sgl.
בִּרְחוּ!	pl.

19. ברר

to turn out; to become clear לְהִתְבָּרֵר hitpael

present tense		past tense		future tense	
מִתְבָּרֵר	m. sgl.	הִתְבָּרַרְתִּי	אני	אֶתְבָּרֵר	אני
מִתְבָּרֶרֶת	f. sgl.	הִתְבָּרַרְתָּ	אתה	תִּתְבָּרֵר	אתה
מִתְבָּרְרִים	m. pl.	הִתְבָּרַרְתְּ	את	תִּתְבָּרְרִי	את
מִתְבָּרְרוֹת	f. pl.	הִתְבָּרֵר	הוא	יִתְבָּרֵר	הוא
		הִתְבָּרְרָה	היא	תִּתְבָּרֵר	היא
		הִתְבָּרַרְנוּ	אנחנו	נִתְבָּרֵר	אנחנו
		הִתְבָּרַרְתֶּם/ן	אתם/ן	תִּתְבָּרְרוּ	אתם/ן
		הִתְבָּרְרוּ	הם/ן	יִתְבָּרְרוּ	הם/ן

imperative	
הִתְבָּרֵר!	m. sgl.
הִתְבָּרְרִי!	f. sgl.
הִתְבָּרְרוּ!	pl.

20. גבר

paal לִגְבּוֹר to overpower

present tense	past tense		future tense	
גּוֹבֵר m. sgl.	גָּבַרְתִּי אני		אֶגְבַּר אני	
גּוֹבֶרֶת f. sgl.	גָּבַרְתָּ אתה		תִּגְבַּר אתה	
גּוֹבְרִים m. pl.	גָּבַרְתְּ את		תִּגְבְּרִי את	
גּוֹבְרוֹת f. pl.	גָּבַר הוא		יִגְבַּר הוא	
	גָּבְרָה היא		תִּגְבַּר היא	
imperative	גָּבַרְנוּ אנחנו		נִגְבַּר אנחנו	
גְּבַר! m. sgl.	גְּבַרְתֶּם/ן אתם/ן		תִּגְבְּרוּ אתם/ן	
גִּבְרִי! f. sgl.	גָּבְרוּ הם/ן		יִגְבְּרוּ הם/ן	
גִּבְרוּ! pl.				

hitpael לְהִתְגַּבֵּר to overcome

present tense	past tense		future tense	
מִתְגַּבֵּר m. sgl.	הִתְגַּבַּרְתִּי אני		אֶתְגַּבֵּר אני	
מִתְגַּבֶּרֶת f. sgl.	הִתְגַּבַּרְתָּ אתה		תִּתְגַּבֵּר אתה	
מִתְגַּבְּרִים m. pl.	הִתְגַּבַּרְתְּ את		תִּתְגַּבְּרִי את	
מִתְגַּבְּרוֹת f. pl.	הִתְגַּבֵּר הוא		יִתְגַּבֵּר הוא	
	הִתְגַּבְּרָה היא		תִּתְגַּבֵּר היא	
imperative	הִתְגַּבַּרְנוּ אנחנו		נִתְגַּבֵּר אנחנו	
הִתְגַּבֵּר! m. sgl.	הִתְגַּבַּרְתֶּם/ן אתם/ן		תִּתְגַּבְּרוּ אתם/ן	
הִתְגַּבְּרִי! f. sgl.	הִתְגַּבְּרוּ הם/ן		יִתְגַּבְּרוּ הם/ן	
הִתְגַּבְּרוּ! pl.				

21. גדל

to grow (intr.) לִגְדּוֹל paal

present tense		past tense		future tense	
גָּדֵל	m. sgl.	גָּדַלְתִּי		אֶגְדַּל	אני
גְּדֵלָה	f. sgl.	גָּדַלְתָּ	אתה	תִּגְדַּל	אתה
גְּדֵלִים	m. pl.	גָּדַלְתְּ	את	תִּגְדְּלִי	את
גְּדֵלוֹת	f. pl.	גָּדַל	הוא	יִגְדַּל	הוא
		גָּדְלָה	היא	תִּגְדַּל	היא
		גָּדַלְנוּ	אנחנו	נִגְדַּל	אנחנו
		גְּדַלְתֶּם/ן	אתם/ן	תִּגְדְּלוּ	אתם/ן
		גָּדְלוּ	הם/ן	יִגְדְּלוּ	הם/ן

imperative	
גְּדַל!	m. sgl.
גִּדְלִי!	f. sgl.
גִּדְלוּ!	pl.

22. גור

to live (location) לָגוּר paal

present tense		past tense		future tense	
גָּר	m. sgl.	גַּרְתִּי		אָגוּר	אני
גָּרָה	f. sgl.	גַּרְתָּ	אתה	תָּגוּר	אתה
גָּרִים	m. pl.	גַּרְתְּ	את	תָּגוּרִי	את
גָּרוֹת	f. pl.	גָּר	הוא	יָגוּר	הוא
		גָּרָה	היא	תָּגוּר	היא
		גַּרְנוּ	אנחנו	נָגוּר	אנחנו
		גַּרְתֶּם/ן	אתם/ן	תָּגוּרוּ	אתם/ן
		גָּרוּ	הם/ן	יָגוּרוּ	הם/ן

imperative	
גּוּר!	m. sgl.
גּוּרִי!	f. sgl.
גּוּרוּ!	pl.

גזר .23

to cut לִגְזוֹר paal

present tense		past tense		future tense	
גּוֹזֵר	m. sgl.	גָּזַרְתִּי		אֶגְזוֹר	אני
גּוֹזֶרֶת	f. sgl.	גָּזַרְתָּ	אתה	תִּגְזוֹר	אתה
גּוֹזְרִים	m. pl.	גָּזַרְתְּ	את	תִּגְזְרִי	את
גּוֹזְרוֹת	f. pl.	גָּזַר	הוא	יִגְזוֹר	הוא
		גָּזְרָה	היא	תִּגְזוֹר	היא
imperative		גָּזַרְנוּ	אנחנו	נִגְזוֹר	אנחנו
גְּזוֹר!	m. sgl.	גְּזַרְתֶּם/ן	אתם/ן	תִּגְזְרוּ	אתם/ן
גִּזְרִי!	f. sgl.	גָּזְרוּ	הם/ן	יִגְזְרוּ	הם/ן
גִּזְרוּ!	pl.				

גלה .24

to discover לְגַלּוֹת piel

present tense		past tense		future tense	
מְגַלֶּה	m. sgl.	גִּילִּיתִי	אני	אֲגַלֶּה	אני
מְגַלָּה	f. sgl.	גִּילִּיתָ	אתה	תְּגַלֶּה	אתה
מְגַלִּים	m. pl.	גִּילִּית	את	תְּגַלִּי	את
מְגַלּוֹת	f. pl.	גִּילָּה	הוא	יְגַלֶּה	הוא
		גִּילְּתָה	היא	תְּגַלֶּה	היא
imperative		גִּילִּינוּ	אנחנו	נְגַלֶּה	אנחנו
גַּלֵּה!	m. sgl.	גִּילִּיתֶם/ן	אתם/ן	תְּגַלּוּ	אתם/ן
גַּלִּי!	f. sgl.	גִּילּוֹ	הם/ן	יְגַלּוּ	הם/ן
גַּלּוּ!	pl.				

25. גמר

to finish, end לִגְמוֹר paal

present tense		past tense		future tense	
גוֹמֵר	m. sgl.	גָּמַרְתִּי	אני	אֶגְמוֹר	אני
גוֹמֶרֶת	f. sgl.	גָּמַרְתָּ	אתה	תִּגְמוֹר	אתה
גוֹמְרִים	m. pl.	גָּמַרְתְּ	את	תִּגְמְרִי	את
גוֹמְרוֹת	f. pl.	גָּמַר	הוא	יִגְמוֹר	הוא
		גָּמְרָה	היא	תִּגְמוֹר	היא
imperative		גָּמַרְנוּ	אנחנו	נִגְמוֹר	אנחנו
גְּמוֹר!	m. sgl.	גְּמַרְתֶּם/ן	אתם/ן	תִּגְמְרוּ	אתם/ן
גִּמְרִי!	f. sgl.	גָּמְרוּ	הם/ן	יִגְמְרוּ	הם/ן
גִּמְרוּ!	pl.				

to be over לְהִיגָּמֵר nifal

present tense		past tense		future tense	
נִגְמָר	m. sgl.	נִגְמַרְתִּי	אני	אֶגָּמֵר	אני
נִגְמֶרֶת	f. sgl.	נִגְמַרְתָּ	אתה	תִּיגָּמֵר	אתה
נִגְמָרִים	m. pl.	נִגְמַרְתְּ	את	תִּיגָּמְרִי	את
נִגְמָרוֹת	f. pl.	נִגְמַר	הוא	יִיגָּמֵר	הוא
		נִגְמְרָה	היא	תִּיגָּמֵר	היא
imperative		נִגְמַרְנוּ	אנחנו	נִיגָּמֵר	אנחנו
הִיגָּמֵר!	m. sgl.	נִגְמַרְתֶּם/ן	אתם/ן	תִּיגָּמְרוּ	אתם/ן
הִיגָּמְרִי!	f. sgl.	נִגְמְרוּ	הם/ן	יִיגָּמְרוּ	הם/ן
הִיגָּמְרוּ!	pl.				

26. גנב

to sneak לְהִתְגַּנֵּב hitpael

present tense	
m. sgl.	מִתְגַּנֵּב
f. sgl.	מִתְגַּנֶּבֶת
m. pl.	מִתְגַּנְּבִים
f. pl.	מִתְגַּנְּבוֹת

past tense	
אני	הִתְגַּנַּבְתִּי
אתה	הִתְגַּנַּבְתָּ
את	הִתְגַּנַּבְתְּ
הוא	הִתְגַּנֵּב
היא	הִתְגַּנְּבָה
אנחנו	הִתְגַּנַּבְנוּ
אתם/ן	גְּמַרְתֶּם/ן
הם/ן	הִתְגַּנְּבוּ

future tense	
אני	אֶתְגַּנֵּב
אתה	תִּתְגַּנֵּב
את	תִּתְגַּנְּבִי
הוא	יִתְגַּנֵּב
היא	תִּתְגַּנֵּב
אנחנו	נִתְגַּנֵּב
אתם/ן	תִּתְגַּנְּבוּ
הם/ן	יִתְגַּנְּבוּ

imperative	
m. sgl.	הִתְגַּנֵּב!
f. sgl.	הִתְגַּנְּבִי!
pl.	הִתְגַּנְּבוּ!

27. גסס

to be dying לִגְסוֹס paal

present tense	
m. sgl.	גּוֹסֵס
f. sgl.	גּוֹסֶסֶת
m. pl.	גּוֹסְסִים
f. pl.	גּוֹסְסוֹת

past tense	
אני	גָּסַסְתִּי
אתה	גָּסַסְתָּ
את	גָּסַסְתְּ
הוא	גָּסַס
היא	גָּסְסָה
אנחנו	גָּסַסְנוּ
אתם/ן	גְּסַסְתֶּם/ן
הם/ן	גָּסְסוּ

future tense	
אני	אֶגְסוֹס
אתה	תִּגְסוֹס
את	תִּגְסְסִי
הוא	יִגְסוֹס
היא	תִּגְסוֹס
אנחנו	נִגְסוֹס
אתם/ן	תִּגְסְסוּ
הם/ן	יִגְסְסוּ

imperative	
m. sgl.	גְּסוֹס!
f. sgl.	גְּסְסִי!
pl.	גְּסְסוּ!

28. געגע

to miss (emotion) לְהִתְגַּעְגֵּעַ hitpael

present tense		past tense		future tense	
m. sgl.	מִתְגַּעְגֵּעַ	אני	הִתְגַּעְגַּעְתִּי	אני	אֶתְגַּעְגֵּעַ
f. sgl.	מִתְגַּעְגַּעַת	אתה	הִתְגַּעְגַּעְתָּ	אתה	תִּתְגַּעְגֵּעַ
m. pl.	מִתְגַּעְגְּעִים	את	הִתְגַּעְגַּעְתְּ	את	תִּתְגַּעְגְּעִי
f. pl.	מִתְגַּעְגְּעוֹת	הוא	הִתְגַּעְגֵּעַ	הוא	יִתְגַּעְגֵּעַ
		היא	הִתְגַּעְגְּעָה	היא	תִּתְגַּעְגֵּעַ
		אנחנו	הִתְגַּעְגַּעְנוּ	אנחנו	נִתְגַּעְגֵּעַ
		אתם/ן	הִתְגַּעְגַּעְתֶּם/ן	אתם/ן	תִּתְגַּעְגְּעוּ
		הם/ן	הִתְגַּעְגְּעוּ	הם/ן	יִתְגַּעְגְּעוּ

imperative	
m. sgl.	הִתְגַּעְגֵּעַ!
f. sgl.	הִתְגַּעְגְּעִי!
pl.	הִתְגַּעְגְּעוּ!

29. דאג

to worry לִדְאוֹג paal

present tense		past tense		future tense	
m. sgl.	דּוֹאֵג	אני	דָּאַגְתִּי	אני	אֶדְאַג
f. sgl.	דּוֹאֶגֶת	אתה	דָּאַגְתָּ	אתה	תִּדְאַג
m. pl.	דּוֹאֲגִים	את	דָּאַגְתְּ	את	תִּדְאֲגִי
f. pl.	דּוֹאֲגוֹת	הוא	דָּאַג	הוא	יִדְאַג
		היא	דָּאֲגָה	היא	תִּדְאַג
		אנחנו	דָּאַגְנוּ	אנחנו	נִדְאַג
		אתם/ן	דְּאַגְתֶּם/ן	אתם/ן	תִּדְאֲגוּ
		הם/ן	דָּאֲגוּ	הם/ן	יִדְאֲגוּ

imperative	
m. sgl.	דְּאַג!
f. sgl.	דַּאֲגִי!
pl.	דַּאֲגוּ!

30. דבר

to speak לְדַבֵּר piel

present tense		past tense		future tense	
מְדַבֵּר	m. sgl.	דִּיבַּרְתִּי	אני	אֲדַבֵּר	אני
מְדַבֶּרֶת	f. sgl.	דִּיבַּרְתָּ	אתה	תְּדַבֵּר	אתה
מְדַבְּרִים	m. pl.	דִּיבַּרְתְּ	את	תְּדַבְּרִי	את
מְדַבְּרוֹת	f. pl.	דִּיבֵּר	הוא	יְדַבֵּר	הוא
		דִּיבְּרָה	היא	תְּדַבֵּר	היא
		דִּיבַּרְנוּ	אנחנו	נְדַבֵּר	אנחנו
		דִּיבַּרְתֶּם/ן	אתם/ן	תְּדַבְּרוּ	אתם/ן
		דִּיבְּרוּ	הם/ן	יְדַבְּרוּ	הם/ן

imperative	
דַּבֵּר!	m. sgl.
דַּבְּרִי!	f. sgl.
דַּבְּרוּ!	pl.

31. דחף

to push לִדְחוֹף paal

present tense		past tense		future tense	
דּוֹחֵף	m. sgl.	דָּחַפְתִּי	אני	אֶדְחוֹף	אני
דּוֹחֶפֶת	f. sgl.	דָּחַפְתָּ	אתה	תִּדְחוֹף	אתה
דּוֹחֲפִים	m. pl.	דָּחַפְתְּ	את	תִּדְחֲפִי	את
דּוֹחֲפוֹת	f. pl.	דָּחַף	הוא	יִדְחוֹף	הוא
		דָּחֲפָה	היא	תִּדְחוֹף	היא
		דָּחַפְנוּ	אנחנו	נִדְחוֹף	אנחנו
		דְּחַפְתֶּם/ן	אתם/ן	תִּדְחֲפוּ	אתם/ן
		דָּחֲפוּ	הם/ן	יִדְחֲפוּ	הם/ן

imperative	
דְּחוֹף!	m. sgl.
דַּחֲפִי!	f. sgl.
דַּחֲפוּ!	pl.

32. דמם

to bleed לְדַמֵּם piel

present tense		past tense		future tense	
מְדַמֵּם	m. sgl.	אני	דִּימַמְתִּי	אני	אֲדַמֵּם
מְדַמֶּמֶת	f. sgl.	אתה	דִּימַמְתָּ	אתה	תְּדַמֵּם
מְדַמְּמִים	m. pl.	את	דִּימַמְתְּ	את	תְּדַמְּמִי
מְדַמְּמוֹת	f. pl.	הוא	דִּימֵם	הוא	יְדַמֵּם
		היא	דִּימְמָה	היא	תְּדַמֵּם
imperative		אנחנו	דִּימַמְנוּ	אנחנו	נְדַמֵּם
דַּמֵּם!	m. sgl.	אתם/ן	דִּימַמְתֶּם/ן	אתם/ן	תְּדַמְּמוּ
דַּמְּמִי!	f. sgl.	הם/ן	דִּימְמוּ	הם/ן	יְדַמְּמוּ
דַּמְּמוּ!	pl.				

33. דרך

to load a gun לִדְרוֹךְ paal

present tense		past tense		future tense	
דּוֹרֵךְ	m. sgl.	אני	דָּרַכְתִּי	אני	אֶדְרוֹךְ
דּוֹרֶכֶת	f. sgl.	אתה	דָּרַכְתָּ	אתה	תִּדְרוֹךְ
דּוֹרְכִים	m. pl.	את	דָּרַכְתְּ	את	תִּדְרְכִי
דּוֹרְכוֹת	f. pl.	הוא	דָּרַךְ	הוא	יִדְרוֹךְ
		היא	דָּרְכָה	היא	נִדְרוֹךְ
imperative		אנחנו	דָּרַכְנוּ	אנחנו	נִדְרוֹךְ
דְּרוֹךְ!	m. sgl.	אתם/ן	דְּרַכְתֶּם/ן	אתם/ן	תִּדְרְכוּ
דִּרְכִי!	f. sgl.	הם/ן	דָּרְכוּ	הם/ן	יִדְרְכוּ
דִּרְכוּ!	pl.				

34. דרש

to demand, request לִדְרוֹשׁ paal

present tense		past tense		future tense	
דּוֹרֵשׁ	m. sgl.	דָּרַשְׁתִּי	אני	אֶדְרוֹשׁ	אני
דּוֹרֶשֶׁת	f. sgl.	דָּרַשְׁתָּ	אתה	תִּדְרוֹשׁ	אתה
דּוֹרְשִׁים	m. pl.	דָּרַשְׁתְּ	את	תִּדְרְשִׁי	את
דּוֹרְשׁוֹת	f. pl.	דָּרַשׁ	הוא	יִדְרוֹשׁ	הוא
		דָּרְשָׁה	היא	תִּדְרוֹשׁ	היא
imperative		דָּרַשְׁנוּ	אנחנו	נִדְרוֹשׁ	אנחנו
דְּרוֹשׁ!	m. sgl.	דְּרַשְׁתֶּם/ן	אתם/ן	תִּדְרְשׁוּ	אתם/ן
דִּרְשִׁי!	f. sgl.	דָּרְשׁוּ	הם/ן	יִדְרְשׁוּ	הם/ן
דִּרְשׁוּ!	pl.				

35. היה

to be לִהְיוֹת paal

present tense		past tense		future tense	
-	m. sgl.	הָיִיתִי	אני	אֶהְיֶה	אני
-	f. sgl.	הָיִיתָ	אתה	תִּהְיֶה	אתה
-	m. pl.	הָיִית	את	תִּהְיִי	את
-	f. pl.	הָיָה	הוא	יִהְיֶה	הוא
		הָיְתָה	היא	תִּהְיֶה	היא
imperative		הָיִינוּ	אנחנו	נִהְיֶה	אנחנו
הֱיֵה!	m. sgl.	הֱיִיתֶם/ן	אתם/ן	תִּהְיוּ	אתם/ן
הֲיִי!	f. sgl.	הָיוּ	הם/ן	יִהְיוּ	הם/ן
הֱיוּ!	pl.				

36. הלך

to go, walk לָלֶכֶת paal

future tense	
אני	אֵלֵךְ
אתה	תֵּלֵךְ
את	תֵּלְכִי
הוא	יֵלֵךְ
היא	תֵּלֵךְ
אנחנו	נֵלֵךְ
אתם/ן	תֵּלְכוּ
הם/ן	יֵלְכוּ

past tense	
אני	הָלַכְתִּי
אתה	הָלַכְתָּ
את	הָלַכְתְּ
הוא	הָלַךְ
היא	הָלְכָה
אנחנו	הָלַכְנוּ
אתם/ן	הֲלַכְתֶּם/ן
הם/ן	הָלְכוּ

present tense	
m. sgl.	הוֹלֵךְ
f. sgl.	הוֹלֶכֶת
m. pl.	הוֹלְכִים
f. pl.	הוֹלְכוֹת

imperative	
m. sgl.	לֵךְ!
f. sgl.	לְכִי!
pl.	לְכוּ!

37. הלם

to hit, strike לַהֲלוֹם paal

future tense	
אני	אֶהֱלוֹם
אתה	תַּהֲלוֹם
את	תַּהַלְמִי
הוא	יַהֲלוֹם
היא	תַּהֲלוֹם
אנחנו	נַהֲלוֹם
אתם/ן	תַּהַלְמוּ
הם/ן	יַהַלְמוּ

past tense	
אני	הָלַמְתִּי
אתה	הָלַמְתָּ
את	הָלַמְתְּ
הוא	הָלַם
היא	הָלְמָה
אנחנו	הָלַמְנוּ
אתם/ן	הֲלַמְתֶּם/ן
הם/ן	הָלְמוּ

present tense	
m. sgl.	הוֹלֵם
f. sgl.	הוֹלֶמֶת
m. pl.	הוֹלְמִים
f. pl.	הוֹלְמוֹת

imperative	
m. sgl.	הֲלוֹם!
f. sgl.	הִלְמִי!
pl.	הִלְמוּ!

38. הפך

to turn לַהֲפוֹךְ paal

future tense		past tense		present tense	
אני	אֶהֱפוֹךְ	אני	הָפַכְתִּי	m. sgl.	הוֹפֵךְ
אתה	תַּהֲפוֹךְ	אתה	הָפַכְתָּ	f. sgl.	הוֹפֶכֶת
את	תַּהַפְכִי	את	הָפַכְתְּ	m. pl.	הוֹפְכִים
הוא	יַהֲפוֹךְ	הוא	הָפַךְ	f. pl.	הוֹפְכוֹת
היא	תַּהֲפוֹךְ	היא	הָפְכָה		
אנחנו	נַהֲפוֹךְ	אנחנו	הָפַכְנוּ		
אתם/ן	תַּהְפְּכוּ	אתם/ן	הֲפַכְתֶּם/ן		
הם/ן	יַהַפְכוּ	הם/ן	הָפְכוּ		

imperative	
m. sgl.	הֲפוֹךְ!
f. sgl.	הִפְכִי!
pl.	הִפְכוּ!

39. הרג

to kill לַהֲרוֹג paal

future tense		past tense		present tense	
אני	אֶהֱרוֹג	אני	הָרַגְתִּי	m. sgl.	הוֹרֵג
אתה	תַּהֲרוֹג	אתה	הָרַגְתָּ	f. sgl.	הוֹרֶגֶת
את	תַּהַרְגִי	את	הָרַגְתְּ	m. pl.	הוֹרְגִים
הוא	יַהֲרוֹג	הוא	הָרַג	f. pl.	הוֹרְגוֹת
היא	תַּהֲרוֹג	היא	הָרְגָה		
אנחנו	נַהֲרוֹג	אנחנו	הָרַגְנוּ		
אתם/ן	תַּהַרְגוּ	אתם/ן	הֲרַגְתֶּם/ן		
הם/ן	יַהַרְגוּ	הם/ן	הָרְגוּ		

imperative	
m. sgl.	הָרוֹג!
f. sgl.	הִרְגִי!
pl.	הִרְגוּ!

40. הרס

to destroy לַהֲרוֹס paal

present tense		past tense		future tense	
הוֹרֵס	m. sgl.	הָרַסְתִּי	אני	אֶהֱרוֹס	אני
הוֹרֶסֶת	f. sgl.	הָרַסְתָּ	אתה	תַּהֲרוֹס	אתה
הוֹרְסִים	m. pl.	הָרַסְתְּ	את	תַּהַרְסִי	את
הוֹרְסוֹת	f. pl.	הָרַס	הוא	יַהֲרוֹס	הוא
		הָרְסָה	היא	תַּהֲרוֹס	היא
imperative		הָרַסְנוּ	אנחנו	נַהֲרוֹס	אנחנו
הֲרוֹס!	m. sgl.	הֲרַסְתֶּם/ן	אתם/ן	תַּהַרְסוּ	אתם/ן
הִרְסִי!	f. sgl.	הָרְסוּ	הם/ן	יַהַרְסוּ	הם/ן
הִרְסוּ!	pl.				

41. ותר

to give up לְוַותֵּר piel

present tense		past tense		future tense	
מְוַותֵּר	m. sgl.	וִיתַּרְתִּי		אֲוַותֵּר	אני
מְוַותֶּרֶת	f. sgl.	וִיתַּרְתָּ	אתה	תְּוַותֵּר	אתה
מְוַותְּרִים	m. pl.	וִיתַּרְתְּ	את	תְּוַותְּרִי	את
מְוַותְּרוֹת	f. pl.	וִיתֵּר	הוא	יְוַותֵּר	הוא
		וִיתְּרָה	היא	תְּוַותֵּר	היא
imperative		וִיתַּרְנוּ	אנחנו	נְוַותֵּר	אנחנו
וַתֵּר!	m. sgl.	וִיתַּרְתֶּם/ן	אתם/ן	תְּוַותְּרוּ	אתם/ן
וַתְּרִי!	f. sgl.	וִיתְּרוּ	הם/ן	יְוַותְּרוּ	הם/ן
וַתְּרוּ!	pl.				

42. זוז

to move לָזוּז paal

future tense		past tense		present tense	
אני	אָזוּז	אני	זַזְתִּי	m. sgl.	זָז
אתה	תָּזוּז	אתה	זַזְתָּ	f. sgl.	זָזָה
את	תָּזוּזִי	את	זַזְתְּ	m. pl.	זָזִים
הוא	יָזוּז	הוא	זָז	f. pl.	זָזוֹת
היא	תָּזוּז	היא	זָזָה		
אנחנו	נָזוּז	אנחנו	זַזְנוּ		**imperative**
אתם/ן	תָּזוּזוּ	אתם/ן	זַזְתֶּם/ן	m. sgl.	זוּז!
הם/ן	יָזוּזוּ	הם/ן	זָזוּ	f. sgl.	זוּזִי!
				pl.	זוּזוּ!

43. זכה

to win לִזְכּוֹת paal

future tense		past tense		present tense	
אני	אֶזְכֶּה	אני	זָכִיתִי	m. sgl.	זוֹכֶה
אתה	תִּזְכֶּה	אתה	זָכִיתָ	f. sgl.	זוֹכָה
את	תִּזְכִּי	את	זָכִית	m. pl.	זוֹכִים
הוא	יִזְכֶּה	הוא	זָכָה	f. pl.	זוֹכוֹת
היא	תִּזְכֶּה	היא	זָכְתָה		
אנחנו	נִזְכֶּה	אנחנו	זָכִינוּ		**imperative**
אתם/ן	תִּזְכּוּ	אתם/ן	זְכִיתֶם/ן	m. sgl.	זְכֵה!
הם/ן	יִזְכּוּ	הם/ן	זָכוּ	f. sgl.	זְכִי!
				pl.	זְכוּ!

44. זכר

to remember לִזְכּוֹר paal

present tense		past tense		future tense	
זוֹכֵר	m. sgl.	זָכַרְתִּי	אני	אֶזְכּוֹר	אני
זוֹכֶרֶת	f. sgl.	זָכַרְתָּ	אתה	תִּזְכּוֹר	אתה
זוֹכְרִים	m. pl.	זָכַרְתְּ	את	תִּזְכְּרִי	את
זוֹכְרוֹת	f. pl.	זָכַר	הוא	יִזְכּוֹר	הוא
		זָכְרָה	היא	תִּזְכּוֹר	היא
		זָכַרְנוּ	אנחנו	נִזְכּוֹר	אנחנו
		זְכַרְתֶּם/ן	אתם/ן	תִּזְכְּרוּ	אתם/ן
		זָכְרוּ	הם/ן	יִזְכְּרוּ	הם/ן

imperative	
זְכוֹר!	m. sgl.
זִכְרִי!	f. sgl.
זִכְרוּ!	pl.

to remind לְהַזְכִּיר hifil

present tense		past tense		future tense	
מַזְכִּיר	m. sgl.	הִזְכַּרְתִּי	אני	אַזְכִּיר	אני
מַזְכִּירָה	f. sgl.	הִזְכַּרְתָּ	אתה	תַּזְכִּיר	אתה
מַזְכִּירִים	m. pl.	הִזְכַּרְתְּ	את	תַּזְכִּירִי	את
מַזְכִּירוֹת	f. pl.	הִזְכִּיר	הוא	יַזְכִּיר	הוא
		הִזְכִּירָה	היא	תַּזְכִּיר	היא
		הִזְכַּרְנוּ	אנחנו	נַזְכִּיר	אנחנו
		הִזְכַּרְתֶּם/ן	אתם/ן	תַּזְכִּירוּ	אתם/ן
		הִזְכִּירוּ	הם/ן	יַזְכִּירוּ	הם/ן

imperative	
הַזְכֵּר!	m. sgl.
הַזְכִּירִי!	f. sgl.
הַזְכִּירוּ!	pl.

45. זרם

to flow לִזְרוֹם paal

present tense		past tense		future tense	
זוֹרֵם	m. sgl.	זָרַמְתִּי	אני	אֶזְרוֹם	אני
זוֹרֶמֶת	f. sgl.	זָרַמְתָּ	אתה	תִּזְרוֹם	אתה
זוֹרְמִים	m. pl.	זָרַמְתְּ	את	תִּזְרְמִי	את
זוֹרְמוֹת	f. pl.	זָרַם	הוא	יִזְרוֹם	הוא
		זָרְמָה	היא	תִּזְרוֹם	היא
imperative		זָרַמְנוּ	אנחנו	נִזְרוֹם	אנחנו
זְרוֹם!	m. sgl.	זְרַמְתֶּם/ן	אתם/ן	תִּזְרְמוּ	אתם/ן
זִרְמִי!	f. sgl.	זָרְמוּ	הם/ן	יִזְרְמוּ	הם/ן
זִרְמוּ!	pl.				

46. זרק

to throw, to discard לִזְרוֹק paal

present tense		past tense		future tense	
זוֹרֵק	m. sgl.	זָרַקְתִּי	אני	אֶזְרוֹק	אני
זוֹרֶקֶת	f. sgl.	זָרַקְתָּ	אתה	תִּזְרוֹק	אתה
זוֹרְקִים	m. pl.	זָרַקְתְּ	את	תִּזְרְקִי	את
זוֹרְקוֹת	f. pl.	זָרַק	הוא	יִזְרוֹק	הוא
		זָרְקָה	היא	תִּזְרוֹק	היא
imperative		זָרַקְנוּ	אנחנו	נִזְרוֹק	אנחנו
זְרוֹק!	m. sgl.	זְרַקְתֶּם/ן	אתם/ן	תִּזְרְקוּ	אתם/ן
זִרְקִי!	f. sgl.	זָרְקוּ	הם/ן	יִזְרְקוּ	הם/ן
זִרְקוּ!	pl.				

47. חבט

to pound, beat לַחְבּוֹט paal

present tense		past tense		future tense	
חוֹבֵט	m. sgl.	חָבַטְתִּי	אני	אֶחְבּוֹט	אני
חוֹבֶטֶת	f. sgl.	חָבַטְתָּ	אתה	תַּחְבּוֹט	אתה
חוֹבְטִים	m. pl.	חָבַטְתְּ	את	תַּחְבְּטִי	את
חוֹבְטוֹת	f. pl.	חָבַט	הוא	יַחְבּוֹט	הוא
		חָבְטָה	היא	תַּחְבּוֹט	היא
		חָבַטְנוּ	אנחנו	נַחְבּוֹט	אנחנו
		חֲבַטְתֶּם/ן	אתם/ן	תַּחְבְּטוּ	אתם/ן
		חָבְטוּ	הם/ן	יַחְבְּטוּ	הם/ן

imperative	
חֲבוֹט!	m. sgl.
חִבְטִי!	f. sgl.
חִבְטוּ!	pl.

48. חגג

to celebrate לָחְגוֹג paal

present tense		past tense		future tense	
חוֹגֵג	m. sgl.	חָגַגְתִּי	אני	אֶחְגּוֹג	אני
חוֹגֶגֶת	f. sgl.	חָגַגְתָּ	אתה	תַּחְגּוֹג	אתה
חוֹגְגִים	m. pl.	חָגַגְתְּ	את	תַּחְגְּגִי	את
חוֹגְגוֹת	f. pl.	חָגַג	הוא	יַחְגּוֹג	הוא
		חָגְגָה	היא	תַּחְגּוֹג	היא
		חָגַגְנוּ	אנחנו	נַחְגּוֹג	אנחנו
		חֲגַגְתֶּם/ן	אתם/ן	תַּחְגְּגוּ	אתם/ן
		חָגְגוּ	הם/ן	יַחְגְּגוּ	הם/ן

imperative	
חֲגוֹג!	m. sgl.
חִגְגִי!	f. sgl.
חִגְגוּ!	pl.

חדל .49

to stop לַחְדּוֹל paal

present tense		past tense		future tense	
חָדֵל	m. sgl.	חָדַלְתִּי	אני	אֶחְדַּל	אני
חֲדֵלָה	f. sgl.	חָדַלְתָּ	אתה	תֶּחְדַּל	אתה
חֲדֵלִים	m. pl.	חָדַלְתְּ	את	תֶּחְדְּלִי	את
חֲדֵלוֹת	f. pl.	חָדַל	הוא	יֶחְדַּל	הוא
		חָדְלָה	היא	תֶּחְדַּל	היא
imperative		חָדַלְנוּ	אנחנו	נֶחְדַּל	אנחנו
חֲדַל!	m. sgl.	חֲדַלְתֶּם/ן	אתם/ן	תֶּחְדְּלוּ	אתם/ן
חִדְלִי!	f. sgl.	חָדְלוּ	הם/ן	יֶחְדְּלוּ	הם/ן
חִדְלוּ!	pl.				

חדר .50

to penetrate, intrude לַחְדּוֹר paal

present tense		past tense		future tense	
חוֹדֵר	m. sgl.	חָדַרְתִּי	אני	אֶחֱדוֹר	אני
חוֹדֶרֶת	f. sgl.	חָדַרְתָּ	אתה	תַּחְדּוֹר	אתה
חוֹדְרִים	m. pl.	חָדַרְתְּ	את	תַּחְדְּרִי	את
חוֹדְרוֹת	f. pl.	חָדַר	הוא	יַחְדּוֹר	הוא
		חָדְרָה	היא	תַּחְדּוֹר	היא
imperative		חָדַרְנוּ	אנחנו	נַחְדּוֹר	אנחנו
חֲדוֹר!	m. sgl.	חֲדַרְתֶּם/ן	אתם/ן	תַּחְדְּרוּ	אתם/ן
חִדְרִי!	f. sgl.	חָדְרוּ	הם/ן	יַחְדְּרוּ	הם/ן
חִדְרוּ!	pl.				

to instill, to insert לְהַחְדִּיר hifil

present tense		past tense		future tense	
מַחְדִּיר	m. sgl.	הֶחְדַּרְתִּי	אני	אַחְדִּיר	אני
מַחְדִּירָה	f. sgl.	הֶחְדַּרְתָּ	אתה	תַּחְדִּיר	אתה
מַחְדִּירִים	m. pl.	הֶחְדַּרְתְּ	v	תַּחְדִּירִי	את
מַחְדִּירוֹת	f. pl.	הֶחְדִּיר	הוא	יַחְדִּיר	הוא
		הֶחְדִּירָה	היא	תַּחְדִּיר	היא
imperative		הֶחְדַּרְנוּ	אנחנו	נַחְדִּיר	אנחנו
הַחְדֵּר!	m. sgl.	הֶחְדַּרְתֶּם/ן	אתם/ן	תַּחְדִּירוּ	אתם/ן
הַחְדִּירִי!	f. sgl.	הֶחְדִּירוּ	הם/ן	יַחְדִּירוּ	הם/ן
הַחְדִּירוּ!	pl.				

51. חוג

to circle, to go round לָחוּג paal

present tense		past tense		future tense	
חָג	m. sgl.	חַגְתִּי	אני	אָחוּג	אני
חָגָה	f. sgl.	חַגְתָּ	אתה	תָּחוּג	אתה
חָגִים	m. pl.	חַגְתְּ	את	תָּחוּגִי	את
חָגוֹת	f. pl.	חָג	הוא	יָחוּג	הוא
		חָגָה	היא	תָּחוּג	היא
imperative		חַגְנוּ	אנחנו	נָחוּג	אנחנו
חוּג!	m. sgl.	חַגְתֶּם/ן	אתם/ן	תָּחוּגוּ	אתם/ן
חוּגִי!	f. sgl.	חָגוּ	הם/ן	יָחוּגוּ	הם/ן
חוּגוּ!	pl.				

52. חוה

to experience, to feel לַחֲווֹת paal

present tense		past tense		future tense	
חוֹוֶה	m. sgl.	חָוִויתִי	אני	אֶחֱוֶוה	אני
חוֹוָה	f. sgl.	חֲוָוַית	אתה	תֶּחֱוֶוה	אתה
חוֹוִים	m. pl.	חָוִוית	את	תְּחַוִּוי	את
חוווֹת	f. pl.	חַוָּוה	הוא	יֶחֱוֶוה	הוא
		חָוְותָה	היא	תֶּחֱוֶוה	היא
		חָוִוינוּ	אנחנו	נֶחֱוָוה	אנחנו
		חֲוִויתֶם/ן	אתם/ן	תֶּחֱווּ	אתם/ן
		חָווּ	הם/ן	יֶחֱווּ	הם/ן

imperative	
חַוֵּוה!	m. sgl.
חֲוִוי!	f. sgl.
חֲווּ!	pl.

53. חוש

to sense לָחוּשׁ paal

present tense		past tense		future tense	
חָשׁ	m. sgl.	חַשְׁתִּי	אני	אָחוּשׁ	אני
חָשָׁה	f. sgl.	חַשְׁתָּ	אתה	תָּחוּשׁ	אתה
חָשִׁים	m. pl.	חַשְׁתְּ	את	תָּחוּשִׁי	את
חָשׁוֹת	f. pl.	חָשׁ	הוא	יָחוּשׁ	הוא
		חָשָׁה	היא	תָּחוּשׁ	היא
		חַשְׁנוּ	אנחנו	נָחוּשׁ	אנחנו
		חַשְׁתֶּם/ן	אתם/ן	תָּחוּשׁוּ	אתם/ן
		חָשׁוּ	הם/ן	יָחוּשׁוּ	הם/ן

imperative	
חוּשׁ!	m. sgl.
חוּשִׁי!	f. sgl.
חוּשׁוּ!	pl.

54. חזר

to return לַחֲזוֹר paal

present tense		past tense		future tense	
חוֹזֵר	m. sgl.	חָזַרְתִּי	אני	אֶחֱזוֹר	אני
חוֹזֶרֶת	f. sgl.	חָזַרְתָּ	אתה	תַּחֲזוֹר	אתה
חוֹזְרִים	m. pl.	חָזַרְתְּ	את	תַּחַזְרִי	את
חוֹזְרוֹת	f. pl.	חָזַר	הוא	יַחֲזוֹר	הוא
		חָזְרָה	היא	תַּחֲזוֹר	היא
imperative		חָזַרְנוּ	אנחנו	נַחֲזוֹר	אנחנו
חֲזוֹר!	m. sgl.	חֲזַרְתֶּם/ן	אתם/ן	תַּחַזְרוּ	אתם/ן
חִזְרִי!	f. sgl.	חָזְרוּ	הם/ן	יַחַזְרוּ	הם/ן
חִזְרוּ!	pl.				

55. חיה

to live לִחְיוֹת paal

present tense		past tense		future tense	
חַי	m. sgl.	חָיִיתִי	אני	אֶחְיֶה	אני
חַיָּה	f. sgl.	חָיִיתָ	אתה	תִּחְיֶה	אתה
חַיִּים	m. pl.	חָיִית	את	תִּחְיִי	את
חַיּוֹת	f. pl.	חָיָה	הוא	יִחְיֶה	הוא
		חָיְיתָה	היא	תִּחְיֶה	היא
imperative		חָיִינוּ	אנחנו	נִחְיֶה	אנחנו
חֲיֵה!	m. sgl.	חֲיִיתֶם/ן	אתם/ן	תִּחְיוּ	אתם/ן
חֲיִי!	f. sgl.	חָיוּ	הם/ן	יִחְיוּ	הם/ן
חֲיוּ!	pl.				

56. חיך

piel לְחַיֵּיךְ **to smile**

present tense		past tense		future tense	
מְחַיֵּיךְ	m. sgl.	אני	חִיַּיכְתִּי	אני	אֲחַיֵּיךְ
מְחַיֶּיכֶת	f. sgl.	אתה	חִיַּיכְתָּ	אתה	תְּחַיֵּיךְ
מְחַיְּיכִים	m. pl.	את	חִיַּיכְתְּ	את	תְּחַיְּיכִי
מְחַיְּיכוֹת	f. pl.	הוא	חִיֵּיךְ	הוא	יְחַיֵּיךְ
		היא	חִיְּיכָה	היא	תְּחַיֵּיךְ
imperative		אנחנו	חִיַּיכְנוּ	אנחנו	נְחַיֵּיךְ
חַיֵּיךְ!	m. sgl.	אתם/ן	חִיַּיכְתֶּם/ן	אתם/ן	תְּחַיְּיכוּ
חַיְּיכִי!	f. sgl.	הם/ן	חִיְּיכוּ	הם/ן	יְחַיְּיכוּ
חַיְּיכוּ!	pl.				

57. חכה

piel לְחַכּוֹת **to wait**

present tense		past tense		future tense	
מְחַכֶּה	m. sgl.	אני	חִיכִּיתִי	אני	אֲחַכֶּה
מְחַכָּה	f. sgl.	אתה	חִיכִּיתָ	אתה	תְּחַכֶּה
מְחַכִּים	m. pl.	את	חִיכִּית	את	תְּחַכִּי
מְחַכּוֹת	f. pl.	הוא	חִיכָּה	הוא	יְחַכֶּה
		היא	חִיכְּתָה	היא	תְּחַכֶּה
imperative		אנחנו	חִיכִּינוּ	אנחנו	נְחַכֶּה
חַכֵּה!	m. sgl.	אתם/ן	חִיכִּיתֶם/ן	אתם/ן	תְּחַכּוּ
חַכִּי!	f. sgl.	הם/ן	חִיכּוּ	הם/ן	יְחַכּוּ
חַכּוּ!	pl.				

58. חלט

to decide לְהַחְלִיט hifil

present tense		past tense		future tense	
מַחְלִיט	m. sgl.	הֶחְלַטְתִּי	אני	אַחְלִיט	אני
מַחְלִיטָה	f. sgl.	הֶחְלַטְתָּ	אתה	תַּחְלִיט	אתה
מַחְלִיטִים	m. pl.	הֶחְלַטְתְּ	את	תַּחְלִיטִי	את
מַחְלִיטוֹת	f. pl.	הֶחְלִיט	הוא	יַחְלִיט	הוא
		הֶחְלִיטָה	היא	תַּחְלִיט	היא
		הֶחְלַטְנוּ	אנחנו	נַחְלִיט	אנחנו
		הֶחְלַטְתֶּם/ן	אתם/ן	תַּחְלִיטוּ	אתם/ן
		הֶחְלִיטוּ	הם/ן	יַחְלִיטוּ	הם/ן

imperative	
הַחְלֵט!	m. sgl.
הַחְלִיטִי!	f. sgl.
הַחְלִיטוּ!	pl.

59. חלל

to start לְהָחֵל hifil

present tense		past tense		future tense	
מֵחֵל	m. sgl.	חִילַּלְתִּי	אני	אָחֵל	אני
מְחִילָּה	f. sgl.	חִילַּלְתָּ	אתה	תָּחֵל	אתה
מְחִילִּים	m. pl.	הֵחַלְתְּ	את	תָּחֵלִּי	את
מְחִילּוֹת	f. pl.	הֵחֵל	הוא	יָחֵל	הוא
		הֵחֵלָּה	היא	תָּחֵל	היא
		הֵחַלְנוּ	אנחנו	נָחֵל	אנחנו
		הַחַלְתֶּם/ן	אתם/ן	תָּחֵלּוּ	אתם/ן
		הֵחֵלּוּ	הם/ן	יָחֵלּוּ	הם/ן

imperative	
הָחֵל!	m. sgl.
הָחֵלִּי!	f. sgl.
הָחֵלּוּ!	pl.

60. חלם

to dream לַחֲלוֹם paal

present tense		past tense		future tense	
חוֹלֵם	m. sgl.	חָלַמְתִּי	אני	אֶחֱלוֹם	אני
חוֹלֶמֶת	f. sgl.	חָלַמְתָּ	אתה	תַּחֲלוֹם	אתה
חוֹלְמִים	m. pl.	חָלַמְתְּ	את	תַּחַלְמִי	את
חוֹלְמוֹת	f. pl.	חָלַם	הוא	יַחֲלוֹם	הוא
		חָלְמָה	היא	תַּחֲלוֹם	היא
imperative		חָלַמְנוּ	אנחנו	נַחֲלוֹם	אנחנו
חֲלוֹם!	m. sgl.	חֲלַמְתֶּם/ן	אתם/ן	תַּחַלְמוּ	אתם/ן
חִלְמִי!	f. sgl.	חָלְמוּ	הם/ן	יַחַלְמוּ	הם/ן
חִלְמוּ!	pl.				

61. חלף

to change, to replace לְהַחֲלִיף hifil

present tense		past tense		future tense	
מַחֲלִיף	m. sgl.	הֶחֱלַפְתִּי	אני	אַחֲלִיף	אני
מַחֲלִיפָה	f. sgl.	הֶחֱלַפְתָּ	אתה	תַּחֲלִיף	אתה
מַחֲלִיפִים	m. pl.	הֶחֱלַפְתְּ	את	תַּחֲלִיפִי	את
מַחֲלִיפוֹת	f. pl.	הֶחֱלִיף	הוא	יַחֲלִיף	הוא
		הֶחֱלִיפָה	היא	תַּחֲלִיף	היא
imperative		הֶחֱלַפְנוּ	אנחנו	נַחֲלִיף	אנחנו
הַחֲלֵף!	m. sgl.	הֶחֱלַפְתֶּם/ן	אתם/ן	תַּחֲלִיפוּ	אתם/ן
הַחֲלִיפִי!	f. sgl.	הֶחֱלִיפוּ	הם/ן	יַחֲלִיפוּ	הם/ן
הַחֲלִיפוּ!	pl.				

62. חנה

to park לַחֲנוֹת paal

present tense		past tense		future tense	
חוֹנֶה	m. sgl.	חָנִיתִי	אני	אֶחֱנֶה	אני
חוֹנָה	f. sgl.	חָנִיתָ	אתה	תַּחֲנֶה	אתה
חוֹנִים	m. pl.	חָנִית	את	תַּחֲנִי	את
חונות	f. pl.	חָנָה	הוא	יַחֲנֶה	הוא
		חָנְתָה	היא	תַּחֲנֶה	היא
		חָנִינוּ	אנחנו	נַחֲנֶה	אנחנו
		חֲנִיתֶם/ן	אתם/ן	תַּחֲנוּ	אתם/ן
		חָנוּ	הם/ן	יַחֲנוּ	הם/ן

imperative	
חֲנֵה!	m. sgl.
חֲנִי!	f. sgl.
חֲנוּ!	pl.

63. חנק

to strangle לַחֲנוֹק paal

present tense		past tense		future tense	
חוֹנֵק	m. sgl.	חָנַקְתִּי	אני	אֶחְנוֹק	אני
חוֹנֶקֶת	f. sgl.	חָנַקְתָּ	אתה	תַּחֲנוֹק	אתה
חוֹנְקִים	m. pl.	חָנַקְתְּ	את	תַּחַנְקִי	את
חוֹנְקוֹת	f. pl.	חָנַק	הוא	יַחְנוֹק	הוא
		חָנְקָה	היא	תַּחֲנוֹק	היא
		חָנַקְנוּ	אנחנו	נַחֲנוֹק	אנחנו
		חֲנַקְתֶּם/ן	אתם/ן	תַּחַנְקוּ	אתם/ן
		חָנְקוּ	הם/ן	יַחַנְקוּ	הם/ן

imperative	
חֲנוֹק!	m. sgl.
חַנְקִי!	f. sgl.
חָנְקוּ!	pl.

64. חסר

to be lacking לַחְסוֹר paal

present tense		past tense		future tense	
חָסֵר	m. sgl.	חָסַרְתִּי	אני	אֶחְסַר	אני
חֲסֵרָה	f. sgl.	חָסַרְתָּ	אתה	תֶּחְסַר	אתה
חֲסֵרִים	m. pl.	חָסַרְתְּ	את	תֶּחְסְרִי	את
חֲסֵרוֹת	f. pl.	חָסַר	הוא	יֶחְסַר	הוא
		חָסְרָה	היא	תֶּחְסַר	היא
imperative		חָסַרְנוּ	אנחנו	נֶחְסַר	אנחנו
חֲסַר!	m. sgl.	חֲסַרְתֶּם/ן	אתם/ן	תֶּחְסְרוּ	אתם/ן
חִסְרִי!	f. sgl.	חָסְרוּ	הם/ן	יֶחְסְרוּ	הם/ן
חִסְרוּ!	pl.				

65. חפה

to cover up לְחַפּוֹת piel

present tense		past tense		future tense	
מְחַפֶּה	m. sgl.	חִיפִּיתִי	אני	אֲחַפֶּה	אני
מְחַפָּה	f. sgl.	חִיפִּיתָ	אתה	תְּחַפֶּה	אתה
מְחַפִּים	m. pl.	חִיפִּית	את	תְּחַפִּי	את
מְחַפּוֹת	f. pl.	חֵיפָּה	הוא	יְחַפֶּה	הוא
		חִיפְּתָה	היא	תְּחַפֶּה	היא
imperative		חִיפִּינוּ	אנחנו	נְחַפֶּה	אנחנו
חַפֵּה!	m. sgl.	חִיפִּיתֶם/ן	אתם/ן	תְּחַפּוּ	אתם/ן
חַפִּי!	f. sgl.	חִיפּוּ	הם/ן	יְחַפּוּ	הם/ן
חַפּוּ!	pl.				

66. חשב

to think לַחְשׁוֹב paal

present tense		past tense		future tense	
חוֹשֵׁב	m. sgl.	חָשַׁבְתִּי	אני	אֶחֱשׁוֹב	אני
חוֹשֶׁבֶת	f. sgl.	חָשַׁבְתָּ	אתה	תַּחְשׁוֹב	אתה
חוֹשְׁבִים	m. pl.	חָשַׁבְתְּ	את	תַּחְשְׁבִי	את
חוֹשְׁבוֹת	f. pl.	חָשַׁב	הוא	יַחְשׁוֹב	הוא
		חָשְׁבָה	היא	תַּחְשׁוֹב	היא
		חָשַׁבְנוּ	אנחנו	נַחְשׁוֹב	אנחנו
		חֲשַׁבְתֶּם/ן	אתם/ן	תַּחְשְׁבוּ	אתם/ן
		חָשְׁבוּ	הם/ן	יַחְשְׁבוּ	הם/ן

imperative	
חֲשׁוֹב!	m. sgl.
חִשְׁבִי!	f. sgl.
חִשְׁבוּ!	pl.

67. חשש

to fear לַחֲשׁוֹשׁ paal

present tense		past tense		future tense	
חוֹשֵׁשׁ	m. sgl.	חָשַׁשְׁתִּי	אני	אֶחְשׁוֹשׁ	אני
חוֹשֶׁשֶׁת	f. sgl.	חָשַׁשְׁתָּ	אתה	תַּחְשׁוֹשׁ	אתה
חוֹשְׁשִׁים	m. pl.	חָשַׁשְׁתְּ	את	תַּחְשְׁשִׁי	את
חוֹשְׁשׁוֹת	f. pl.	חָשַׁשׁ	הוא	יַחֲשׁוֹשׁ	הוא
		חָשְׁשָׁה	היא	תַּחְשׁוֹשׁ	היא
		חָשַׁשְׁנוּ	אנחנו	נַחְשׁוֹשׁ	אנחנו
		חֲשַׁשְׁתֶּם/ן	אתם/ן	תַּחְשְׁשׁוּ	אתם/ן
		חָשְׁשׁוּ	הם/ן	יַחְשְׁשׁוּ	הם/ן

imperative	
חֲשׁוֹשׁ!	m. sgl.
חִשְׁשִׁי!	f. sgl.
חִשְׁשׁוּ!	pl.

68. חתך

to cut לַחְתּוֹךְ paal

present tense		past tense		future tense	
חוֹתֵךְ	m. sgl.	חָתַכְתִּי	אני	אֶחְתּוֹךְ	אני
חוֹתֶכֶת	f. sgl.	חָתַכְתָּ	אתה	תַּחְתּוֹךְ	אתה
חוֹתְכִים	m. pl.	חָתַכְתְּ	את	תַּחְתְּכִי	את
חוֹתְכוֹת	f. pl.	חָתַךְ	הוא	יַחְתּוֹךְ	הוא
		חָתְכָה	היא	תַּחְתּוֹךְ	היא
imperative		חָתַכְנוּ	אנחנו	נַחְתּוֹךְ	אנחנו
חֲתוֹךְ!	m. sgl.	חֲתַכְתֶּם/ן	אתם/ן	תַּחְתְּכוּ	אתם/ן
חִתְכִי!	f. sgl.	חָתְכוּ	הם/ן	יַחְתְּכוּ	הם/ן
חִתְכוּ!	pl.				

69. ידע

to know לָדַעַת paal

present tense		past tense		future tense	
יוֹדֵעַ	m. sgl.	יָדַעְתִּי	אני	אֵדַע	אני
יוֹדַעַת	f. sgl.	יָדַעְתָּ	אתה	תֵּדַע	אתה
יוֹדְעִים	m. pl.	יָדַעְתְּ	את	תֵּדְעִי	את
יוֹדְעוֹת	f. pl.	יָדַע	הוא	יֵדַע	הוא
		יָדְעָה	היא	תֵּדַע	היא
imperative		יָדַעְנוּ	אנחנו	נֵדַע	אנחנו
דַּע!	m. sgl.	יְדַעְתֶּם/ן	אתם/ן	תֵּדְעוּ	אתם/ן
דְּעִי!	f. sgl.	יָדְעוּ	הם/ן	יֵדְעוּ	הם/ן
דְּעוּ!	pl.				

to become known לְהִיוָּודֵעַ nifal

present tense		past tense		future tense	
נוֹדָע	m. sgl.	נוֹדַעְתִּי	אני	אִוָּודַע	אני
נוֹדַעַת	f. sgl.	נוֹדַעְתָּ	אתה	תִּיוָּודַע	אתה
נוֹדָעִים	m. pl.	נוֹדַעְתְּ	את	תִּיוָּודְעִי	את
נוֹדָעוֹת	f. pl.	נוֹדַע	הוא	יִיוָּודַע	הוא
		נוֹדְעָה	היא	תִּיוָּודַע	היא
		נוֹדַעְנוּ	אנחנו	נִיוָּודַע	אנחנו
		נוֹדַעְתֶּם/ן	אתם/ן	תִּיוָּודְעוּ	אתם/ן
		נוֹדְעוּ	הם/ן	יִיוָּודְעוּ	הם/ן

imperative	
הִיוָּודַע!	m. sgl.
הִיוָּודְעִי!	f. sgl.
הִיוָּודְעוּ!	pl.

70. יבח

to prove לְהוֹכִיחַ hifil

present tense		past tense		future tense	
מוֹכִיחַ	m. sgl.	הוֹכַחְתִּי	אני	אוֹכִיחַ	אני
מוֹכִיחָה	f. sgl.	הוֹכַחְתָּ	אתה	תּוֹכִיחַ	אתה
מוֹכִיחִים	m. pl.	הוֹכַחְתְּ	את	תּוֹכִיחִי	את
מוֹכִיחות	f. pl.	הוֹכִיחַ	הוא	יוֹכִיחַ	הוא
		הוֹכִיחָה	היא	תּוֹכִיחַ	היא
		הוֹכַחְנוּ	אנחנו	נוֹכִיחַ	אנחנו
		הוֹכַחְתֶּם/ן	אתם/ן	תּוֹכִיחוּ	אתם/ן
		הוֹכִיחוּ	הם/ן	יוֹכִיחוּ	הם/ן

imperative	
הוֹכֵחַ!	m. sgl.
הוֹכִיחִי!	f. sgl.
הוֹכִיחוּ!	pl.

71. ילד

to be born לְהִיוָּולֵד nifal

present tense		past tense		future tense	
נוֹלָד	m. sgl.	נוֹלַדְתִּי	אני	אִוָּולֵד	אני
נוֹלֶדֶת	f. sgl.	נוֹלַדְתָּ	אתה	תִּיוָּולֵד	אתה
נוֹלָדִים	m. pl.	נוֹלַדְתְּ	את	תִּיוָּולְדִי	את
נוֹלָדוֹת	f. pl.	נוֹלַד	הוא	יִיוָּולֵד	הוא
		נוֹלְדָה	היא	תִּיוָּולֵד	היא
		נוֹלַדְנוּ	אנחנו	נִיוָּולֵד	אנחנו
		נוֹלַדְתֶּם/ן	אתם/ן	תִּיוָּולְדוּ	אתם/ן
		נוֹלְדוּ	הם/ן	יִיוָּולְדוּ	הם/ן

imperative	
הִיוָּולֵד!	m. sgl.
הִיוָּולְדִי!	f. sgl.
הִיוָּולְדוּ!	pl.

72. יצא

to go out, exit לָצֵאת paal

present tense		past tense		future tense	
יוֹצֵא	m. sgl.	יָצָאתִי	אני	אֵצֵא	אני
יוֹצֵאת	f. sgl.	יָצָאתָ	אתה	אֵצֵא	אתה
יוֹצְאִים	m. pl.	יָצָאת	את	תֵּצְאִי	את
יוֹצְאוֹת	f. pl.	יָצָא	הוא	יֵצֵא	הוא
		יָצְאָה	היא	תֵּצֵא	היא
		יָצָאנוּ	אנחנו	נֵצֵא	אנחנו
		יְצָאתֶם/ן	אתם/ן	תֵּצְאוּ	אתם/ן
		יָצְאוּ	הם/ן	יֵצְאוּ	הם/ן

imperative	
צֵא!	m. sgl.
צְאִי!	f. sgl.
צְאוּ!	pl.

73. יצר

to create, to make לִיצוֹר **paal**

present tense		past tense		future tense	
יוֹצֵר	m. sgl.	יָצַרְתִּי	אני	אֶצוֹר	אני
יוֹצֶרֶת	f. sgl.	יָצַרְתָּ	אתה	תִּיצוֹר	אתה
יוֹצְרִים	m. pl.	יָצַרְתְּ	את	תִּיצְרִי	את
יוֹצְרוֹת	f. pl.	יָצַר	הוא	יִיצוֹר	הוא
		יָצְרָה	היא	תִּיצוֹר	היא
imperative		יָצַרְנוּ	אנחנו	נִיצוֹר	אנחנו
צוֹר!	m. sgl.	יְצַרְתֶּם/ן	אתם/ן	תִּיצְרוּ	אתם/ן
צְרִי!	f. sgl.	יָצְרוּ	הם/ן	יִיצְרוּ	הם/ן
צְרוּ!	pl.				

74. ירד

to go down לָרֶדֶת **paal**

present tense		past tense		future tense	
יוֹרֵד	m. sgl.	יָרַדְתִּי	אני	אֵרֵד	אני
יוֹרֶדֶת	f. sgl.	יָרַדְתָּ	אתה	תֵּרֵד	אתה
יוֹרְדִים	m. pl.	יָרַדְתְּ	את	תֵּרְדִי	את
יוֹרְדוֹת	f. pl.	יָרַד	הוא	יֵרֵד	הוא
		יָרְדָה	היא	תֵּרֵד	היא
imperative		יָרַדְנוּ	אנחנו	נֵרֵד	אנחנו
רֵד!	m. sgl.	יְרַדְתֶּם/ן	אתם/ן	תֵּרְדוּ	אתם/ן
רְדִי!	f. sgl.	יָרְדוּ	הם/ן	יֵרְדוּ	הם/ן
רְדוּ!	pl.				

to put down; to remove לְהוֹרִיד hifil

present tense		past tense		future tense	
מוֹרִיד	m. sgl.	הוֹרַדְתִּי	אני	אוֹרִיד	אני
מוֹרִידָה	f. sgl.	הוֹרַדְתָּ	אתה	תּוֹרִיד	אתה
מוֹרִידִים	m. pl.	הוֹרַדְתְּ	את	תּוֹרִידִי	את
מוֹרִידוֹת	f. pl.	הוֹרִיד	הוא	יוֹרִיד	הוא
		הוֹרִידָה	היא	תּוֹרִיד	היא
		הוֹרַדְנוּ	אנחנו	נוֹרִיד	אנחנו
		הוֹרַדְתֶּם/ן	אתם/ן	תּוֹרִידוּ	אתם/ן
		הוֹרִידוּ	הם/ן	יוֹרִידוּ	הם/ן

imperative	
הוֹרֵד!	m. sgl.
הוֹרִידִי!	f. sgl.
הוֹרִידוּ!	pl.

75. ירה

to shoot לִירוֹת paal

present tense		past tense		future tense	
יוֹרֶה	m. sgl.	יָרִיתִי	אני	אִירֶה	אני
יוֹרָה	f. sgl.	יָרִיתָ	אתה	תִּירֶה	אתה
יוֹרִים	m. pl.	יָרִית	את	תִּירִי	את
יוֹרוֹת	f. pl.	יָרָה	הוא	יִירֶה	הוא
		יָרְתָה	היא	תִּירֶה	היא
		יָרִינוּ	אנחנו	נִירֶה	אנחנו
		יְרִיתֶם/ן	אתם/ן	תִּירוּ	אתם/ן
		יָרוּ	הם/ן	יִירוּ	הם/ן

imperative	
יְרֵה!	m. sgl.
יְרִי!	f. sgl.
יְרוּ!	pl.

76. ישב

to sit לָשֶׁבֶת paal

present tense		past tense		future tense	
m. sgl.	יוֹשֵׁב	אני	יָשַׁבְתִּי	אני	אֵשֵׁב
f. sgl.	יוֹשֶׁבֶת	אתה	יָשַׁבְתָּ	אתה	תֵּשֵׁב
m. pl.	יוֹשְׁבִים	את	יָשַׁבְתְּ	את	תֵּשְׁבִי
f. pl.	יוֹשְׁבוֹת	הוא	יָשַׁב	הוא	יֵשֵׁב
		היא	יָשְׁבָה	היא	תֵּשֵׁב
imperative		אנחנו	יָשַׁבְנוּ	אנחנו	נֵשֵׁב
m. sgl.	שֵׁב!	אתם/ן	יְשַׁבְתֶּם/ן	אתם/ן	תֵּשְׁבוּ
f. sgl.	שְׁבִי!	הם/ן	יָשְׁבוּ	הם/ן	יֵשְׁבוּ
pl.	שְׁבוּ!				

77. ישן

to sleep לִישׁוֹן paal

present tense		past tense		future tense	
m. sgl.	יָשֵׁן	אני	יָשַׁנְתִּי	אני	אִישַׁן
f. sgl.	יְשֵׁנָה	אתה	יָשַׁנְתָּ	אתה	תִּישַׁן
m. pl.	יְשֵׁנִים	את	יָשַׁנְתְּ	את	תִּישְׁנִי
f. pl.	יְשֵׁנוֹת	הוא	יָשַׁן	הוא	יִישַׁן
		היא	יָשְׁנָה	היא	תִּישַׁן
imperative		אנחנו	יָשַׁנּוּ	אנחנו	נִישַׁן
m. sgl.	שַׁן!	אתם/ן	יְשַׁנְתֶּם/ן	אתם/ן	תִּישְׁנוּ
f. sgl.	שְׁנִי!	הם/ן	יָשְׁנוּ	הם/ן	יִישְׁנוּ
pl.	שְׁנוּ!				

בון .78

to prepare לְהָכִין hifil

present tense		past tense		future tense	
מֵכִין	m. sgl.	הֵכַנְתִּי		אָכִין	אני
מְכִינָה	f. sgl.	הֵכַנְתָּ	אתה	תָּכִין	אתה
מְכִינִים	m. pl.	הֵכַנְתְּ	את	תָּכִינִי	את
מְכִינוֹת	f. pl.	הֵכִין	הוא	יָכִין	הוא
		הֵכִינָה	היא	תָּכִין	היא
		הֵכַנּוּ	אנחנו	נָכִין	אנחנו
		הֲכַנְתֶּם/ן	אתם/ן	תָּכִינוּ	אתם/ן
		הֵכִינוּ	הם/ן	יָכִינוּ	הם/ן

imperative	
הָכֵן!	m. sgl.
הָכִינִי!	f. sgl.
הָכִינוּ!	pl.

בנס .79

to enter, to come in לְהִיכָּנֵס nifal

present tense		past tense		future tense	
נִכְנָס	m. sgl.	נִכְנַסְתִּי	אני	אֶכָּנֵס	אני
נִכְנֶסֶת	f. sgl.	נִכְנַסְתָּ	אתה	תִּיכָּנֵס	אתה
נִכְנָסִים	m. pl.	נִכְנַסְתְּ	את	תִּיכָּנְסִי	את
נִכְנָסוֹת	f. pl.	נִכְנַס	הוא	יִיכָּנֵס	הוא
		נִכְנְסָה	היא	תִּיכָּנֵס	היא
		נִכְנַסְנוּ	אנחנו	נִיכָּנֵס	אנחנו
		נִכְנַסְתֶּם/ן	אתם/ן	תִּיכָּנְסוּ	אתם/ן
		נִכְנְסוּ	הם/ן	יִיכָּנְסוּ	הם/ן

imperative	
הִיכָּנֵס!	m. sgl.
הִיכָּנְסִי!	f. sgl.
הִיכָּנְסוּ!	pl.

80. כעס

to be angry לִכְעוֹס paal

present tense		past tense		future tense	
כּוֹעֵס	m. sgl.	כָּעַסְתִּי	אני	אֶכְעַס	אני
כּוֹעֶסֶת	f. sgl.	כָּעַסְתָּ	אתה	תִּכְעַס	אתה
כּוֹעֲסִים	m. pl.	כָּעַסְתְּ	את	תִּכְעֲסִי	את
כּוֹעֲסוֹת	f. pl.	כָּעַס	הוא	יִכְעַס	הוא
		כָּעֲסָה	היא	תִּכְעַס	היא
imperative		כָּעַסְנוּ	אנחנו	נִכְעַס	אנחנו
כְּעַס!	m. sgl.	כְּעַסְתֶּם/ן	אתם/ן	תִּכְעֲסוּ	אתם/ן
כַּעֲסִי!	f. sgl.	כָּעֲסוּ	הם/ן	יִכְעֲסוּ	הם/ן
כַּעֲסוּ!	pl.				

81. ברז

to announce לְהַכְרִיז hifil

present tense		past tense		future tense	
מַכְרִיז	m. sgl.	הִכְרַזְתִּי	אני	אַכְרִיז	אני
מַכְרִיזָה	f. sgl.	הִכְרַזְתָּ	אתה	תַּכְרִיז	אתה
מַכְרִיזִים	m. pl.	הִכְרַזְתְּ	את	תַּכְרִיזִי	את
מַכְרִיזוֹת	f. pl.	הִכְרִיז	הוא	יַכְרִיז	הוא
		הִכְרִיזָה	היא	תַּכְרִיז	היא
imperative		הִכְרַזְנוּ	אנחנו	נַכְרִיז	אנחנו
הַכְרֵז!	m. sgl.	הִכְרַזְתֶּם/ן	אתם/ן	תַּכְרִיזוּ	אתם/ן
הַכְרִיזִי!	f. sgl.	הִכְרִיזוּ	הם/ן	יַכְרִיזוּ	הם/ן
הַכְרִיזוּ!	pl.				

82. כתב

to write לִכְתּוֹב paal

present tense		past tense		future tense	
כּוֹתֵב	m. sgl.	כָּתַבְתִּי	אני	אֶכְתּוֹב	אני
כּוֹתֶבֶת	f. sgl.	כָּתַבְתָּ	אתה	תִּכְתּוֹב	אתה
כּוֹתְבִים	m. pl.	כָּתַבְתְּ	את	תִּכְתְּבִי	את
כּוֹתְבוֹת	f. pl.	כָּתַב	הוא	יִכְתּוֹב	הוא
		כָּתְבָה	היא	תִּכְתּוֹב	היא
imperative		כָּתַבְנוּ	אנחנו	נִכְתּוֹב	אנחנו
כְּתוֹב!	m. sgl.	כְּתַבְתֶּם/ן	אתם/ן	תִּכְתְּבוּ	אתם/ן
כִּתְבִי!	f. sgl.	כָּתְבוּ	הם/ן	יִכְתְּבוּ	הם/ן
כִּתְבוּ!	pl.				

83. לבש

to wear, put on clothes לִלְבּוֹשׁ paal

present tense		past tense		future tense	
לוֹבֵשׁ	m. sgl.	לָבַשְׁתִּי	אני	אֶלְבַּשׁ	אני
לוֹבֶשֶׁת	f. sgl.	לָבַשְׁתָּ	אתה	תִּלְבַּשׁ	אתה
לוֹבְשִׁים	m. pl.	לָבַשְׁתְּ	את	תִּלְבְּשִׁי	את
לוֹבְשׁוֹת	f. pl.	לָבַשׁ	הוא	יִלְבַּשׁ	הוא
		לָבְשָׁה	היא	תִּלְבַּשׁ	היא
imperative		לָבַשְׁנוּ	אנחנו	נִלְבַּשׁ	אנחנו
לְבַשׁ!	m. sgl.	לְבַשְׁתֶּם/ן	אתם/ן	תִּלְבְּשׁוּ	אתם/ן
לִבְשִׁי!	f. sgl.	לָבְשׁוּ	הם/ן	יִלְבְּשׁוּ	הם/ן
לִבְשׁוּ!	pl.				

84. לחם

to fight לְהִילָּחֵם nifal

present tense		past tense		future tense	
נִלְחָם	m. sgl.	נִלְחַמְתִּי	אני	אֶלָּחֵם	אני
נִלְחֶמֶת	f. sgl.	נִלְחַמְתָּ	אתה	תִּילָּחֵם	אתה
נִלְחָמִים	m. pl.	נִלְחַמְתְּ	את	תִּילָּחֲמִי	את
נִלְחָמוֹת	f. pl.	נִלְחַם	הוא	יִילָּחֵם	הוא
		נִלְחֲמָה	היא	תִּילָּחֵם	היא
		נִלְחַמְנוּ	אנחנו	נִילָּחֵם	אנחנו
		נִלְחַמְתֶּם/ן	אתם/ן	תִּילָּחֲמוּ	אתם/ן
		נִלְחֲמוּ	הם/ן	יִילָּחֲמוּ	הם/ן

imperative	
הִילָּחֵם!	m. sgl.
הִילָּחֲמִי!	f. sgl.
הִילָּחֲמוּ!	pl.

85. לחץ

to push, to press לִלְחוֹץ paal

present tense		past tense		future tense	
לוֹחֵץ	m. sgl.	לָחַצְתִּי	אני	אֶלְחַץ	אני
לוֹחֶצֶת	f. sgl.	לָחַצְתָּ	אתה	תִּלְחַץ	אתה
לוֹחֲצִים	m. pl.	לָחַצְתְּ	את	תִּלְחֲצִי	את
לוֹחֲצוֹת	f. pl.	לָחַץ	הוא	יִלְחַץ	הוא
		לָחֲצָה	היא	תִּלְחַץ	היא
		לָחַצְנוּ	אנחנו	נִלְחַץ	אנחנו
		לְחַצְתֶּם/ן	אתם/ן	תִּלְחֲצוּ	אתם/ן
		לָחֲצוּ	הם/ן	יִלְחֲצוּ	הם/ן

imperative	
לְחַץ!	m. sgl.
לַחֲצִי!	f. sgl.
לַחֲצוּ!	pl.

86. לטש

paal לִלְטוֹשׁ (עיניים) to close eyes, stare

present tense		past tense		future tense	
לוֹטֵשׁ m. sgl.		אני לָטַשְׁתִּי		אני אֶלְטוֹשׁ	
לוֹטֶשֶׁת f. sgl.		אתה לָטַשְׁתָּ		אתה תִּלְטוֹשׁ	
לוֹטְשִׁים m. pl.		את לָטַשְׁתְּ		את תִּלְטְשִׁי	
לוֹטְשׁוֹת f. pl.		הוא לָטַשׁ		הוא יִלְטוֹשׁ	
		היא לָטְשָׁה		היא תִּלְטוֹשׁ	
imperative		אנחנו לָטַשְׁנוּ		אנחנו נִלְטוֹשׁ	
לְטוֹשׁ! m. sgl.		אתם/ן לְטַשְׁתֶּם/ן		אתם/ן תִּלְטְשׁוּ	
לִטְשִׁי! f. sgl.		הם/ן לָטְשׁוּ		הם/ן יִלְטְשׁוּ	
לִטְשׁוּ! pl.					

87. למד

paal לִלְמוֹד to learn, study

present tense		past tense		future tense	
לוֹמֵד m. sgl.		אני לָמַדְתִּי		אני אֶלְמַד	
לוֹמֶדֶת f. sgl.		אתה לָמַדְתָּ		אתה תִּלְמַד	
לוֹמְדִים m. pl.		את לָמַדְתְּ		את תִּלְמְדִי	
לוֹמְדוֹת f. pl.		הוא לָמַד		הוא יִלְמַד	
		היא לָמְדָה		היא תִּלְמַד	
imperative		אנחנו לָמַדְנוּ		אנחנו נִלְמַד	
לְמַד! m. sgl.		אתם/ן לְמַדְתֶּם/ן		אתם/ן תִּלְמְדוּ	
לִמְדִי! f. sgl.		הם/ן לָמְדוּ		הם/ן יִלְמְדוּ	
לִמְדוּ! pl.					

to teach לְלַמֵּד piel

present tense		past tense		future tense	
m. sgl.	מְלַמֵּד	אני	לִימַּדְתִּי	אני	אֲלַמֵּד
f. sgl.	מְלַמֶּדֶת	אתה	לִימַּדְתָּ	אתה	תְּלַמֵּד
m. pl.	מְלַמְּדִים	את	לִימַּדְתְּ	את	תְּלַמְּדִי
f. pl.	מְלַמְּדות	הוא	לִימֵּד	הוא	יְלַמֵּד
		היא	לִימְּדָה	היא	תְּלַמֵּד
		אנחנו	לִימַּדְנוּ	אנחנו	נְלַמֵּד
		אתם/ן	לִימַּדְתֶּם/ן	אתם/ן	תְּלַמְּדוּ
		הם/ן	לִימְּדוּ	הם/ן	יְלַמְּדוּ

imperative	
m. sgl.	לַמֵּד!
f. sgl.	לַמְּדִי!
pl.	לַמְּדוּ!

88. לקח

to take לָקַחַת paal

present tense		past tense		future tense	
m. sgl.	לוקֵחַ	אני	לָקַחְתִּי	אני	אֶקַּח
f. sgl.	לוקַחַת	אתה	לָקַחְתָּ	אתה	תִּיקַּח
m. pl.	לוקְחִים	את	לָקַחְתְּ	את	תִּיקְּחִי
f. pl.	לוקְחות	הוא	לָקַח	הוא	יִיקַּח
		היא	לָקְחָה	היא	תִּיקַּח
		אנחנו	לָקַחְנוּ	אנחנו	נִיקַּח
		אתם/ן	לְקַחְתֶּם/ן	אתם/ן	תִּיקְּחוּ
		הם/ן	לָקְחוּ	הם/ן	יִיקְּחוּ

imperative	
m. sgl.	קַח!
f. sgl.	קְחִי!
pl.	קְחוּ!

89. מות

to die לָמוּת paal

present tense		past tense		future tense	
m. sgl.	מֵת	אני	מַתִּי	אני	אָמוּת
f. sgl.	מֵתָה	אתה	מַתָּ	אתה	תָּמוּת
m. pl.	מֵתִים	את	מַתְּ	את	תָּמוּתִי
f. pl.	מֵתוֹת	הוא	מֵת	הוא	יָמוּת
		היא	מֵתָה	היא	תָּמוּת
		אנחנו	מַתְנוּ	אנחנו	נָמוּת
		אתם/ן	מַתֶּם/ן	אתם/ן	תָּמוּתוּ
		הם/ן	מֵתוּ	הם/ן	יָמוּתוּ

imperative	
m. sgl.	מוּת!
f. sgl.	מוּתִי!
pl.	מוּתוּ!

90. מחק

to erase לִמְחוֹק paal

present tense		past tense		future tense	
m. sgl.	מוֹחֵק	אני	מָחַקְתִּי	אני	אֶמְחַק
f. sgl.	מוֹחֶקֶת	אתה	מָחַקְתָּ	אתה	תִּמְחַק
m. pl.	מוֹחֲקִים	את	מָחַקְתְּ	את	תִּמְחֲקִי
f. pl.	מוֹחֲקוֹת	הוא	מָחַק	הוא	יִמְחַק
		היא	מָחֲקָה	היא	תִּמְחַק
		אנחנו	מָחַקְנוּ	אנחנו	נִמְחַק
		אתם/ן	מְחַקְתֶּם/ן	אתם/ן	תִּמְחֲקוּ
		הם/ן	מָחֲקוּ	הם/ן	יִמְחֲקוּ

imperative	
m. sgl.	מְחַק!
f. sgl.	מַחֲקִי!
pl.	מַחֲקוּ!

מטט .91

to collapse **לְהִתְמוֹטֵט** **hitpael**

future tense		past tense		present tense	
אני	אֶתְמוֹטֵט	אני	הִתְמוֹטַטְתִּי	m. sgl.	מִתְמוֹטֵט
אתה	תִּתְמוֹטֵט	אתה	הִתְמוֹטַטְתָּ	f. sgl.	מִתְמוֹטֶטֶת
את	תִּתְמוֹטְטִי	את	הִתְמוֹטַטְתְּ	m. pl.	מִתְמוֹטְטִים
הוא	יִתְמוֹטֵט	הוא	הִתְמוֹטֵט	f. pl.	מִתְמוֹטְטוֹת
היא	תִּתְמוֹטֵט	היא	הִתְמוֹטְטָה		
אנחנו	נִתְמוֹטֵט	אנחנו	הִתְמוֹטַטְנוּ		**imperative**
אתם/ן	תִּתְמוֹטְטוּ	אתם/ן	הִתְמוֹטַטְתֶּם/ן	m. sgl.	הִתְמוֹטֵט!
הם/ן	יִתְמוֹטְטוּ	הם/ן	הִתְמוֹטְטוּ	f. sgl.	הִתְמוֹטְטִי!
				pl.	הִתְמוֹטְטוּ!

מכר .92

to sell **לִמְכּוֹר** **paal**

future tense		past tense		present tense	
אני	אֶמְכּוֹר	אני	מָכַרְתִּי	m. sgl.	מוֹכֵר
אתה	תִּמְכּוֹר	אתה	מָכַרְתָּ	f. sgl.	מוֹכֶרֶת
את	תִּמְכְּרִי	את	מָכַרְתְּ	m. pl.	מוֹכְרִים
הוא	יִמְכּוֹר	הוא	מָכַר	f. pl.	מוֹכְרוֹת
היא	תִּמְכּוֹר	היא	מָכְרָה		
אנחנו	נִמְכּוֹר	אנחנו	מָכַרְנוּ		**imperative**
אתם/ן	תִּמְכְּרוּ	אתם/ן	מְכַרְתֶּם/ן	m. sgl.	מְכוֹר!
הם/ן	יִמְכְּרוּ	הם/ן	מָכְרוּ	f. sgl.	מִכְרִי!
				pl.	מִכְרוּ!

93. מנע

paal לִמְנוֹעַ to prevent

present tense		past tense		future tense	
מוֹנֵעַ	m. sgl.	מָנַעְתִּי	אני	אֶמְנַע	אני
מוֹנַעַת	f. sgl.	מָנַעְתָּ	אתה	תִּמְנַע	אתה
מוֹנְעִים	m. pl.	מָנַעְתְּ	את	תִּמְנְעִי	את
מוֹנְעוֹת	f. pl.	מָנַע	הוא	יִמְנַע	הוא
		מָנְעָה	היא	תִּמְנַע	היא
imperative		מָנַעְנוּ	אנחנו	נִמְנַע	אנחנו
מְנַע!	m. sgl.	מְנַעְתֶּם/ן	אתם/ן	תִּמְנְעוּ	אתם/ן
מִנְעִי!	f. sgl.	מָנְעוּ	הם/ן	יִמְנְעוּ	הם/ן
מִנְעוּ!	pl.				

94. מצא

paal לִמְצוֹא to find

present tense		past tense		future tense	
מוֹצֵא	m. sgl.	מָצָאתִי	אני	אֶמְצָא	אני
מוֹצֵאת	f. sgl.	מָצָאתָ	אתה	תִּמְצָא	אתה
מוֹצְאִים	m. pl.	מָצָאת	את	תִּמְצְאִי	את
מוֹצְאוֹת	f. pl.	מָצָא	הוא	יִמְצָא	הוא
		מָצְאָה	היא	תִּמְצָא	היא
imperative		מָצָאנוּ	אנחנו	נִמְצָא	אנחנו
מְצָא!	m. sgl.	מְצָאתֶם/ן	אתם/ן	תִּמְצְאוּ	אתם/ן
מִצְאִי!	f. sgl.	מָצְאוּ	הם/ן	יִמְצְאוּ	הם/ן
מִצְאוּ!	pl.				

95. מצץ

to suck לִמְצוֹץ paal

present tense		past tense		future tense	
מוצֵץ	m. sgl.	מָצַצְתִּי	אני	אֶמְצוֹץ	אני
מוצֶצֶת	f. sgl.	מָצַצְתָּ	אתה	תִּמְצוֹץ	אתה
מוצְצִים	m. pl.	מָצַצְתְּ	את	תִּמְצְצִי	את
מוצְצות	f. pl.	מָצַץ	הוא	יִמְצוֹץ	הוא
		מָצְצָה	היא	תִּמְצוֹץ	היא
		מָצַצְנוּ	אנחנו	נִמְצוֹץ	אנחנו
		מְצַצְתֶּם/ן	אתם/ן	תִּמְצְצוּ	אתם/ן
		מָצְצוּ	הם/ן	יִמְצְצוּ	הם/ן

imperative	
מְצוֹץ!	m. sgl.
מִצְצִי!	f. sgl.
מִצְצוּ!	pl.

96. משך

to attract; to pull לִמְשׁוֹךְ paal

present tense		past tense		future tense	
מושֵׁךְ	m. sgl.	מָשַׁכְתִּי	אני	אֶמְשׁוֹךְ	אני
מושֶׁכֶת	f. sgl.	מָשַׁכְתָּ	אתה	תִּמְשׁוֹךְ	אתה
מושְׁכִים	m. pl.	מָשַׁכְתְּ	את	תִּמְשְׁכִי	את
מושְׁכות	f. pl.	מָשַׁךְ	הוא	יִמְשׁוֹךְ	הוא
		מָשְׁכָה	היא	תִּמְשׁוֹךְ	היא
		מָשַׁכְנוּ	אנחנו	נִמְשׁוֹךְ	אנחנו
		מְשַׁכְתֶּם/ן	אתם/ן	תִּמְשְׁכוּ	אתם/ן
		מָשְׁכוּ	הם/ן	יִמְשְׁכוּ	הם/ן

imperative	
מְשׁוֹךְ!	m. sgl.
מִשְׁכִי!	f. sgl.
מִשְׁכוּ!	pl.

to continue לְהַמְשִׁיךְ hifil

present tense		past tense		future tense	
מַמְשִׁיךְ	m. sgl.	הִמְשַׁכְתִּי	אני	אַמְשִׁיךְ	אני
מַמְשִׁיכָה	f. sgl.	הִמְשַׁכְתָּ	אתה	תַּמְשִׁיךְ	אתה
מַמְשִׁיכִים	m. pl.	הִמְשַׁכְתְּ	את	תַּמְשִׁיכִי	את
מַמְשִׁיכוֹת	f. pl.	הִמְשִׁיךְ	הוא	יַמְשִׁיךְ	הוא
		הִמְשִׁיכָה	היא	תַּמְשִׁיךְ	היא
imperative		הִמְשַׁכְנוּ	אנחנו	נַמְשִׁיךְ	אנחנו
הַמְשֵׁךְ!	m. sgl.	הִמְשַׁכְתֶּם/ן	אתם/ן	תַּמְשִׁיכוּ	אתם/ן
הַמְשִׁיכִי!	f. sgl.	הִמְשִׁיכוּ	הם/ן	יַמְשִׁיכוּ	הם/ן
הַמְשִׁיכוּ!	pl.				

97. נגע

to touch לָגַעַת paal

present tense		past tense		future tense	
נוֹגֵעַ	m. sgl.	נָגַעְתִּי	אני	אֶגַּע	אני
נוֹגַעַת	f. sgl.	נָגַעְתָּ	אתה	תִּיגַּע	אתה
נוֹגְעִים	m. pl.	נָגַעְתְּ	את	תִּיגְּעִי	את
נוֹגְעוֹת	f. pl.	נָגַע	הוא	יִיגַּע	הוא
		נָגְעָה	היא	תִּיגַּע	היא
imperative		נָגַעְנוּ	אנחנו	נִיגַּע	אנחנו
גַּע!	m. sgl.	נְגַעְתֶּם/ן	אתם/ן	תִּיגְּעוּ	אתם/ן
גְּעִי!	f. sgl.	נָגְעוּ	הם/ן	יִיגְּעוּ	הם/ן
גְּעוּ!	pl.				

to arrive לְהַגִּיעַ hifil

present tense		past tense		future tense	
מַגִּיעַ	m. sgl.	הִגַּעְתִּי	אני	אַגִּיעַ	אני
מַגִּיעָה	f. sgl.	הִגַּעְתָּ	אתה	תַּגִּיעַ	אתה
מַגִּיעִים	m. pl.	הִגַּעְתְּ	את	תַּגִּיעִי	את
מַגִּיעוֹת	f. pl.	הִגִּיעַ	הוא	יַגִּיעַ	הוא
		הִגִּיעָה	היא	תַּגִּיעַ	היא
imperative		הִגַּעְנוּ	אנחנו	נַגִּיעַ	אנחנו
הַגֵּעַ!	m. sgl.	הִגַּעְתֶּם/ן	אתם/ן	תַּגִּיעוּ	אתם/ן
הַגִּיעִי!	f. sgl.	הִגִּיעוּ	הם/ן	יַגִּיעוּ	הם/ן
הַגִּיעוּ!	pl.				

98. נדף

to dissipate לִנְדּוֹף paal

present tense		past tense		future tense	
נוֹדֵף	m. sgl.	נָדַפְתִּי	אני	אֶנְדּוֹף	אני
נוֹדֶפֶת	f. sgl.	נָדַפְתָּ	אתה	תִּנְדּוֹף	אתה
נוֹדְפִים	m. pl.	נָדַפְתְּ	את	תִּנְדְּפִי	את
נוֹדְפוֹת	f. pl.	נָדַף	הוא	יִנְדּוֹף	הוא
		נָדְפָה	היא	תִּנְדּוֹף	היא
imperative		נָדַפְנוּ	אנחנו	נִנְדּוֹף	אנחנו
נְדוֹף!	m. sgl.	נְדַפְתֶּם/ן	אתם/ן	תִּנְדְּפוּ	אתם/ן
נִדְפִי!	f. sgl.	נָדְפוּ	הם/ן	יִנְדְּפוּ	הם/ן
נִדְפוּ!	pl.				

99. נהל

to manage לְנַהֵל piel

present tense		past tense		future tense	
מְנַהֵל	m. sgl.	נִיהַלְתִּי	אני	אֲנַהֵל	אני
מְנַהֶלֶת	f. sgl.	נִיהַלְתָּ	אתה	תְּנַהֵל	אתה
מְנַהֲלִים	m. pl.	נִיהַלְתְּ	את	תְּנַהֲלִי	את
מְנַהֲלוֹת	f. pl.	נִיהֵל	הוא	יְנַהֵל	הוא
		נִיהֲלָה	היא	תְּנַהֵל	היא
imperative		נִיהַלְנוּ	אנחנו	נְנַהֵל	אנחנו
נַהֵל!	m. sgl.	נִיהַלְתֶּם/ן	אתם/ן	תְּנַהֲלוּ	אתם/ן
נַהֲלִי!	f. sgl.	נִיהֲלוּ	הם/ן	יְנַהֲלוּ	הם/ן
נַהֲלוּ!	pl.				

100. נהר

to throng, to flow לִנְהוֹר paal

present tense		past tense		future tense	
נוֹהֵר	m. sgl.	נָהַרְתִּי	אני	אֶנְהַר	אני
נוֹהֶרֶת	f. sgl.	נָהַרְתָּ	אתה	תִּנְהַר	אתה
נוֹהֲרִים	m. pl.	נָהַרְתְּ	את	תִּנְהֲרִי	את
נוֹהֲרוֹת	f. pl.	נָהַר	הוא	יִנְהַר	הוא
		נָהֲרָה	היא	תִּנְהַר	היא
imperative		נָהַרְנוּ	אנחנו	נִנְהַר	אנחנו
נְהַר!	m. sgl.	נְהַרְתֶּם/ן	אתם/ן	תִּנְהֲרוּ	אתם/ן
נַהֲרִי!	f. sgl.	נָהֲרוּ	הם/ן	יִנְהֲרוּ	הם/ן
נַהֲרוּ!	pl.				

101. נוח

to rest, relax לָנוּחַ paal

present tense		past tense		future tense	
נָח	m. sgl.	נַחְתִּי	אני	אָנוּחַ	אני
נָחָה	f. sgl.	נַחְתָּ	אתה	תָּנוּחַ	אתה
נָחִים	m. pl.	נַחְתְּ	את	תָּנוּחִי	את
נָחות	f. pl.	נָח	הוא	יָנוּחַ	הוא
		נָחָה	היא	תָּנוּחַ	היא
imperative		נַחְנוּ	אנחנו	נָנוּחַ	אנחנו
נוּחַ!	m. sgl.	נַחְתֶּם/ן	אתם/ן	תָּנוּחוּ	אתם/ן
נוּחִי!	f. sgl.	נָחוּ	הם/ן	יָנוּחוּ	הם/ן
נוּחוּ!	pl.				

102. בזל

to leak לִבְזוֹל paal

present tense		past tense		future tense	
נוֹזֵל	m. sgl.	בָּזַלְתִּי	אני	אֶזַּל	אני
נוֹזֶלֶת	f. sgl.	בָּזַלְתָּ	אתה	תִּיזַּל	אתה
נוֹזְלִים	m. pl.	בָּזַלְתְּ	את	תִּיזְּלִי	את
נוֹזְלוֹת	f. pl.	בָּזַל	הוא	יִיזַּל	הוא
		בָּזְלָה	היא	תִּיזַּל	היא
imperative		בָּזַלְנוּ	אנחנו	נִיזַּל	אנחנו
זַל!	m. sgl.	בְּזַלְתֶּם/ן	אתם/ן	תִּיזְּלוּ	אתם/ן
זְלִי!	f. sgl.	בָּזְלוּ	הם/ן	יִיזְּלוּ	הם/ן
זְלוּ!	pl.				

103. נחר

to snore לִנְחוֹת paal

present tense		past tense		future tense	
נוֹחֵר	m. sgl.	נָחַרְתִּי	אני	אֶנְחַר	אני
נוֹחֶרֶת	f. sgl.	נָחַרְתָּ	אתה	תִּנְחַר	אתה
נוֹחֲרִים	m. pl.	נָחַרְתְּ	את	תִּנְחֲרִי	את
נוֹחֲרוֹת	f. pl.	נָחַר	הוא	יִנְחַר	הוא
		נָחֲרָה	היא	תִּנְחַר	היא
		נָחַרְנוּ	אנחנו	נִנְחַר	אנחנו
		נְחַרְתֶּם/ן	אתם/ן	תִּנְחֲרוּ	אתם/ן
		נָחֲרוּ	הם/ן	יִנְחֲרוּ	הם/ן

imperative	
נְחַר!	m. sgl.
נַחֲרִי!	f. sgl.
נַחֲרוּ!	pl.

104. נחת

to land לִנְחוֹת paal

present tense		past tense		future tense	
נוֹחֵת	m. sgl.	נָחַתִּי	אני	אֶנְחַת	אני
נוֹחֶתֶת	f. sgl.	נָחַתָּ	אתה	תִּנְחַת	אתה
נוֹחֲתִים	m. pl.	נָחַתְּ	את	תִּנְחֲתִי	את
נוֹחֲתוֹת	f. pl.	נָחַת	הוא	יִנְחַת	הוא
		נָחֲתָה	היא	תִּנְחַת	היא
		נָחַתְנוּ	אנחנו	נִנְחַת	אנחנו
		נָחַתֶּם/ן	אתם/ן	תִּנְחֲתוּ	אתם/ן
		נָחֲתוּ	הם/ן	יִנְחֲתוּ	הם/ן

imperative	
נְחַת!	m. sgl.
נַחֲתִי!	f. sgl.
נַחֲתוּ!	pl.

105. נכה

to hit, beat לְהַכּוֹת hifil

present tense		past tense		future tense	
מַכֶּה	m. sgl.	הִכֵּיתִי	אני	אַכֶּה	אני
מַכָּה	f. sgl.	הִכֵּיתָ	אתה	תַּכֶּה	אתה
מַכִּים	m. pl.	הִכֵּית	את	תַּכִּי	את
מַכּוֹת	f. pl.	הִכָּה	הוא	יַכֶּה	הוא
		הִכְּתָה	היא	תַּכֶּה	היא
imperative		הִכֵּינוּ	אנחנו	נַכֶּה	אנחנו
הַכֵּה!	m. sgl.	הִכֵּיתֶם/ן	אתם/ן	תַּכּוּ	אתם/ן
הַכִּי!	f. sgl.	הִכּוּ	הם/ן	יַכּוּ	הם/ן
הַכּוּ!	pl.				

106. נכר

to be familiar, to know לְהַכִּיר hifil

present tense		past tense		future tense	
מַכִּיר	m. sgl.	הִכַּרְתִּי	אני	אַכִּיר	אני
מַכִּירָה	f. sgl.	הִכַּרְתָּ	אתה	תַּכִּיר	אתה
מַכִּירִים	m. pl.	הִכַּרְתְּ	את	תַּכִּירִי	את
מַכִּירוֹת	f. pl.	הִכִּירָה	הוא	יַכִּיר	הוא
		הִכִּירָה	היא	תַּכִּיר	היא
imperative		הִכַּרְנוּ	אנחנו	נַכִּיר	אנחנו
הַכֵּר!	m. sgl.	הִכַּרְתֶּם/ן	אתם/ן	תַּכִּירוּ	אתם/ן
הַכִּירִי!	f. sgl.	הִכִּירוּ	הם/ן	יַכִּירוּ	הם/ן
הַכִּירוּ!	pl.				

107. נסה

to try לְנַסּוֹת piel

present tense		past tense		future tense	
m. sgl.	מְנַסֶּה	אני	נִיסִּיתִי	אני	אֲנַסֶּה
f. sgl.	מְנַסָּה	אתה	נִיסִּיתָ	אתה	תְּנַסֶּה
m. pl.	מְנַסִּים	את	נִיסִּית	את	תְּנַסִּי
f. pl.	מְנַסּוֹת	הוא	נִיסָּה	הוא	יְנַסֶּה
		היא	נִיסְּתָה	היא	תְּנַסֶּה
		אנחנו	נִיסִּינוּ	אנחנו	נְנַסֶּה
		אתם/ן	נִיסִּיתֶם/ן	אתם/ן	תְּנַסּוּ
		הם/ן	נִיסּוּ	הם/ן	יְנַסּוּ

imperative	
m. sgl.	נַסֵּה!
f. sgl.	נַסִּי!
pl.	נַסּוּ!

108. נסע

to travel לִנְסוֹעַ paal

present tense		past tense		future tense	
m. sgl.	נוֹסֵעַ	אני	נָסַעְתִּי	אני	אֶסַּע
f. sgl.	נוֹסַעַת	אתה	נָסַעְתָּ	אתה	תִּיסַּע
m. pl.	נוֹסְעִים	את	נָסַעְתְּ	את	תִּיסְּעִי
f. pl.	נוֹסְעוֹת	הוא	נָסַע	הוא	יִיסַּע
		היא	נָסְעָה	היא	תִּיסַּע
		אנחנו	נָסַעְנוּ	אנחנו	נִיסַּע
		אתם/ן	נְסַעְתֶּם/ ן	אתם/ן	תִּיסְּעוּ
		הם/ן	נָסְעוּ	הם/ן	יִיסְּעוּ

imperative	
m. sgl.	סַע!
f. sgl.	סְעִי!
pl.	סְעוּ!

109. נעץ

to affix; to insert לִנְעוֹץ paal

present tense		past tense		future tense	
נוֹעֵץ	m. sgl.	נָעַצְתִּי	אני	אֶנְעַץ	אני
נוֹעֶצֶת	f. sgl.	נָעַצְתָּ	אתה	תִּנְעַץ	אתה
נוֹעֲצִים	m. pl.	נָעַצְתְּ	את	תִּנְעֲצִי	את
נוֹעֲצוֹת	f. pl.	נָעַץ	הוא	יִנְעַץ	הוא
		נָעֲצָה	היא	תִּנְעַץ	היא
imperative		נָעַצְנוּ	אנחנו	נִנְעַץ	אנחנו
נְעַץ!	m. sgl.	נְעַצְתֶּם/ן	אתם/ן	תִּנְעֲצוּ	אתם/ן
נַעֲצִי!	f. sgl.	נָעֲצוּ	הם/ן	יִנְעֲצוּ	הם/ן
נַעֲצוּ!	pl.				

to be put into smth לְהִינָּעֵץ nifal

present tense		past tense		future tense	
נִנְעָץ	m. sgl.	נִנְעַצְתִּי	אני	אֶנָּעֵץ	אני
נִנְעֶצֶת	f. sgl.	נִנְעַצְתָּ	אתה	תִּינָּעֵץ	אתה
נִנְעָצִים	m. pl.	נִנְעַצְתְּ	את	תִּינָּעֲצִי	את
נִנְעָצוֹת	f. pl.	נִנְעַץ	הוא	יִינָּעֵץ	הוא
		נִנְעֲצָה	היא	תִּינָּעֵץ	היא
imperative		נִנְעַצְנוּ	אנחנו	נִינָּעֵץ	אנחנו
הִינָּעֵץ!	m. sgl.	נִנְעַצְתֶּם/ן	אתם/ן	תִּינָּעֲצוּ	אתם/ן
הִינָּעֲצִי!	f. sgl.	נִנְעֲצוּ	הם/ן	תִּינָּעֲצוּ	הם/ן
הִינָּעֲצוּ!	pl.				

נפל .110

to fall לִיפּוֹל paal

present tense		past tense		future tense	
נוֹפֵל	m. sgl.	נָפַלְתִּי	אני	אֶפּוֹל	אני
נוֹפֶלֶת	f. sgl.	נָפַלְתָּ	אתה	תִּיפּוֹל	אתה
נוֹפְלִים	m. pl.	נָפַלְתְּ	את	תִּיפְּלִי	את
נוֹפְלוֹת	f. pl.	נָפַל	הוא	יִיפּוֹל	הוא
		נָפְלָה	היא	תִּיפּוֹל	היא
		נָפַלְנוּ	אנחנו	נִיפּוֹל	אנחנו
		נְפַלְתֶּם/ן	אתם/ן	תִּיפְּלוּ	אתם/ן
		נָפְלוּ	הם/ן	יִיפְּלוּ	הם/ן

imperative	
נְפוֹל!	m. sgl.
נִפְלִי!	f. sgl.
נִפְלוּ!	pl.

נצל .111

to rescue לְהַצִּיל hifil

present tense		past tense		future tense	
מַצִּיל	m. sgl.	הִצַּלְתִּי	אני	אַצִּיל	אני
מַצִּילָה	f. sgl.	הִצַּלְתָּ	אתה	תַּצִּיל	אתה
מַצִּילִים	m. pl.	הִצַּלְתְּ	את	תַּצִּילִי	את
מַצִּילוֹת	f. pl.	הִצִּיל	הוא	יַצִּיל	הוא
		הִצִּילָה	היא	תַּצִּיל	היא
		הִצַּלְנוּ	אנחנו	נַצִּיל	אנחנו
		הִצַּלְתֶּם/ן	אתם/ן	תַּצִּילוּ	אתם/ן
		הִצִּילוּ	הם/ן	יַצִּילוּ	הם/ן

imperative	
הַגֵּעַ!	m. sgl.
הַגִּיעִי!	f. sgl.
הַגִּיעוּ!	pl.

112. נקה

to clean לְנַקּוֹת piel

present tense		past tense		future tense	
מְנַקֶּה	m. sgl.	נִיקִּיתִי	אני	אֲנַקֶּה	אני
מְנַקָּה	f. sgl.	נִיקִּיתָ	אתה	תְּנַקֶּה	אתה
מְנַקִּים	m. pl.	נִיקִּית	את	תְּנַקִּי	את
מְנַקּוֹת	f. pl.	נִיקָּה	הוא	יְנַקֶּה	הוא
		נִיקְּתָה	היא	תְּנַקֶּה	היא
imperative		נִיקִּינוּ	אנחנו	נְנַקֶּה	אנחנו
נַקֵּה!	m. sgl.	נִיקִּיתֶם/ן	אתם/ן	תְּנַקּוּ	אתם/ן
נַקִּי!	f. sgl.	נִיקּוּ	הם/ן	יְנַקּוּ	הם/ן
נַקּוּ!	pl.				

113. נקם

to avenge לִנְקוֹם paal

present tense		past tense		future tense	
נוֹקֵם	m. sgl.	נָקַמְתִּי	אני	אֶנְקוֹם	אני
נוֹקֶמֶת	f. sgl.	נָקַמְתָּ	אתה	תִּנְקוֹם	אתה
נוֹקְמִים	m. pl.	נָקַמְתְּ	את	תִּנְקְמִי	את
נוֹקְמוֹת	f. pl.	נָקַם	הוא	יִנְקוֹם	הוא
		נָקְמָה	היא	תִּנְקוֹם	היא
imperative		נָקַמְנוּ	אנחנו	נִנְקוֹם	אנחנו
נְקוֹם!	m. sgl.	נְקַמְתֶּם/ן	אתם/ן	תִּנְקְמוּ	אתם/ן
נִקְמִי!	f. sgl.	נָקְמוּ	הם/ן	יִנְקְמוּ	הם/ן
נִקְמוּ!	pl.				

114. נשא

to bear, to carry לָשֵׂאת paal

present tense		past tense		future tense	
נוֹשֵׂא	m. sgl.	נָשָׂאתִי	אני	אֶשָּׂא	אני
נוֹשֵׂאת	f. sgl.	נָשָׂאתָ	אתה	תִּישָּׂא	אתה
נוֹשְׂאִים	m. pl.	נָשָׂאת	את	תִּישָּׂאִי	את
נוֹשְׂאוֹת	f. pl.	נָשָׂא	הוא	יִישָּׂא	הוא
		נָשְׂאָה	היא	תִּישָּׂא	היא
imperative		נָשָׂאנוּ	אנחנו	נִישָּׂא	אנחנו
שָׂא!	m. sgl.	נְשָׂאתֶם/ן	אתם/ן	תִּישְּׂאוּ	אתם/ן
שְׂאִי!	f. sgl.	נָשְׂאוּ	הם/ן	יִישְּׂאוּ	הם/ן
שְׂאוּ!	pl.				

to get married לְהִינָּשֵׂא nifal

present tense		past tense		future tense	
נִישָּׂא	m. sgl.	נִישֵּׂאתִי	אני	אֶנָּשֵׂא	אני
נִישֵּׂאת	f. sgl.	נִישֵּׂאתָ	אתה	תִּינָּשֵׂא	אתה
נִישָּׂאִים	m. pl.	נִישֵּׂאת	את	תִּינָּשְׂאִי	את
נִישָּׂאוֹת	f. pl.	נִישָּׂא	הוא	יִינָּשֵׂא	הוא
		נִישְּׂאָה	היא	תִּינָּשֵׂא	היא
imperative		נִישֵּׂאנוּ	אנחנו	נִינָּשֵׂא	אנחנו
הִינָּשֵׂא!	m. sgl.	נִישֵּׂאתֶם/ן	אתם/ן	תִּינָּשְׂאוּ	אתם/ן
הִינָּשְׂאִי!	f. sgl.	נִישְּׂאוּ	הם/ן	יִינָּשְׂאוּ	הם/ן
הִינָּשְׂאוּ!	pl.				

115. נשר

to fail, drop (out) לִנְשׁוֹר paal

present tense		past tense		future tense	
נוֹשֵׁר	m. sgl.	נָשַׁרְתִּי	אני	אֶנְשׁוֹר	אני
נוֹשֶׁרֶת	f. sgl.	נָשַׁרְתָּ	אתה	תִּנְשׁוֹר	אתה
נוֹשְׁרִים	m. pl.	נָשַׁרְתְּ	את	תִּנְשְׁרִי	את
נוֹשְׁרוֹת	f. pl.	נָשַׁר	הוא	יִנְשׁוֹר	הוא
		נָשְׁרָה	היא	תִּנְשׁוֹר	היא
imperative		נָשַׁרְנוּ	אנחנו	נִנְשׁוֹר	אנחנו
נשור!	m. sgl.	נְשַׁרְתֶּם/ן	אתם/ן	תִּנְשְׁרוּ	אתם/ן
נִשְׁרִי!	f. sgl.	נָשְׁרוּ	הם/ן	יִנְשְׁרוּ	הם/ן
נִשְׁרוּ!	pl.				

116. נתן

to give, let לָתֵת paal

present tense		past tense		future tense	
נוֹתֵן	m. sgl.	נָתַתִּי	אני	אֶתֵּן	אני
נוֹתֶנֶת	f. sgl.	נָתַתָּ	אתה	תִּיתֵּן	אתה
נוֹתְנִים	m. pl.	נָתַתְּ	את	תִּיתְּנִי	את
נוֹתְנוֹת	f. pl.	נָתַן	הוא	יִיתֵּן	הוא
		נָתְנָה	היא	תִּיתֵּן	היא
imperative		נָתַנּוּ	אנחנו	נִיתֵּן	אנחנו
תֵּן!	m. sgl.	נְתַתֶּם/ן	אתם/ן	תִּיתְּנוּ	אתם/ן
תְּנִי!	f. sgl.	נָתְנוּ	הם/ן	יִיתְּנוּ	הם/ן
תְּנוּ!	pl.				

to be given, to be feasible לְהִינָּתֵן nifal

future tense		past tense		present tense	
אני	אֶנָּתֵן	אני	נִיתַּתִּי	m. sgl.	נִיתָּן
אתה	תִּינָּתֵן	אתה	נִיתַּתָּ	f. sgl.	נִיתֶּנֶת
את	תִּינָּתְנִי	את	נִיתַּתְּ	m. pl.	נִיתָּנִים
הוא	יִינָּתֵן	הוא	נִיתַּן	f. pl.	נִיתָּנוֹת
היא	תִּינָּתֵן	היא	נִיתְּנָה		
אנחנו	נִינָּתֵן	אנחנו	נִיתַּנּוּ	**imperative**	
אתם/ן	תִּינָּתְנוּ	אתם/ן	נִיתַּתֶּם/ן	m. sgl.	הִינָּתֵן!
הם/ן	יִינָּתְנוּ	הם/ן	נִיתְּנוּ	f. sgl.	הִינָּתְנִי!
				pl.	הִינָּתְנוּ!

117. סבב

to turn around לְהִסְתּוֹבֵב hitpael

future tense		past tense		present tense	
אני	אֶסְתּוֹבֵב	אני	הִסְתּוֹבַבְתִּי	m. sgl.	מִסְתּוֹבֵב
אתה	תִּסְתּוֹבֵב	אתה	הִסְתּוֹבַבְתָּ	f. sgl.	מִסְתּוֹבֶבֶת
את	תִּסְתּוֹבְבִי	את	הִסְתּוֹבַבְתְּ	m. pl.	מִסְתּוֹבְבִים
הוא	יִסְתּוֹבֵב	הוא	הִסְתּוֹבֵב	f. pl.	מִסְתּוֹבְבוֹת
היא	תִּסְתּוֹבֵב	היא	הִסְתּוֹבְבָה		
אנחנו	נִסְתּוֹבֵב	אנחנו	הִסְתּוֹבַבְנוּ	**imperative**	
אתם/ן	תִּסְתּוֹבְבוּ	אתם/ן	הִסְתּוֹבַבְתֶּם/ן	m. sgl.	הִסְתּוֹבֵב!
הם/ן	יִסְתּוֹבְבוּ	הם/ן	הִסְתּוֹבְבוּ	f. sgl.	הִסְתּוֹבְבִי!
				pl.	הִסְתּוֹבְבוּ!

118. סבר

to explain לְהַסְבִּיר hifil

future tense		past tense		present tense	
אני	אַסְבִּיר	אני	הִסְבַּרְתִּי	m. sgl.	מַסְבִּיר
אתה	תַּסְבִּיר	אתה	הִסְבַּרְתָּ	f. sgl.	מַסְבִּירָה
את	תַּסְבִּירִי	את	הִסְבַּרְתְּ	m. pl.	מַסְבִּירִים
הוא	יַסְבִּיר	הוא	הִסְבִּיר	f. pl.	מַסְבִּירוֹת
היא	תַּסְבִּיר	היא	הִסְבִּירָה		
אנחנו	נַסְבִּיר	אנחנו	הִסְבַּרְנוּ		
אתם/ן	תַּסְבִּירוּ	אתם/ן	הִסְבַּרְתֶּם/ן		
הם/ן	יַסְבִּירוּ	הם/ן	הִסְבִּירוּ		

imperative	
m. sgl.	הַסְבֵּר!
f. sgl.	הַסְבִּירִי!
pl.	הַסְבִּירוּ!

119. סים

to finish לְסַיֵּים piel

future tense		past tense		present tense	
אני	אֲסַיֵּים	אני	סִיַּימְתִּי	m. sgl.	מְסַיֵּים
אתה	תְּסַיֵּים	אתה	סִיַּימְתָּ	f. sgl.	מְסַיֶּימֶת
את	תְּסַיְּימִי	את	סִיַּימְתְּ	m. pl.	מְסַיְּימִים
הוא	יְסַיֵּים	הוא	סִיֵּים	f. pl.	מְסַיְּימוֹת
היא	תְּסַיֵּים	היא	סִיְּימָה		
אנחנו	נְסַיֵּים	אנחנו	סִיַּימְנוּ		
אתם/ן	תְּסַיְּימוּ	אתם/ן	סִיַּימְתֶּם/ן		
הם/ן	יְסַיְּימוּ	הם/ן	סִיְּימוּ		

imperative	
m. sgl.	סַיֵּים!
f. sgl.	סַיְּימִי!
pl.	סַיְּימוּ!

120. סלח

to forgive לִסְלוֹחַ paal

present tense		past tense		future tense	
סולֵחַ	m. sgl.	סָלַחְתִּי	אני	אֶסְלַח	אני
סולַחַת	f. sgl.	סָלַחְתָּ	אתה	תִּסְלַח	אתה
סולְחִים	m. pl.	סָלַחְתְּ	את	תִּסְלְחִי	את
סולְחות	f. pl.	סָלַח	הוא	יִסְלַח	הוא
		סָלְחָה	היא	תִּסְלַח	היא
		סָלַחְנוּ	אנחנו	נִסְלַח	אנחנו
		סְלַחְתֶּם/ן	אתם/ן	תִּסְלְחוּ	אתם/ן
		סָלְחוּ	הם/ן	יִסְלְחוּ	הם/ן

imperative	
סְלַח!	m. sgl.
סִלְחִי!	f. sgl.
סִלְחוּ!	pl.

121. סער

to rage לִסְעוֹר paal

present tense		past tense		future tense	
סוֹעֵר	m. sgl.	סָעַרְתִּי	אני	אֶסְעַר	אני
סוֹעֶרֶת	f. sgl.	סָעַרְתָּ	אתה	תִּסְעַר	אתה
סוֹעֲרִים	m. pl.	סָעַרְתְּ	את	תִּסְעֲרִי	את
סוֹעֲרוֹת	f. pl.	סָעַר	הוא	יִסְעַר	הוא
		סָעֲרָה	היא	תִּסְעַר	היא
		סָעַרְנוּ	אנחנו	נִסְעַר	אנחנו
		סְעַרְתֶּם/ן	אתם/ן	תִּסְעֲרוּ	אתם/ן
		סָעֲרוּ	הם/ן	יִסְעֲרוּ	הם/ן

imperative	
סְעַר!	m. sgl.
סַעֲרִי!	f. sgl.
סַעֲרוּ!	pl.

to storm, to attack לְהִסְתַּעֵר hitpael

present tense		past tense		future tense	
מִסְתַּעֵר	m. sgl.	הִסְתַּעַרְתִּי	אני	אֶסְתַּעֵר	אני
מִסְתַּעֶרֶת	f. sgl.	הִסְתַּעַרְתָּ	אתה	תִּסְתַּעֵר	אתה
מִסְתַּעֲרִים	m. pl.	הִסְתַּעַרְתְּ	את	תִּסְתַּעֲרִי	את
מִסְתַּעֲרוֹת	f. pl.	הִסְתַּעֵר	הוא	יִסְתַּעֵר	הוא
		הִסְתַּעֲרָה	היא	תִּסְתַּעֵר	היא
imperative		הִסְתַּעַרְנוּ	אנחנו	נִסְתַּעֵר	אנחנו
הִסְתַּעֵר!	m. sgl.	הִסְתַּעַרְתֶּם/ן	אתם/ן	תִּסְתַּעֲרוּ	אתם/ן
הִסְתַּעֲרִי!	f. sgl.	הִסְתַּעֲרוּ	הם/ן	יִסְתַּעֲרוּ	הם/ן
הִסְתַּעֲרוּ!	pl.				

122. ספר

to count לִסְפּוֹר paal

present tense		past tense		future tense	
סוֹפֵר	m. sgl.	סָפַרְתִּי	אני	אֶסְפּוֹר	אני
סוֹפֶרֶת	f. sgl.	סָפַרְתָּ	אתה	תִּסְפּוֹר	אתה
סוֹפְרִים	m. pl.	סָפַרְתְּ	את	תִּסְפְּרִי	את
סוֹפְרוֹת	f. pl.	סָפַר	הוא	יִסְפּוֹר	הוא
		סָפְרָה	היא	תִּסְפּוֹר	היא
imperative		סָפַרְנוּ	אנחנו	נִסְפּוֹר	אנחנו
סְפוֹר!	m. sgl.	סְפַרְתֶּם/ן	אתם/ן	תִּסְפְּרוּ	אתם/ן
סִפְרִי!	f. sgl.	סָפְרוּ	הם/ן	יִסְפְּרוּ	הם/ן
סִפְרוּ!	pl.				

piel לְסַפֵּר to tell

present tense		past tense		future tense	
מְסַפֵּר	m. sgl.	סִיפַּרְתִּי	אני	אֲסַפֵּר	אני
מְסַפֶּרֶת	f. sgl.	סִיפַּרְתָּ	אתה	תְּסַפֵּר	אתה
מְסַפְּרִים	m. pl.	סִיפַּרְתְּ	את	תְּסַפְּרִי	את
מְסַפְּרוֹת	f. pl.	סִיפֵּר	הוא	יְסַפֵּר	הוא
		סִיפְּרָה	היא	תְּסַפֵּר	היא
imperative		סִיפַּרְנוּ	אנחנו	נְסַפֵּר	אנחנו
סַפֵּר!	m. sgl.	סִיפַּרְתֶּם/ן	אתם/ן	תְּסַפְּרוּ	אתם/ן
סַפְּרִי!	f. sgl.	סִיפְּרוּ	הם/ן	יְסַפְּרוּ	הם/ן
סַפְּרוּ!	pl.				

---

123. עבד

paal לַעֲבוֹד to work

present tense		past tense		future tense	
עוֹבֵד	m. sgl.	עָבַדְתִּי	אני	אֶעֱבוֹד	אני
עוֹבֶדֶת	f. sgl.	עָבַדְתָּ	אתה	תַּעֲבוֹד	אתה
עוֹבְדִים	m. pl.	עָבַדְתְּ	את	תַּעַבְדִי	את
עוֹבְדוֹת	f. pl.	עָבַד	הוא	יַעֲבוֹד	הוא
		עָבְדָה	היא	תַּעֲבוֹד	היא
imperative		עָבַדְנוּ	אנחנו	נַעֲבוֹד	אנחנו
עֲבוֹד!	m. sgl.	עֲבַדְתֶּם/ן	אתם/ן	תַּעַבְדוּ	אתם/ן
עִבְדִי!	f. sgl.	עָבְדוּ	הם/ן	יַעַבְדוּ	הם/ן
עִבְדוּ!	pl.				

124. עבר

to pass לַעֲבוֹר paal

present tense		past tense		future tense	
עוֹבֵר	m. sgl.	עָבַרְתִּי	אני	אֶעֱבוֹר	אני
עוֹבֶרֶת	f. sgl.	עָבַרְתָּ	אתה	תַּעֲבוֹר	אתה
עוֹבְרִים	m. pl.	עָבַרְתְּ	את	תַּעַבְרִי	את
עוֹבְרוֹת	f. pl.	עָבַר	הוא	יַעֲבוֹר	הוא
		עָבְרָה	היא	תַּעֲבוֹר	היא
imperative		עָבַרְנוּ	אנחנו	נַעֲבוֹר	אנחנו
עֲבוֹר!	m. sgl.	עֲבַרְתֶּם/ן	אתם/ן	תַּעַבְרוּ	אתם/ן
עִבְרִי!	f. sgl.	עָבְרוּ	הם/ן	יַעַבְרוּ	הם/ן
עִבְרוּ!	pl.				

125. עגן

to anchor לַעֲגוֹן paal

present tense		past tense		future tense	
עוֹגֵן	m. sgl.	עָגַנְתִּי	אני	אֶעֱגוֹן	אני
עוֹגֶנֶת	f. sgl.	עָגַנְתָּ	אתה	תַּעֲגוֹן	אתה
עוֹגְנִים	m. pl.	עָגַנְתְּ	את	תַּעַגְנִי	את
עוֹגְנוֹת	f. pl.	עָגַן	הוא	יַעֲגוֹן	הוא
		עָגְנָה	היא	תַּעֲגוֹן	היא
past participle		עָגַנּוּ	אנחנו	נַעֲגוֹן	אנחנו
עָגוּן	m. sgl.	עֲגַנְתֶּם/ן	אתם/ן	תַּעַגְנוּ	אתם/ן
עֲגוּנָה	f. sgl.	עָגְנוּ	הם/ן	יַעַגְנוּ	הם/ן
עֲגוּנִים	m. pl.				
עֲגוּנוֹת	f. pl.				

126. עוד

to cheer, to encourage לְעוֹדֵד piel

present tense		past tense		future tense	
מְעוֹדֵד	m. sgl.	עוֹדַדְתִּי	אני	אֲעוֹדֵד	אני
מְעוֹדֶדֶת	f. sgl.	עוֹדַדְתָּ	אתה	תְּעוֹדֵד	אתה
מְעוֹדְדִים	m. pl.	עוֹדַדְתְּ	את	תְּעוֹדְדִי	את
מְעוֹדְדוֹת	f. pl.	עוֹדֵד	הוא	יְעוֹדֵד	הוא
		עוֹדְדָה	היא	תְּעוֹדֵד	היא
imperative		עוֹדַדְנוּ	אנחנו	נְעוֹדֵד	אנחנו
עוֹדֵד!	m. sgl.	עוֹדַדְתֶּם/ן	אתם/ן	תְּעוֹדְדוּ	אתם/ן
עוֹדְדִי!	f. sgl.	עוֹדְדוּ	הם/ן	יְעוֹדְדוּ	הם/ן
עוֹדְדוּ!	pl.				

127. עוף

to fly (e.g. birds) לָעוּף paal

present tense		past tense		future tense	
עָף	m. sgl.	עַפְתִּי	אני	אָעוּף	אני
עָפָה	f. sgl.	עַפְתָּ	אתה	תָּעוּף	אתה
עָפִים	m. pl.	עַפְתְּ	את	תָּעוּפִי	את
עָפוֹת	f. pl.	עָף	הוא	יָעוּף	הוא
		עָפָה	היא	תָּעוּף	היא
imperative		עַפְנוּ	אנחנו	נָעוּף	אנחנו
עוּף!	m. sgl.	עַפְתֶּם/ן	אתם/ן	תָּעוּפוּ	אתם/ן
עוּפִי!	f. sgl.	עָפוּ	הם/ן	יָעוּפוּ	הם/ן
עוּפוּ!	pl.				

128. עור

to wake up לְהָעִיר hifil

present tense		past tense		future tense	
מֵעִיר	m. sgl.	הֵעַרְתִּי	אני	אָעִיר	אני
מְעִירָה	f. sgl.	הֵעַרְתָּ	אתה	תָּעִיר	אתה
מְעִירִים	m. pl.	הֵעַרְתְּ	את	תָּעִירִי	את
מְעִירוֹת	f. pl.	הֵעִיר	הוא	יָעִיר	הוא
		הֵעִירָה	היא	תָּעִיר	היא
imperative		הֵעַרְנוּ	אנחנו	נָעִיר	אנחנו
הָעֵר!	m. sgl.	הַעַרְתֶּם/ן	אתם/ן	תָּעִירוּ	אתם/ן
הָעִירִי!	f. sgl.	הֵעִירוּ	הם/ן	יָעִירוּ	הם/ן
הָעִירוּ!	pl.				

129. עזב

to leave, abandon לַעֲזוֹב paal

present tense		past tense		future tense	
עוֹזֵב	m. sgl.	עָזַבְתִּי	אני	אֶעֱזוֹב	אני
עוֹזֶבֶת	f. sgl.	עָזַבְתָּ	אתה	תַּעֲזוֹב	אתה
עוֹזְבִים	m. pl.	עָזַבְתְּ	את	תַּעַזְבִי	את
עוֹזְבוֹת	f. pl.	עָזַב	הוא	יַעֲזוֹב	הוא
		עָזְבָה	היא	תַּעֲזוֹב	היא
imperative		עָזַבְנוּ	אנחנו	נַעֲזוֹב	אנחנו
עֲזוֹב!	m. sgl.	עֲזַבְתֶּם/ן	אתם/ן	תַּעַזְבוּ	אתם/ן
עִזְבִי!	f. sgl.	עָזְבוּ	הם/ן	יַעַזְבוּ	הם/ן
עִזְבוּ!	pl.				

עזר .130

paal לַעֲזוֹר to help

present tense	past tense	future tense
עוֹזֵר m. sgl.	אני עָזַרְתִּי	אני אֶעֱזוֹר
עוֹזֶרֶת f. sgl.	אתה עָזַרְתָּ	אתה תַּעֲזוֹר
עוֹזְרִים m. pl.	את עָזַרְתְּ	את תַּעַזְרִי
עוֹזְרוֹת f. pl.	הוא עָזַר	הוא יַעֲזוֹר
	היא עָזְרָה	היא תַּעֲזוֹר
imperative	אנחנו עָזַרְנוּ	אנחנו נַעֲזוֹר
עֲזוֹר! m. sgl.	אתם/ן עֲזַרְתֶּם/ן	אתם/ן תַּעַזְרוּ
עִזְרִי! f. sgl.	הם/ן עָזְרוּ	הם/ן יַעַזְרוּ
עִזְרוּ! pl.		

עלה .131

paal לַעֲלוֹת to board, rise, make aliyah

present tense	past tense	future tense
עוֹלֶה m. sgl.	אני עָלִיתִי	אני אֶעֱלֶה
עוֹלָה f. sgl.	אתה עָלִיתָ	אתה תַּעֲלֶה
עוֹלִים m. pl.	את עָלִית	את תַּעֲלִי
עוֹלוֹת f. pl.	הוא עָלָה	הוא יַעֲלֶה
	היא עָלְתָה	היא תַּעֲלֶה
imperative	אנחנו עָלִינוּ	אנחנו נַעֲלֶה
עֲלֵה! m. sgl.	אתם/ן עֲלִיתֶם/ן	אתם/ן תַּעֲלוּ
עֲלִי! f. sgl.	הם/ן עָלוּ	הם/ן יַעֲלוּ
עֲלוּ! pl.		

132. עמד

to stand לַעֲמוֹד paal

present tense		past tense		future tense	
עוֹמֵד	m. sgl.	עָמַדְתִּי	אני	אֶעֱמוֹד	אני
עוֹמֶדֶת	f. sgl.	עָמַדְתָּ	אתה	תַּעֲמוֹד	אתה
עוֹמְדִים	m. pl.	עָמַדְתְּ	את	תַּעַמְדִי	את
עוֹמְדוֹת	f. pl.	עָמַד	הוא	יַעֲמוֹד	הוא
		עָמְדָה	היא	תַּעֲמוֹד	היא
imperative		עָמַדְנוּ	אנחנו	נַעֲמוֹד	אנחנו
עֲמוֹד!	m. sgl.	עֲמַדְתֶּם/ן	אתם/ן	תַּעַמְדוּ	אתם/ן
עִמְדִי!	f. sgl.	עָמְדוּ	הם/ן	יַעַמְדוּ	הם/ן
עִמְדוּ!	pl.				

133. ענה

to answer לַעֲנוֹת paal

present tense		past tense		future tense	
עוֹנֶה	m. sgl.	עָנִיתִי	אני	אֶעֱנֶה	אני
עוֹנָה	f. sgl.	עָנִיתָ	אתה	תַּעֲנֶה	אתה
עוֹנִים	m. pl.	עָנִית	את	תַּעֲנִי	את
עוֹנוֹת	f. pl.	עָנָה	הוא	יַעֲנֶה	הוא
		עָנְתָה	היא	תַּעֲנֶה	היא
imperative		עָנִינוּ	אנחנו	נַעֲנֶה	אנחנו
עֲנֵה!	m. sgl.	עֲנִיתֶם/ן	אתם/ן	תַּעֲנוּ	אתם/ן
עֲנִי!	f. sgl.	עָנוּ	הם/ן	יַעֲנוּ	הם/ן
עֲנוּ!	pl.				

134. עצבן

to irritate, to anger לְעַצְבֵּן piel

present tense		past tense		future tense	
מְעַצְבֵּן	m. sgl.	עִצְבַּנְתִּי	אני	אֲעַצְבֵּן	אני
מְעַצְבֶּנֶת	f. sgl.	עִצְבַּנְתָּ	אתה	תְּעַצְבֵּן	אתה
מְעַצְבְּנִים	m. pl.	עִצְבַּנְתְּ	את	תְּעַצְבְּנִי	את
מְעַצְבְּנוֹת	f. pl.	עִצְבֵּן	הוא	יְעַצְבֵּן	הוא
		עִצְבְּנָה	היא	תְּעַצְבֵּן	היא
imperative		עִצְבַּנּוּ	אנחנו	נְעַצְבֵּן	אנחנו
עַצְבֵּן!	m. sgl.	עִצְבַּנְתֶּם/ן	אתם/ן	תְּעַצְבְּנוּ	אתם/ן
עַצְבְּנִי!	f. sgl.	עִצְבְּנוּ	הם/ן	יְעַצְבְּנוּ	הם/ן
עַצְבְּנוּ!	pl.				

135. עצר

to stop לַעֲצוֹר paal

present tense		past tense		future tense	
עוֹצֵר	m. sgl.	עָצַרְתִּי	אני	אֶעֱצוֹר	אני
עוֹצֶרֶת	f. sgl.	עָצַרְתָּ	אתה	תַּעֲצוֹר	אתה
עוֹצְרִים	m. pl.	עָצַרְתְּ	את	תַּעַצְרִי	את
עוֹצְרוֹת	f. pl.	עָצַר	הוא	יַעֲצוֹר	הוא
		עָצְרָה	היא	תַּעֲצוֹר	היא
imperative		עָצַרְנוּ	אנחנו	נַעֲצוֹר	אנחנו
עֲצוֹר!	m. sgl.	עֲצַרְתֶּם/ן	אתם/ן	תַּעַצְרוּ	אתם/ן
עִצְרִי!	f. sgl.	עָצְרוּ	הם/ן	יַעַצְרוּ	הם/ן
עִצְרוּ!	pl.				

136. עקץ

to sting לַעֲקוֹץ paal

present tense		past tense		future tense	
עוֹקֵץ	m. sgl.	עָקַצְתִּי	אני	אֶעֱקוֹץ	אני
עוֹקֶצֶת	f. sgl.	עָקַצְתָּ	אתה	תַּעֲקוֹץ	אתה
עוֹקְצִים	m. pl.	עָקַצְתְּ	את	תַּעַקְצִי	את
עוֹקְצוֹת	f. pl.	עָקַץ	הוא	יַעֲקוֹץ	הוא
		עָקְצָה	היא	תַּעֲקוֹץ	היא
imperative		עָקַצְנוּ	אנחנו	נַעֲקוֹץ	אנחנו
עֲקוֹץ!	m. sgl.	עֲקַצְתֶּם/ן	אתם/ן	תַּעַקְצוּ	אתם/ן
עִקְצִי!	f. sgl.	עָקְצוּ	הם/ן	יַעַקְצוּ	הם/ן
עִקְצוּ!	pl.				

137. ערך

to arrange לַעֲרוֹךְ paal

present tense		past tense		future tense	
עוֹרֵךְ	m. sgl.	עָרַכְתִּי	אני	אֶעֱרוֹךְ	אני
עוֹרֶכֶת	f. sgl.	עָרַכְתָּ	אתה	תַּעֲרוֹךְ	אתה
עוֹרְכִים	m. pl.	עָרַכְתְּ	את	תַּעַרְכִי	את
עוֹרְכוֹת	f. pl.	עָרַךְ	הוא	יַעֲרוֹךְ	הוא
		עָרְכָה	היא	תַּעֲרוֹךְ	היא
imperative		עָרַכְנוּ	אנחנו	נַעֲרוֹךְ	אנחנו
עֲרוֹךְ!	m. sgl.	עֲרַכְתֶּם/ן	אתם/ן	תַּעַרְכוּ	אתם/ן
עִרְכִי!	f. sgl.	עָרְכוּ	הם/ן	יַעַרְכוּ	הם/ן
עִרְכוּ!	pl.				

138. עשה

to make, do לַעֲשׂוֹת paal

present tense		past tense		future tense	
עוֹשֶׂה	m. sgl.	עָשִׂיתִי	אני	אֶעֱשֶׂה	אני
עוֹשָׂה	f. sgl.	עָשִׂיתָ	אתה	תַּעֲשֶׂה	אתה
עוֹשִׂים	m. pl.	עָשִׂית	את	תַּעֲשִׂי	את
עוֹשׂוֹת	f. pl.	עָשָׂה	הוא	יַעֲשֶׂה	הוא
		עָשְׂתָה	היא	תַּעֲשֶׂה	היא
imperative		עָשִׂינוּ	אנחנו	נַעֲשֶׂה	אנחנו
עֲשֵׂה!	m. sgl.	עֲשִׂיתֶם/ן	אתם/ן	תַּעֲשׂוּ	אתם/ן
עֲשִׂי!	f. sgl.	עָשׂוּ	הם/ן	יַעֲשׂוּ	הם/ן
עֲשׂוּ!	pl.				

139. פגע

to hurt לִפְגּוֹעַ paal

present tense		past tense		future tense	
פּוֹגֵעַ	m. sgl.	פָּגַעְתִּי	אני	אֶפְגַּע	אני
פּוֹגַעַת	f. sgl.	פָּגַעְתָּ	אתה	תִּפְגַּע	אתה
פּוֹגְעִים	m. pl.	פָּגַעְתְּ	את	תִּפְגְּעִי	את
פּוֹגְעוֹת	f. pl.	פָּגַע	הוא	יִפְגַּע	הוא
		פָּגְעָה	היא	תִּפְגַּע	היא
imperative		פָּגַעְנוּ	אנחנו	נִפְגַּע	אנחנו
פְּגַע!	m. sgl.	פְּגַעְתֶּם/ן	אתם/ן	תִּפְגְּעוּ	אתם/ן
פִּגְעִי!	f. sgl.	פָּגְעוּ	הם/ן	יִפְגְּעוּ	הם/ן
פִּגְעוּ!	pl.				

nifal לְהִיפָּגַע to be hurt

present tense	past tense	future tense
נִפְגָּע m. sgl.	אני נִפְגַּעְתִּי	אני אֶפָּגַע
נִפְגַּעַת f. sgl.	אתה נִפְגַּעְתָּ	אתה תִּיפָּגַע
נִפְגָּעִים m. pl.	את נִפְגַּעְתְּ	את תִּיפָּגְעִי
נִפְגָּעוֹת f. pl.	הוא נִפְגַּע	הוא יִיפָּגַע
	היא נִפְגְּעָה	היא תִּיפָּגַע
imperative	אנחנו נִפְגַּעְנוּ	אנחנו נִיפָּגַע
הִיפָּגַע! m. sgl.	אתם/ן נִפְגַּעְתֶּם/ן	אתם/ן תִּיפָּגְעוּ
הִיפָּגְעִי! f. sgl.	הם/ן נִפְגְּעוּ	הם/ן יִיפָּגְעוּ
הִיפָּגְעוּ! pl.		

---

140. פגש

paal לִפְגּוֹשׁ to meet

present tense	past tense	future tense
פּוֹגֵשׁ m. sgl.	אני פָּגַשְׁתִּי	אני אֶפְגּוֹשׁ
פּוֹגֶשֶׁת f. sgl.	אתה פָּגַשְׁתָּ	אתה תִּפְגּוֹשׁ
פּוֹגְשִׁים m. pl.	את פָּגַשְׁתְּ	את תִּפְגְּשִׁי
פּוֹגְשׁוֹת f. pl.	הוא פָּגַשׁ	הוא יִפְגּוֹשׁ
	היא פָּגְשָׁה	היא תִּפְגּוֹשׁ
imperative	אנחנו פָּגַשְׁנוּ	אנחנו נִפְגּוֹשׁ
פְּגוֹשׁ! m. sgl.	אתם/ן פְּגַשְׁתֶּם/ן	אתם/ן תִּפְגְּשׁוּ
פִּגְשִׁי! f. sgl.	הם/ן פָּגְשׁוּ	הם/ן יִפְגְּשׁוּ
פִּגְשׁוּ! pl.		

to meet by design לְהִיפָּגֵשׁ nifal

future tense		past tense		present tense	
אני	אֶפָּגֵשׁ	אני	נִפְגַּשְׁתִּי	m. sgl.	נִפְגָּשׁ
אתה	תִּיפָּגֵשׁ	אתה	נִפְגַּשְׁתָּ	f. sgl.	נִפְגֶּשֶׁת
את	תִּיפָּגְשִׁי	את	נִפְגַּשְׁתְּ	m. pl.	נִפְגָּשִׁים
הוא	יִיפָּגֵשׁ	הוא	נִפְגַּשׁ	f. pl.	נִפְגָּשׁוֹת
היא	תִּיפָּגֵשׁ	היא	נִפְגְּשָׁה		
אנחנו	נִיפָּגֵשׁ	אנחנו	נִפְגַּשְׁנוּ		**imperative**
אתם/ן	תִּיפָּגְשׁוּ	אתם/ן	נִפְגַּשְׁתֶּם/ן	m. sgl.	הִיפָּגֵשׁ!
הם/ן	יִיפָּגְשׁוּ	הם/ן	נִפְגְּשׁוּ	f. sgl.	הִיפָּגְשִׁי!
				pl.	הִיפָּגְשׁוּ!

141. פחד

to be scared of לְפַחֵד piel

future tense		past tense		present tense	
אני	אֲפַחֵד	אני	פִּיחַדְתִּי	m. sgl.	מְפַחֵד
אתה	תְּפַחֵד	אתה	פִּיחַדְתָּ	f. sgl.	מְפַחֶדֶת
את	תְּפַחֲדִי	את	פִּיחַדְתְּ	m. pl.	מְפַחֲדִים
הוא	יְפַחֵד	הוא	פִּיחֵד	f. pl.	מְפַחֲדוֹת
היא	תְּפַחֵד	היא	פִּיחֲדָה		
אנחנו	נְפַחֵד	אנחנו	פִּיחַדְנוּ		**imperative**
אתם/ן	תְּפַחֲדוּ	אתם/ן	פִּיחַדְתֶּם/ן	m. sgl.	פַּחֵד!
הם/ן	יְפַחֲדוּ	הם/ן	פִּיחֲדוּ	f. sgl.	פַּחֲדִי!
				pl.	פַּחֲדוּ!

142. פנה

to contact, apply, turn לִפְנוֹת paal

present tense		past tense		future tense	
פּוֹנֶה	m. sgl.	פָּנִיתִי	אני	אֶפְנֶה	אני
פּוֹנָה	f. sgl.	פָּנִיתָ	אתה	תִּפְנֶה	אתה
פּוֹנִים	m. pl.	פָּנִית	את	תִּפְנִי	את
פּוֹנוֹת	f. pl.	פָּנָה	הוא	יִפְנֶה	הוא
		פָּנְתָה	היא	תִּפְנֶה	היא
imperative		פָּנִינוּ	אנחנו	נִפְנֶה	אנחנו
פְּנֵה!	m. sgl.	פְּנִיתֶם/ן	אתם/ן	תִּפְנוּ	אתם/ן
פְּנִי!	f. sgl.	פָּנוּ	הם/ן	יִפְנוּ	הם/ן
פְּנוּ!	pl.				

143. פסל

to hurt לִפְסוֹל paal

present tense		past tense		future tense	
פּוֹסֵל	m. sgl.	פָּסַלְתִּי	אני	אֶפְסוֹל	אני
פּוֹסֶלֶת	f. sgl.	פָּסַלְתָּ	אתה	תִּפְסוֹל	אתה
פּוֹסְלִים	m. pl.	פָּסַלְתְּ	את	תִּפְסְלִי	את
פּוֹסְלוֹת	f. pl.	פָּסַל	הוא	יִפְסוֹל	הוא
		פָּסְלָה	היא	תִּפְסוֹל	היא
imperative		פָּסַלְנוּ	אנחנו	נִפְסוֹל	אנחנו
פְּסוֹל!	m. sgl.	פְּסַלְתֶּם/ן	אתם/ן	תִּפְסְלוּ	אתם/ן
פִּסְלִי!	f. sgl.	פָּסְלוּ	הם/ן	יִפְסְלוּ	הם/ן
פִּסְלוּ!	pl.				

144. פסק

to stop לִפְסוֹק paal

present tense		past tense		future tense	
פּוֹסֵק	m. sgl.	פָּסַקְתִּי	אני	אֶפְסוֹק	אני
פּוֹסֶקֶת	f. sgl.	פָּסַקְתָּ	אתה	תִּפְסוֹק	אתה
פּוֹסְקִים	m. pl.	פָּסַקְתְּ	את	תִּפְסְקִי	את
פּוֹסְקוֹת	f. pl.	פָּסַק	הוא	יִפְסוֹק	הוא
		פָּסְקָה	היא	תִּפְסוֹק	היא
imperative		פָּסַקְנוּ	אנחנו	נִפְסוֹק	אנחנו
פְּסוֹק!	m. sgl.	פְּסַקְתֶּם/ן	אתם/ן	תִּפְסְקוּ	אתם/ן
פִּסְקִי!	f. sgl.	פָּסְקוּ	הם/ן	יִפְסְקוּ	הם/ן
פִּסְקוּ!	pl.				

145. פעל

to act, operate לִפְעוֹל paal

present tense		past tense		future tense	
פּוֹעֵל	m. sgl.	פָּעַלְתִּי	אני	אֶפְעַל	אני
פּוֹעֶלֶת	f. sgl.	פָּעַלְתָּ	אתה	תִּפְעַל	אתה
פּוֹעֲלִים	m. pl.	פָּעַלְתְּ	את	תִּפְעֲלִי	את
פּוֹעֲלוֹת	f. pl.	פָּעַל	הוא	יִפְעַל	הוא
		פָּעֲלָה	היא	תִּפְעַל	היא
imperative		פָּעַלְנוּ	אנחנו	נִפְעַל	אנחנו
פְּעַל!	m. sgl.	פְּעַלְתֶּם/ן	אתם/ן	תִּפְעֲלוּ	אתם/ן
פַּעֲלִי!	f. sgl.	פָּעֲלוּ	הם/ן	יִפְעֲלוּ	הם/ן
פַּעֲלוּ!	pl.				

146. פצץ

to blow up לְפוֹצֵץ piel

present tense		past tense		future tense	
מְפוֹצֵץ	m. sgl.	פּוֹצַצְתִּי	אני	אֲפוֹצֵץ	אני
מְפוֹצֶצֶת	f. sgl.	פּוֹצַצְתָּ	אתה	תְּפוֹצֵץ	אתה
מְפוֹצְצִים	m. pl.	פּוֹצַצְתְּ	את	תְּפוֹצְצִי	את
מְפוֹצְצוֹת	f. pl.	פּוֹצֵץ	הוא	יְפוֹצֵץ	הוא
		פּוֹצְצָה	היא	תְּפוֹצֵץ	היא
imperative		פּוֹצַצְנוּ	אנחנו	נְפוֹצֵץ	אנחנו
פּוֹצֵץ!	m. sgl.	פּוֹצַצְתֶּם/ן	אתם/ן	תְּפוֹצְצוּ	אתם/ן
פּוֹצְצִי!	f. sgl.	פּוֹצְצוּ	הם/ן	יְפוֹצְצוּ	הם/ן
פּוֹצְצוּ!	pl.				

147. פקח

to open (one's eyes, ears) לִפְקוֹחַ paal

present tense		past tense		future tense	
פּוֹקֵחַ	m. sgl.	פָּקַחְתִּי	אני	אֶפְקַח	אני
פּוֹקַחַת	f. sgl.	פָּקַחְתָּ	אתה	תִּפְקַח	אתה
פּוֹקְחִים	m. pl.	פָּקַחְתְּ	את	תִּפְקְחִי	את
פּוֹקְחוֹת	f. pl.	פָּקַח	הוא	יִפְקַח	הוא
		פָּקְחָה	היא	תִּפְקַח	היא
imperative		פָּקַחְנוּ	אנחנו	נִפְקַח	אנחנו
פְּקַח!	m. sgl.	פְּקַחְתֶּם/ן	אתם/ן	תִּפְקְחוּ	אתם/ן
פִּקְחִי!	f. sgl.	פָּקְחוּ	הם/ן	יִפְקְחוּ	הם/ן
פִּקְחוּ!	pl.				

148. פרד

to separate לְהִיפָּרֵד nifal

present tense		past tense		future tense	
נִפְרָד	m. sgl.	נִפְרַדְתִּי	אני	אֶפָּרֵד	אני
נִפְרֶדֶת	f. sgl.	נִפְרַדְתָּ	אתה	תִּיפָּרֵד	אתה
נִפְרָדִים	m. pl.	נִפְרַדְתְּ	את	תִּיפָּרְדִי	את
נִפְרָדוֹת	f. pl.	נִפְרַד	הוא	יִיפָּרֵד	הוא
		נִפְרְדָה	היא	תִּיפָּרֵד	היא
imperative		נִפְרַדְנוּ	אנחנו	נִיפָּרֵד	אנחנו
הִיפָּרֵד!	m. sgl.	נִפְרַדְתֶּם/ן	אתם/ן	תִּיפָּרְדוּ	אתם/ן
הִיפָּרְדִי!	f. sgl.	נִפְרְדוּ	הם/ן	יִיפָּרְדוּ	הם/ן
הִיפָּרְדוּ!	pl.				

149. פרץ

to break in; to erupt לִפְרוֹץ paal

present tense		past tense		future tense	
פּוֹרֵץ	m. sgl.	פָּרַצְתִּי	אני	אֶפְרוֹץ	אני
פּוֹרֶצֶת	f. sgl.	פָּרַצְתָּ	אתה	תִּפְרוֹץ	אתה
פּוֹרְצִים	m. pl.	פָּרַצְתְּ	את	תִּפְרְצִי	את
פּוֹרְצוֹת	f. pl.	פָּרַץ	הוא	יִפְרוֹץ	הוא
		פָּרְצָה	היא	תִּפְרוֹץ	היא
imperative		פָּרַצְנוּ	אנחנו	נִפְרוֹץ	אנחנו
פְּרוֹץ!	m. sgl.	פְּרַצְתֶּם/ן	אתם/ן	תִּפְרְצוּ	אתם/ן
פִּרְצִי!	f. sgl.	פָּרְצוּ	הם/ן	יִפְרְצוּ	הם/ן
פִּרְצוּ!	pl.				

150. פתח

paal לִפְתּוֹחַ to open

present tense		past tense		future tense	
פּוֹתֵחַ	m. sgl.	פָּתַחְתִּי	אני	אֶפְתַּח	אני
פּוֹתַחַת	f. sgl.	פָּתַחְתָּ	אתה	תִּפְתַּח	אתה
פּוֹתְחִים	m. pl.	פָּתַחְתְּ	את	תִּפְתְּחִי	את
פּוֹתְחוֹת	f. pl.	פָּתַח	הוא	יִפְתַּח	הוא
		פָּתְחָה	היא	תִּפְתַּח	היא
imperative		פָּתַחְנוּ	אנחנו	נִפְתַּח	אנחנו
פְּתַח!	m. sgl.	פְּתַחְתֶּם/ן	אתם/ן	תִּפְתְּחוּ	אתם/ן
פִּתְחִי!	f. sgl.	פָּתְחוּ	הם/ן	יִפְתְּחוּ	הם/ן
פִּתְחוּ!	pl.				

nifal לְהִיפָּתַח to be opened

present tense		past tense		future tense	
נִפְתָּח	m. sgl.	נִפְתַּחְתִּי	אני	אֶפָּתַח	אני
נִפְתַּחַת	f. sgl.	נִפְתַּחְתָּ	אתה	תִּיפָּתַח	אתה
נִפְתָּחִים	m. pl.	נִפְתַּחְתְּ	את	תִּיפָּתְחִי	את
נִפְתָּחוֹת	f. pl.	נִפְתַּח	הוא	יִיפָּתַח	הוא
		נִפְתְּחָה	היא	תִּיפָּתַח	היא
imperative		נִפְתַּחְנוּ	אנחנו	נִיפָּתַח	אנחנו
הִיפָּתַח!	m. sgl.	נִפְתַּחְתֶּם/ן	אתם/ן	תִּיפָּתְחוּ	אתם/ן
הִיפָּתְחִי!	f. sgl.	נִפְתְּחוּ	הם/ן	יִיפָּתְחוּ	הם/ן
הִיפָּתְחוּ!	pl.				

151. פתר

to solve לִפְתּוֹר paal

present tense		past tense		future tense	
פּוֹתֵר	m. sgl.	פָּתַרְתִּי	אני	אֶפְתּוֹר	אני
פּוֹתֶרֶת	f. sgl.	פָּתַרְתָּ	אתה	תִּפְתּוֹר	אתה
פּוֹתְרִים	m. pl.	פָּתַרְתְּ	את	תִּפְתְּרִי	את
פּוֹתְרוֹת	f. pl.	פָּתַר	הוא	יִפְתּוֹר	הוא
		פָּתְרָה	היא	תִּפְתּוֹר	היא
imperative		פָּתַרְנוּ	אנחנו	נִפְתּוֹר	אנחנו
פְּתוֹר!	m. sgl.	פְּתַרְתֶּם/ן	אתם/ן	תִּפְתְּרוּ	אתם/ן
פִּתְרִי!	f. sgl.	פָּתְרוּ	הם/ן	יִפְתְּרוּ	הם/ן
פִּתְרוּ!	pl.				

152. צחק

to laugh לִצְחוֹק paal

present tense		past tense		future tense	
צוֹחֵק	m. sgl.	צָחַקְתִּי	אני	אֶצְחַק	אני
צוֹחֶקֶת	f. sgl.	צָחַקְתָּ	אתה	תִּצְחַק	אתה
צוֹחֲקִים	m. pl.	צָחַקְתְּ	את	תִּצְחֲקִי	את
צוֹחֲקוֹת	f. pl.	צָחַק	הוא	יִצְחַק	הוא
		צָחֲקָה	היא	תִּצְחַק	היא
imperative		צָחַקְנוּ	אנחנו	נִצְחַק	אנחנו
צְחַק!	m. sgl.	צְחַקְתֶּם/ן	אתם/ן	תִּצְחֲקוּ	אתם/ן
צַחֲקִי!	f. sgl.	צָחֲקוּ	הם/ן	יִצְחֲקוּ	הם/ן
צַחֲקוּ!	pl.				

153. צלח

to succeed לְהַצְלִיחַ hifil

future tense		past tense		present tense	
אני	אַצְלִיחַ	אני	הִצְלַחְתִּי	m. sgl.	מַצְלִיחַ
אתה	תַּצְלִיחַ	אתה	הִצְלַחְתָּ	f. sgl.	מַצְלִיחָה
את	תַּצְלִיחִי	את	הִצְלַחְתְּ	m. pl.	מַצְלִיחִים
הוא	יַצְלִיחַ	הוא	הִצְלִיחַ	f. pl.	מַצְלִיחוֹת
היא	תַּצְלִיחַ	היא	הִצְלִיחָה		
אנחנו	נַצְלִיחַ	אנחנו	הִצְלַחְנוּ		
אתם/ן	תַּצְלִיחוּ	אתם/ן	הִצְלַחְתֶּם/ן		
הם/ן	יַצְלִיחוּ	הם/ן	הִצְלִיחוּ		

imperative	
m. sgl.	הַצְלֵחַ!
f. sgl.	הַצְלִיחִי!
pl.	הַצְלִיחוּ!

154. צעד

to march, to stroll לִצְעוֹד paal

future tense		past tense		present tense	
אני	אֶצְעַד	אני	צָעַדְתִּי	m. sgl.	צוֹעֵד
אתה	תִּצְעַד	אתה	צָעַדְתָּ	f. sgl.	צוֹעֶדֶת
את	תִּצְעֲדִי	את	צָעַדְתְּ	m. pl.	צוֹעֲדִים
הוא	יִצְעַד	הוא	צָעַד	f. pl.	צוֹעֲדוֹת
היא	תִּצְעַד	היא	צָעֲדָה		
אנחנו	נִצְעַד	אנחנו	צָעַדְנוּ		
אתם/ן	תִּצְעֲדוּ	אתם/ן	צְעַדְתֶּם/ן		
הם/ן	יִצְעֲדוּ	הם/ן	צָעֲדוּ		

imperative	
m. sgl.	צְעַד!
f. sgl.	צַעֲדִי!
pl.	צַעֲדוּ!

155. צעק

to scream, to shout לִצְעוֹק paal

present tense		past tense		future tense	
צוֹעֵק	m. sgl.	צָעַקְתִּי	אני	אֶצְעַק	אני
צוֹעֶקֶת	f. sgl.	צָעַקְתָּ	אתה	תִּצְעַק	אתה
צוֹעֲקִים	m. pl.	צָעַקְתְּ	את	תִּצְעֲקִי	את
צוֹעֲקוֹת	f. pl.	צָעַק	הוא	יִצְעַק	הוא
		צָעֲקָה	היא	תִּצְעַק	היא
		צָעַקְנוּ	אנחנו	נִצְעַק	אנחנו
		צְעַקְתֶּם/ן	אתם/ן	תִּצְעֲקוּ	אתם/ן
		צָעֲקוּ	הם/ן	יִצְעֲקוּ	הם/ן

imperative	
צְעַק!	m. sgl.
צַעֲקִי!	f. sgl.
צַעֲקוּ!	pl.

156. צפה

to expect, to wait לְצַפּוֹת piel

present tense		past tense		future tense	
מְצַפֶּה	m. sgl.	צִיפִּיתִי	אני	אֲצַפֶּה	אני
מְצַפָּה	f. sgl.	צִיפִּיתָ	אתה	תְּצַפֶּה	אתה
מְצַפִּים	m. pl.	צִיפִּית	את	תְּצַפִּי	את
מְצַפּוֹת	f. pl.	צִיפָּה	הוא	יְצַפֶּה	הוא
		צִיפְּתָה	היא	תְּצַפֶּה	היא
		צִיפִּינוּ	אנחנו	נְצַפֶּה	אנחנו
		צִיפִּיתֶם/ן	אתם/ן	תְּצַפּוּ	אתם/ן
		צִיפּוּ	הם/ן	יְצַפּוּ	הם/ן

imperative	
צַפֵּה!	m. sgl.
צַפִּי!	f. sgl.
צַפּוּ!	pl.

157. צפר

to honk (a horn) לִצְפּוֹר paal

present tense		past tense		future tense	
צוֹפֵר	m. sgl.	צָפַרְתִּי	אני	אֶצְפּוֹר	אני
צוֹפֶרֶת	f. sgl.	צָפַרְתָּ	אתה	תִּצְפּוֹר	אתה
צוֹפְרִים	m. pl.	צָפַרְתְּ	את	תִּצְפְּרִי	את
צוֹפְרוֹת	f. pl.	צָפַר	הוא	יִצְפּוֹר	הוא
		צָפְרָה	היא	תִּצְפּוֹר	היא
imperative		צָפַרְנוּ	אנחנו	נִצְפּוֹר	אנחנו
צְפּוֹר!	m. sgl.	צְפַרְתֶּם/ן	אתם/ן	תִּצְפְּרוּ	אתם/ן
צִפְרִי!	f. sgl.	צָפְרוּ	הם/ן	יִצְפְּרוּ	הם/ן
צִפְרוּ!	pl.				

158. קבל

to receive, to get; to accept לְקַבֵּל piel

present tense		past tense		future tense	
מְקַבֵּל	m. sgl.	קִיבַּלְתִּי	אני	אֲקַבֵּל	אני
מְקַבֶּלֶת	f. sgl.	קִיבַּלְתָּ	אתה	תְּקַבֵּל	אתה
מְקַבְּלִים	m. pl.	קִיבַּלְתְּ	את	תְּקַבְּלִי	את
מְקַבְּלוֹת	f. pl.	קִיבֵּל	הוא	יְקַבֵּל	הוא
		קִיבְּלָה	היא	תְּקַבֵּל	היא
imperative		קִיבַּלְנוּ	אנחנו	נְקַבֵּל	אנחנו
קַבֵּל!	m. sgl.	קִיבַּלְתֶּם/ן	אתם/ן	תְּקַבְּלוּ	אתם/ן
קַבְּלִי!	f. sgl.	קִיבְּלוּ	הם/ן	יְקַבְּלוּ	הם/ן
קַבְּלוּ!	pl.				

159. קבע

to determine לִקְבּוֹעַ paal

present tense	past tense		future tense	
קוֹבֵעַ m. sgl.	קָבַעְתִּי	אני	אֶקְבַּע	אני
קוֹבַעַת f. sgl.	קָבַעְתָּ	אתה	תִּקְבַּע	אתה
קוֹבְעִים m. pl.	קָבַעְתְּ	את	תִּקְבְּעִי	את
קוֹבְעוֹת f. pl.	קָבַע	הוא	יִקְבַּע	הוא
	קָבְעָה	היא	תִּקְבַּע	היא
imperative	קָבַעְנוּ	אנחנו	נִקְבַּע	אנחנו
קְבַע! m. sgl.	קְבַעְתֶּם/ן	אתם/ן	תִּקְבְּעוּ	אתם/ן
קִבְעִי! f. sgl.	קָבְעוּ	הם/ן	יִקְבְּעוּ	הם/ן
קִבְעוּ! pl.				

160. קום

to get up לָקוּם paal

present tense	past tense		future tense	
קָם m. sgl.	קַמְתִּי	אני	אָקוּם	אני
קָמָה f. sgl.	קַמְתָּ	אתה	תָּקוּם	אתה
קָמִים m. pl.	קַמְתְּ	את	תָּקוּמִי	את
קָמוֹת f. pl.	קָם	הוא	יָקוּם	הוא
	קָמָה	היא	תָּקוּם	היא
imperative	קַמְנוּ	אנחנו	נָקוּם	אנחנו
קוּם! m. sgl.	קַמְתֶּם/ן	אתם/ן	תָּקוּמוּ	אתם/ן
קוּמִי! f. sgl.	קָמוּ	הם/ן	יָקוּמוּ	הם/ן
קוּמוּ! pl.				

קלט .161

to receive, absorb לִקְלוֹט paal

present tense		past tense		future tense	
קוֹלֵט	m. sgl.	קָלַטְתִּי	אני	אֶקְלוֹט	אני
קוֹלֶטֶת	f. sgl.	קָלַטְתָּ	אתה	תִּקְלוֹט	אתה
קוֹלְטִים	m. pl.	קָלַטְתְּ	את	תִּקְלְטִי	את
קוֹלְטוֹת	f. pl.	קָלַט	הוא	יִקְלוֹט	הוא
		קָלְטָה	היא	יִקְלוֹט	היא
imperative		קָלַטְנוּ	אנחנו	נִקְלוֹט	אנחנו
קְלוֹט!	m. sgl.	קְלַטְתֶּם/ן	אתם/ן	תִּקְלְטוּ	אתם/ן
קִלְטִי!	f. sgl.	קָלְטוּ	הם/ן	יִקְלְטוּ	הם/ן
קִלְטוּ!	pl.				

קנה .162

to buy לִקְנוֹת paal

present tense		past tense		future tense	
קוֹנֶה	m. sgl.	קָנִיתִי	אני	אֶקְנֶה	אני
קוֹנָה	f. sgl.	קָנִיתָ	אתה	תִּקְנֶה	אתה
קוֹנִים	m. pl.	קָנִית	את	תִּקְנִי	את
קוֹנוֹת	f. pl.	קָנָה	הוא	יִקְנֶה	הוא
		קָנְתָה	היא	תִּקְנֶה	היא
imperative		קָנִינוּ	אנחנו	נִקְנֶה	אנחנו
קְנֵה!	m. sgl.	קְנִיתֶם/ן	אתם/ן	תִּקְנוּ	אתם/ן
קְנִי!	f. sgl.	קָנוּ	הם/ן	יִקְנוּ	הם/ן
קְנוּ!	pl.				

163. קפא

to freeze לִקְפּוֹא paal

present tense		past tense		future tense	
קוֹפֵא	m. sgl.	קָפָאתִי	אני	אֶקְפָּא	אני
קוֹפֵאת	f. sgl.	קָפָאתָ	אתה	תִּקְפָּא	אתה
קוֹפְאִים	m. pl.	קָפָאת	את	תִּקְפְּאִי	את
קוֹפְאוֹת	f. pl.	קָפָא	הוא	יִקְפָּא	הוא
		קָפְאָה	היא	תִּקְפָּא	היא
imperative		קָפָאנוּ	אנחנו	נִקְפָּא	אנחנו
קְפָא!	m. sgl.	קְפָאתֶם/ן	אתם/ן	תִּקְפְּאוּ	אתם/ן
קִפְאִי!	f. sgl.	קָפְאוּ	הם/ן	יִקְפְּאוּ	הם/ן
קִפְאוּ!	pl.				

164. קפץ

to jump לִקְפּוֹץ paal

present tense		past tense		future tense	
קוֹפֵץ	m. sgl.	קָפַצְתִּי	אני	אֶקְפּוֹץ	אני
קוֹפֶצֶת	f. sgl.	קָפַצְתָּ	אתה	תִּקְפּוֹץ	אתה
קוֹפְצִים	m. pl.	קָפַצְתְּ	את	תִּקְפְּצִי	את
קוֹפְצוֹת	f. pl.	קָפַץ	הוא	יִקְפּוֹץ	הוא
		קָפְצָה	היא	תִּקְפּוֹץ	היא
imperative		קָפַצְנוּ	אנחנו	נִקְפּוֹץ	אנחנו
קְפוֹץ!	m. sgl.	קְפַצְתֶּם/ן	אתם/ן	תִּקְפְּצוּ	אתם/ן
קִפְצִי!	f. sgl.	קָפְצוּ	הם/ן	יִקְפְּצוּ	הם/ן
קִפְצוּ!	pl.				

to make bounce לְהַקְפִּיץ hifil

present tense		past tense		future tense	
מַקְפִּיץ	m. sgl.	הִקְפַּצְתִּי	אני	אַקְפִּיץ	אני
מַקְפִּיצָה	f. sgl.	הִקְפַּצְתָּ	אתה	תַּקְפִּיץ	אתה
מַקְפִּיצִים	m. pl.	הִקְפַּצְתְּ	את	תַּקְפִּיצִי	את
מַקְפִּיצוֹת	f. pl.	הִקְפִּיץ	הוא	יַקְפִּיץ	הוא
		הִקְפִּיצָה	היא	תַּקְפִּיץ	היא
imperative		הִקְפַּצְנוּ	אנחנו	נַקְפִּיץ	אנחנו
הַקְפֵּץ!	m. sgl.	הִקְפַּצְתֶּם/ן	אתם/ן	תַּקְפִּיצוּ	אתם/ן
הַקְפִּיצִי!	f. sgl.	הִקְפִּיצוּ	הם/ן	יַקְפִּיצוּ	הם/ן
הַקְפִּיצוּ!	pl.				

165. קרא

to call; to read לִקְרוֹא paal

present tense		past tense		future tense	
קוֹרֵא	m. sgl.	קָרָאתִי	אני	אֶקְרָא	אני
קוֹרֵאת	f. sgl.	קָרָאתָ	אתה	תִּקְרָא	אתה
קוֹרְאִים	m. pl.	קָרָאת	את	תִּקְרְאִי	את
קוֹרְאוֹת	f. pl.	קָרָא	הוא	יִקְרָא	הוא
		קָרְאָה	היא	תִּקְרָא	היא
imperative		קָרָאנוּ	אנחנו	נִקְרָא	אנחנו
קְרָא!	m. sgl.	קְרָאתֶם/ן	אתם/ן	תִּקְרְאוּ	אתם/ן
קִרְאִי!	f. sgl.	קָרְאוּ	הם/ן	יִקְרְאוּ	הם/ן
קִרְאוּ!	pl.				

to be called לְהִיקָּרֵא nifal

present tense		past tense		future tense	
נִקְרָא	m. sgl.	נִקְרֵאתִי	אני	אֶקָּרֵא	אני
נִקְרֵאת	f. sgl.	נִקְרֵאתָ	אתה	תִּיקָּרֵא	אתה
נִקְרָאִים	m. pl.	נִקְרֵאת	את	תִּיקָּרְאִי	את
נִקְרָאוֹת	f. pl.	נִקְרָא	הוא	יִיקָּרֵא	הוא
		נִקְרְאָה	היא	תִּיקָּרֵא	היא
		נִקְרֵאנוּ	אנחנו	נִיקָּרֵא	אנחנו
		נִקְרֵאתֶם/ן	אתם/ן	תִּיקָּרְאוּ	אתם/ן
		נִקְרְאוּ	הם/ן	יִיקָּרְאוּ	הם/ן

imperative	
הִיקָּרֵא!	m. sgl.
הִיקָּרְאִי!	f. sgl.
הִיקָּרְאוּ!	pl.

166. קרב

to draw near לִקְרוֹב paal

present tense		past tense		future tense	
קָרֵב	m. sgl.	קָרַבְתִּי	אני	אֶקְרַב	אני
קְרֵבָה	f. sgl.	קָרַבְתָּ	אתה	תִּקְרַב	אתה
קְרֵבִים	m. pl.	קָרַבְתְּ	את	תִּקְרְבִי	את
קְרֵבוֹת	f. pl.	קָרַב	הוא	יִקְרַב	הוא
		קָרְבָה	היא	תִּקְרַב	היא
		קָרַבְנוּ	אנחנו	נִקְרַב	אנחנו
		קְרַבְתֶּם/ן	אתם/ן	תִּקְרְבוּ	אתם/ן
		קָרְבוּ	הם/ן	יִקְרְבוּ	הם/ן

imperative	
קְרַב!	m. sgl.
קִרְבִי!	f. sgl.
קִרְבוּ!	pl.

167. קרה

to happen לִקְרוֹת paal

present tense		past tense		future tense	
קוֹרֶה	m. sgl.	קָרִיתִי	אני	אֶקְרֶה	אני
קוֹרָה	f. sgl.	קָרִיתָ	אתה	תִּקְרֶה	אתה
קוֹרִים	m. pl.	קָרִית	את	תִּקְרִי	את
קוֹרוֹת	f. pl.	קָרָה	הוא	יִקְרֶה	הוא
		קָרְתָה	היא	תִּקְרֶה	היא
imperative		קָרִינוּ	אנחנו	נִקְרֶה	אנחנו
קְרֵה!	m. sgl.	קְרִיתֶם/ן	אתם/ן	תִּקְרוּ	אתם/ן
קְרִי!	f. sgl.	קָרוּ	הם/ן	יִקְרוּ	הם/ן
קְרוּ!	pl.				

168. קרע

to tear לִקְרוֹעַ paal

present tense		past tense		future tense	
קוֹרֵעַ	m. sgl.	קָרַעְתִּי	אני	אֶקְרַע	אני
קוֹרַעַת	f. sgl.	קָרַעְתָּ	אתה	תִּקְרַע	אתה
קוֹרְעִים	m. pl.	קָרַעְתְּ	את	תִּקְרְעִי	את
קוֹרְעוֹת	f. pl.	קָרַע	הוא	יִקְרַע	הוא
		קָרְעָה	היא	תִּקְרַע	היא
imperative		קָרַעְנוּ	אנחנו	נִקְרַע	אנחנו
קְרַע!	m. sgl.	קְרַעְתֶּם/ן	אתם/ן	תִּקְרְעוּ	אתם/ן
קִרְעִי!	f. sgl.	קָרְעוּ	הם/ן	יִקְרְעוּ	הם/ן
קִרְעוּ!	pl.				

קשר .169

paal לִקְשׁוֹר to tie

present tense		past tense		future tense	
קוֹשֵׁר	m. sgl.	קָשַׁרְתִּי	אני	אֶקְשׁוֹר	אני
קוֹשֶׁרֶת	f. sgl.	קָשַׁרְתָּ	אתה	תִּקְשׁוֹר	אתה
קוֹשְׁרִים	m. pl.	קָשַׁרְתְּ	את	תִּקְשְׁרִי	את
קוֹשְׁרוֹת	f. pl.	קָשַׁר	הוא	יִקְשׁוֹר	הוא
		קָשְׁרָה	היא	תִּקְשׁוֹר	היא
imperative		קָשַׁרְנוּ	אנחנו	נִקְשׁוֹר	אנחנו
קְשׁוֹר!	m. sgl.	קְשַׁרְתֶּם/ן	אתם/ן	תִּקְשְׁרוּ	אתם/ן
קִשְׁרִי!	f. sgl.	קָשְׁרוּ	הם/ן	יִקְשְׁרוּ	הם/ן
קִשְׁרוּ!	pl.				

ראה .170

paal לִרְאוֹת to see

present tense		past tense		future tense	
רוֹאֶה	m. sgl.	רָאִיתִי	אני	אֶרְאֶה	אני
רוֹאָה	f. sgl.	רָאִיתָ	אתה	תִּרְאֶה	אתה
רוֹאִים	m. pl.	רָאִית	את	תִּרְאִי	את
רוֹאוֹת	f. pl.	רָאָה	הוא	יִרְאֶה	הוא
		רָאֲתָה	היא	תִּרְאֶה	היא
imperative		רָאִינוּ	אנחנו	נִרְאֶה	אנחנו
רְאֵה!	m. sgl.	רְאִיתֶם/ן	אתם/ן	תִּרְאוּ	אתם/ן
רְאִי!	f. sgl.	רָאוּ	הם/ן	יִרְאוּ	הם/ן
רְאוּ!	pl.				

nifal לְהֵירָאוֹת to be seen

present tense		past tense		future tense	
נִרְאֶה m. sgl.		נִרְאֵיתִי	אני	אֵירָאֶה	אני
נִרְאֵית f. sgl.		נִרְאֵיתָ	אתה	תֵּירָאֶה	אתה
נִרְאִים m. pl.		נִרְאֵית	את	תֵּירָאִי	את
נִרְאוֹת f. pl.		נִרְאָה	הוא	יֵירָאֶה	הוא
		נִרְאֲתָה	היא	תֵּירָאֶה	היא
imperative		נִרְאֵינוּ	אנחנו	נֵירָאֶה	אנחנו
הֵירָאָה! m. sgl.		נִרְאֵיתֶם/ן	אתם/ן	תֵּירָאוּ	אתם/ן
הֵירָאִי! f. sgl.		נִרְאוּ	הם/ן	יֵירָאוּ	הם/ן
הֵירָאוּ! pl.					

hifil לְהַרְאוֹת to show

present tense		past tense		future tense	
מַרְאֶה m. sgl.		הִרְאֵיתִי	אני	אַרְאֶה	אני
מַרְאָה f. sgl.		הִרְאֵיתָ	אתה	תַּרְאֶה	אתה
מַרְאִים m. pl.		הִרְאֵית	את	תַּרְאִי	את
מַרְאוֹת f. pl.		הִרְאָה	הוא	יַרְאֶה	הוא
		הִרְאֲתָה	היא	תַּרְאֶה	היא
imperative		הִרְאֵינוּ	אנחנו	נַרְאֶה	אנחנו
הַרְאֵה! m. sgl.		הִרְאֵיתֶם/ן	אתם/ן	תַּרְאוּ	אתם/ן
הַרְאִי! f. sgl.		הִרְאוּ	הם/ן	יַרְאוּ	הם/ן
הַרְאוּ! pl.					

171. רגע

to calm down לְהֵירָגַע nifal

present tense		past tense		future tense	
נִרְגָּע	m. sgl.	נִרְגַּעְתִּי	אני	אֵירָגַע	אני
נִרְגַּעַת	f. sgl.	נִרְגַּעְתָּ	אתה	תֵּירָגַע	אתה
נִרְגָּעִים	m. pl.	נִרְגַּעְתְּ	את	תֵּירָגְעִי	את
נִרְגָּעוֹת	f. pl.	נִרְגַּע	הוא	יֵירָגַע	הוא
		נִרְגְּעָה	היא	תֵּירָגַע	היא
imperative		נִרְגַּעְנוּ	אנחנו	נֵירָגַע	אנחנו
הֵירָגַע!	m. sgl.	נִרְגַּעְתֶּם/ן	אתם/ן	תֵּירָגְעוּ	אתם/ן
הֵירָגְעִי!	f. sgl.	נִרְגְּעוּ	הם/ן	יֵירָגְעוּ	הם/ן
הֵירָגְעוּ!	pl.				

172. רוץ

to run לָרוּץ paal

present tense		past tense		future tense	
רָץ	m. sgl.	רַצְתִּי	אני	אָרוּץ	אני
רָצָה	f. sgl.	רַצְתָּ	אתה	תָּרוּץ	אתה
רָצִים	m. pl.	רַצְתְּ	את	תָּרוּצִי	את
רָצוֹת	f. pl.	רָץ	הוא	יָרוּץ	הוא
		רָצָה	היא	תָּרוּץ	היא
imperative		רַצְנוּ	אנחנו	נָרוּץ	אנחנו
רוּץ!	m. sgl.	רַצְתֶּם/ן	אתם/ן	תָּרוּצוּ	אתם/ן
רוּצִי!	f. sgl.	רָצוּ	הם/ן	יָרוּצוּ	הם/ן
רוּצוּ!	pl.				

173. רחק

to become more distant לְרַחֵק piel

present tense		past tense		future tense	
מְרַחֵק	m. sgl.	רִיחַקְתִּי	אני	אֲרַחֵק	אני
מְרַחֶקֶת	f. sgl.	רִיחַקְתָּ	אתה	תְּרַחֵק	אתה
מְרַחֲקִים	m. pl.	רִיחַקְתְּ	את	תְּרַחֲקִי	את
מְרַחֲקוֹת	f. pl.	רִיחֵק	הוא	יְרַחֵק	הוא
		רִיחֲקָה	היא	תְּרַחֵק	היא
		רִיחַקְנוּ	אנחנו	נְרַחֵק	אנחנו
		רִיחַקְתֶּם/ן	אתם/ן	תְּרַחֲקוּ	אתם/ן
		רִיחֲקוּ	הם/ן	יְרַחֲקוּ	הם/ן

imperative	
רַחֵק!	m. sgl.
רַחֲקִי!	f. sgl.
רַחֲקוּ!	pl.

to move smth. away לְהַרְחִיק hifil

present tense		past tense		future tense	
מַרְחִיק	m. sgl.	הִרְחַקְתִּי	אני	אַרְחִיק	אני
מַרְחִיקָה	f. sgl.	הִרְחַקְתָּ	אתה	תַּרְחִיק	אתה
מַרְחִיקִים	m. pl.	הִרְחַקְתְּ	את	תַּרְחִיקִי	את
מַרְחִיקוֹת	f. pl.	הִרְחִיק	הוא	יַרְחִיק	הוא
		הִרְחִיקָה	היא	תַּרְחִיק	היא
		הִרְחַקְנוּ	אנחנו	נַרְחִיק	אנחנו
		הִרְחַקְתֶּם/ן	אתם/ן	תַּרְחִיקוּ	אתם/ן
		הִרְחִיקוּ	הם/ן	יַרְחִיקוּ	הם/ן

imperative	
הַרְחֵק!	m. sgl.
הַרְחִיקִי!	f. sgl.
הַרְחִיקוּ!	pl.

174. ריב

to quarrel, to fight לָרִיב paal

present tense		past tense		future tense	
רָב	m. sgl.	רַבְתִּי	אני	אָרִיב	אני
רָבָה	f. sgl.	רַבְתָּ	אתה	תָּרִיב	אתה
רָבִים	m. pl.	רַבְתְּ	את	תָּרִיבִי	את
רָבוֹת	f. pl.	רָב	הוא	יָרִיב	הוא
		רָבָה	היא	תָּרִיב	היא
imperative		רַבְנוּ	אנחנו	נָרִיב	אנחנו
רִיב!	m. sgl.	רַבְתֶּם/ן	אתם/ן	תָּרִיבוּ	אתם/ן
רִיבִי!	f. sgl.	רָבוּ	הם/ן	יָרִיבוּ	הם/ן
רִיבוּ!	pl.				

175. רכב

to ride לִרְכּוֹב paal

present tense		past tense		future tense	
רוֹכֵב	m. sgl.	רָכַבְתִּי	אני	אֶרְכַּב	אני
רוֹכֶבֶת	f. sgl.	רָכַבְתָּ	אתה	תִּרְכַּב	אתה
רוֹכְבִים	m. pl.	רָכַבְתְּ	את	תִּרְכְּבִי	את
רוֹכְבוֹת	f. pl.	רָכַב	הוא	יִרְכַּב	הוא
		רָכְבָה	היא	תִּרְכַּב	היא
imperative		רָכַבְנוּ	אנחנו	נִרְכַּב	אנחנו
רְכַב!	m. sgl.	רְכַבְתֶּם/ן	אתם/ן	תִּרְכְּבוּ	אתם/ן
רִכְבִי!	f. sgl.	רָכְבוּ	הם/ן	יִרְכְּבוּ	הם/ן
רִכְבוּ!	pl.				

176. רמז

to hint לִרְמוֹז paal

future tense	
אני	אֶרְמוֹז
אתה	תִּרְמוֹז
את	תִּרְמְזִי
הוא	יִרְמוֹז
היא	תִּרְמוֹז
אנחנו	נִרְמוֹז
אתם/ן	תִּרְמְזוּ
הם/ן	יִרְמְזוּ

past tense	
אני	רָמַזְתִּי
אתה	רָמַזְתָּ
את	רָמַזְתְּ
הוא	רָמַז
היא	רָמְזָה
אנחנו	רָמַזְנוּ
אתם/ן	רְמַזְתֶּם/ן
הם/ן	רָמְזוּ

present tense	
m. sgl.	רוֹמֵז
f. sgl.	רוֹמֶזֶת
m. pl.	רוֹמְזִים
f. pl.	רוֹמְזוֹת

imperative	
m. sgl.	רְמוֹז!
f. sgl.	רִמְזִי!
pl.	רִמְזוּ!

177. רצה

to want לִרְצוֹת paal

future tense	
אני	אֶרְצֶה
אתה	תִּרְצֶה
את	תִּרְצִי
הוא	יִרְצֶה
היא	יִרְצֶה
אנחנו	נִרְצֶה
אתם/ן	תִּרְצוּ
הם/ן	יִרְצוּ

past tense	
אני	רָצִיתִי
אתה	רָצִיתָ
את	רָצִית
הוא	רָצָה
היא	רָצְתָה
אנחנו	רָצִינוּ
אתם/ן	רְצִיתֶם/ן
הם/ן	רָצוּ

present tense	
m. sgl.	רוֹצֶה
f. sgl.	רוֹצָה
m. pl.	רוֹצִים
f. pl.	רוֹצוֹת

imperative	
m. sgl.	רְצֵה!
f. sgl.	רְצִי!
pl.	רְצוּ!

178. רצח

to murder לִרְצוֹחַ paal

future tense		past tense		present tense	
אני	אֶרְצַח	אני	רָצַחְתִּי	m. sgl.	רוֹצֵחַ
אתה	תִּרְצַח	אתה	רָצַחְתָּ	f. sgl.	רוֹצַחַת
את	תִּרְצְחִי	את	רָצַחְתְּ	m. pl.	רוֹצְחִים
הוא	יִרְצַח	הוא	רָצַח	f. pl.	רוֹצְחוֹת
היא	תִּרְצַח	היא	רָצְחָה		
אנחנו	נִרְצַח	אנחנו	רָצַחְנוּ		
אתם/ן	תִּרְצְחוּ	אתם/ן	רְצַחְתֶּם/ן		
הם/ן	יִרְצְחוּ	הם/ן	רָצְחוּ		

imperative	
m. sgl.	רְצַח!
f. sgl.	רִצְחִי!
pl.	רִצְחוּ!

179. רקד

to dance לִרְקוֹד paal

future tense		past tense		present tense	
אני	אֶרְקוֹד	אני	רָקַדְתִּי	m. sgl.	רוֹקֵד
אתה	תִּרְקוֹד	אתה	רָקַדְתָּ	f. sgl.	רוֹקֶדֶת
את	תִּרְקְדִי	את	רָקַדְתְּ	m. pl.	רוֹקְדִים
הוא	יִרְקוֹד	הוא	רָקַד	f. pl.	רוֹקְדוֹת
היא	תִּרְקוֹד	היא	רָקְדָה		
אנחנו	נִרְקוֹד	אנחנו	רָקַדְנוּ		
אתם/ן	תִּרְקְדוּ	אתם/ן	רְקַדְתֶּם/ן		
הם/ן	יִרְקְדוּ	הם/ן	רָקְדוּ		

imperative	
m. sgl.	רְקוֹד!
f. sgl.	רִקְדִי!
pl.	רִקְדוּ!

180. שאל

to ask לִשְׁאוֹל paal

present tense	
m. sgl.	שׁוֹאֵל
f. sgl.	שׁוֹאֶלֶת
m. pl.	שׁוֹאֲלִים
f. pl.	שׁוֹאֲלוֹת

past tense		future tense	
שָׁאַלְתִּי	אני	אֶשְׁאַל	אני
שָׁאַלְתָּ	אתה	תִּשְׁאַל	אתה
שָׁאַלְתְּ	את	תִּשְׁאֲלִי	את
שָׁאַל	הוא	יִשְׁאַל	הוא
שָׁאֲלָה	היא	תִּשְׁאַל	היא
שָׁאַלְנוּ	אנחנו	נִשְׁאַל	אנחנו
שְׁאַלְתֶּם/ן	אתם/ן	תִּשְׁאֲלוּ	אתם/ן
שָׁאֲלוּ	הם/ן	יִשְׁאֲלוּ	הם/ן

imperative	
m. sgl.	שְׁאַל!
f. sgl.	שַׁאֲלִי!
pl.	שַׁאֲלוּ!

181. שבר

to break לִשְׁבּוֹר paal

present tense	
m. sgl.	שׁוֹבֵר
f. sgl.	שׁוֹבֶרֶת
m. pl.	שׁוֹבְרִים
f. pl.	שׁוֹבְרוֹת

past tense		future tense	
שָׁבַרְתִּי	אני	אֶשְׁבּוֹר	אני
שָׁבַרְתָּ	אתה	תִּשְׁבּוֹר	אתה
שָׁבַרְתְּ	את	תִּשְׁבְּרִי	את
שָׁבַר	הוא	יִשְׁבּוֹר	הוא
שָׁבְרָה	היא	תִּשְׁבּוֹר	היא
שָׁבַרְנוּ	אנחנו	נִשְׁבּוֹר	אנחנו
שְׁבַרְתֶּם/ן	אתם/ן	תִּשְׁבְּרוּ	אתם/ן
שָׁבְרוּ	הם/ן	יִשְׁבְּרוּ	הם/ן

imperative	
m. sgl.	שְׁבוֹר!
f. sgl.	שִׁבְרִי!
pl.	שִׁבְרוּ!

182. שוב

to return לָשׁוּב paal

present tense		past tense		future tense	
שָׁב	m. sgl.	שַׁבְתִּי	אני	אָשׁוּב	אני
שָׁבָה	f. sgl.	שַׁבְתָּ	אתה	תָּשׁוּב	אתה
שָׁבִים	m. pl.	שַׁבְתְּ	את	תָּשׁוּבִי	את
שָׁבוֹת	f. pl.	שָׁב	הוא	יָשׁוּב	הוא
		שָׁבָה	היא	תָּשׁוּב	היא
imperative		שַׁבְנוּ	אנחנו	נָשׁוּב	אנחנו
שׁוּב!	m. sgl.	שַׁבְתֶּם/ן	אתם/ן	תָּשׁוּבוּ	אתם/ן
שׁוּבִי!	f. sgl.	שָׁבוּ	הם/ן	יָשׁוּבוּ	הם/ן
שׁוּבוּ!	pl.				

183. שחה

to swim לִשְׂחוֹת paal

present tense		past tense		future tense	
שׂוֹחֶה	m. sgl.	שָׂחִיתִי	אני	אֶשְׂחֶה	אני
שׂוֹחָה	f. sgl.	שָׂחִיתָ	אתה	תִּשְׂחֶה	אתה
שׂוֹחִים	m. pl.	שָׂחִית	את	תִּשְׂחִי	את
שׂוֹחוֹת	f. pl.	שָׂחָה	הוא	יִשְׂחֶה	הוא
		שָׂחֲתָה	היא	תִּשְׂחֶה	היא
imperative		שָׂחִינוּ	אנחנו	נִשְׂחֶה	אנחנו
שְׂחֵה!	m. sgl.	שְׂחִיתֶם/ן	אתם/ן	תִּשְׂחוּ	אתם/ן
שְׂחִי!	f. sgl.	שָׂחוּ	הם/ן	יִשְׂחוּ	הם/ן
שְׂחוּ!	pl.				

184. שטף

to wash, rinse, mob floor לִשְׁטוֹף paal

present tense		past tense		future tense	
שׁוֹטֵף	m. sgl.	שָׁטַפְתִּי	אני	אֶשְׁטוֹף	אני
שׁוֹטֶפֶת	f. sgl.	שָׁטַפְתָּ	אתה	תִּשְׁטוֹף	אתה
שׁוֹטְפִים	m. pl.	שָׁטַפְתְּ	את	תִּשְׁטְפִי	את
שׁוֹטְפוֹת	f. pl.	שָׁטַף	הוא	יִשְׁטוֹף	הוא
		שָׁטְפָה	היא	תִּשְׁטוֹף	היא
imperative		שָׁטַפְנוּ	אנחנו	נִשְׁטוֹף	אנחנו
שְׁטוֹף!	m. sgl.	שְׁטַפְתֶּם/ן	אתם/ן	תִּשְׁטְפוּ	אתם/ן
שִׁטְפִי!	f. sgl.	שָׁטְפוּ	הם/ן	יִשְׁטְפוּ	הם/ן
שִׁטְפוּ!	pl.				

185. שים

to put/ pay attention לָשִׂים/ לָשִׂים לֵב paal

present tense		past tense		future tense	
שָׂם	m. sgl.	שַׂמְתִּי	אני	אָשִׂים	אני
שָׂמָה	f. sgl.	שַׂמְתָּ	אתה	תָּשִׂים	אתה
שָׂמִים	m. pl.	שַׂמְתְּ	את	תָּשִׂימִי	את
שָׂמוֹת	f. pl.	שָׂם	הוא	יָשִׂים	הוא
		שָׂמָה	היא	תָּשִׂים	היא
imperative		שַׂמְנוּ	אנחנו	נָשִׂים	אנחנו
שִׂים!	m. sgl.	שַׂמְתֶּם/ן	אתם/ן	תָּשִׂימוּ	אתם/ן
שִׂימִי!	f. sgl.	שָׂמוּ	הם/ן	יָשִׂימוּ	הם/ן
שִׂימוּ!	pl.				

186. שכב

to lie down לִשְׁכַּב paal

present tense		past tense		future tense	
שׁוֹכֵב m. sgl.		שָׁכַבְתִּי	אני	אֶשְׁכַּב	אני
שׁוֹכֶבֶת f. sgl.		שָׁכַבְתָּ	אתה	תִּשְׁכַּב	אתה
שׁוֹכְבִים m. pl.		שָׁכַבְתְּ	את	תִּשְׁכְּבִי	את
שׁוֹכְבוֹת f. pl.		שָׁכַב	הוא	יִשְׁכַּב	הוא
		שָׁכְבָה	היא	תִּשְׁכַּב	היא
imperative		שָׁכַבְנוּ	אנחנו	נִשְׁכַּב	אנחנו
שְׁכַב! m. sgl.		שְׁכַבְתֶּם/ן	אתם/ן	תִּשְׁכְּבוּ	אתם/ן
שִׁכְבִי! f. sgl.		שָׁכְבוּ	הם/ן	יִשְׁכְּבוּ	הם/ן
שִׁכְבוּ! pl.					

187. שכנע

to convince לְשַׁכְנֵעַ piel

present tense		past tense		future tense	
מְשַׁכְנֵעַ m. sgl.		שִׁכְנַעְתִּי	אני	אֲשַׁכְנֵעַ	אני
מְשַׁכְנַעַת f. sgl.		שִׁכְנַעְתָּ	אתה	תְּשַׁכְנֵעַ	אתה
מְשַׁכְנְעִים m. pl.		שִׁכְנַעְתְּ	את	תְּשַׁכְנְעִי	את
מְשַׁכְנְעוֹת f. pl.		שִׁכְנֵעַ	הוא	יְשַׁכְנֵעַ	הוא
		שִׁכְנְעָה	היא	תְּשַׁכְנֵעַ	היא
imperative		שִׁכְנַעְנוּ	אנחנו	נְשַׁכְנֵעַ	אנחנו
שַׁכְנֵעַ! m. sgl.		שִׁכְנַעְתֶּם/ן	אתם/ן	תְּשַׁכְנְעוּ	אתם/ן
שַׁכְנְעִי! f. sgl.		שִׁכְנְעוּ	הם/ן	יְשַׁכְנְעוּ	הם/ן
שַׁכְנְעוּ! pl.					

188. שלח

to send לִשְׁלוֹחַ paal

present tense		past tense		future tense	
שׁוֹלֵחַ	m. sgl.	שָׁלַחְתִּי	אני	אֶשְׁלַח	אני
שׁוֹלַחַת	f. sgl.	שָׁלַחְתָּ	אתה	תִּשְׁלַח	אתה
שׁוֹלְחִים	m. pl.	שָׁלַחְתְּ	את	תִּשְׁלְחִי	את
שׁוֹלְחוֹת	f. pl.	שָׁלַח	הוא	יִשְׁלַח	הוא
		שָׁלְחָה	היא	תִּשְׁלַח	היא
imperative		שָׁלַחְנוּ	אנחנו	נִשְׁלַח	אנחנו
שְׁלַח!	m. sgl.	שְׁלַחְתֶּם/ן	אתם/ן	תִּשְׁלְחוּ	אתם/ן
שִׁלְחִי!	f. sgl.	שָׁלְחוּ	הם/ן	יִשְׁלְחוּ	הם/ן
שִׁלְחוּ!	pl.				

189. שלט

to control; to rule לִשְׁלוֹט paal

present tense		past tense		future tense	
שׁוֹלֵט	m. sgl.	שָׁלַטְתִּי	אני	אֶשְׁלוֹט	אני
שׁוֹלֶטֶת	f. sgl.	שָׁלַטְתָּ	אתה	תִּשְׁלוֹט	אתה
שׁוֹלְטִים	m. pl.	שָׁלַטְתְּ	את	תִּשְׁלְטִי	את
שׁוֹלְטוֹת	f. pl.	שָׁלַט	הוא	יִשְׁלוֹט	הוא
		שָׁלְטָה	היא	תִּשְׁלוֹט	היא
imperative		שָׁלַטְנוּ	אנחנו	נִשְׁלוֹט	אנחנו
שְׁלוֹט!	m. sgl.	שְׁלַטְתֶּם/ן	אתם/ן	תִּשְׁלְטוּ	אתם/ן
שִׁלְטִי!	f. sgl.	שָׁלְטוּ	הם/ן	יִשְׁלְטוּ	הם/ן
שִׁלְטוּ!	pl.				

190. שמח

to be happy לִשְׂמוֹחַ paal

present tense		past tense		future tense	
m. sgl.	שָׂמֵחַ	אני	שָׂמַחְתִּי	אני	אֶשְׂמַח
f. sgl.	שְׂמֵחָה	אתה	שָׂמַחְתָּ	אתה	תִּשְׂמַח
m. pl.	שְׂמֵחִים	את	שָׂמַחְתְּ	את	תִּשְׂמְחִי
f. pl.	שְׂמֵחוֹת	הוא	שָׂמַח	הוא	יִשְׂמַח
		היא	שָׂמְחָה	היא	תִּשְׂמַח
		אנחנו	שָׂמַחְנוּ	אנחנו	נִשְׂמַח
		אתם/ן	שְׂמַחְתֶּם/ן	אתם/ן	תִּשְׂמְחוּ
		הם/ן	שָׂמְחוּ	הם/ן	יִשְׂמְחוּ

imperative	
m. sgl.	שְׂמַח!
f. sgl.	שִׂמְחִי!
pl.	שִׂמְחוּ!

to make smbd happy לְשַׂמֵּחַ piel

present tense		past tense		future tense	
m. sgl.	מְשַׂמֵּחַ	אני	שִׂימַּחְתִּי	אני	אֲשַׂמֵּחַ
f. sgl.	מְשַׂמַּחַת	אתה	שִׂימַּחְתָּ	אתה	תְּשַׂמֵּחַ
m. pl.	מְשַׂמְּחִים	את	שִׂימַּחְתְּ	את	תְּשַׂמְּחִי
f. pl.	מְשַׂמְּחוֹת	הוא	שִׂימֵּחַ	הוא	יְשַׂמֵּחַ
		היא	שִׂימְּחָה	היא	תְּשַׂמֵּחַ
		אנחנו	שִׂימַּחְנוּ	אנחנו	נְשַׂמֵּחַ
		אתם/ן	שִׂימַּחְתֶּם/ן	אתם/ן	תְּשַׂמְּחוּ
		הם/ן	שִׂימְּחוּ	הם/ן	יְשַׂמְּחוּ

imperative	
m. sgl.	שַׂמַּח!
f. sgl.	שַׂמְּחִי!
pl.	שַׂמְּחוּ!

191. שמע

to listen, hear לִשְׁמוֹעַ paal

future tense	
אני	אֶשְׁמַע
אתה	תִּשְׁמַע
את	תִּשְׁמְעִי
הוא	יִשְׁמַע
היא	תִּשְׁמַע
אנחנו	נִשְׁמַע
אתם/ן	תִּשְׁמְעוּ
הם/ן	יִשְׁמְעוּ

past tense	
אני	שָׁמַעְתִּי
אתה	שָׁמַעְתָּ
את	שָׁמַעְתְּ
הוא	שָׁמַע
היא	שָׁמְעָה
אנחנו	שָׁמַעְנוּ
אתם/ן	שְׁמַעְתֶּם/ן
הם/ן	שָׁמְעוּ

present tense	
m. sgl.	שׁוֹמֵעַ
f. sgl.	שׁוֹמַעַת
m. pl.	שׁוֹמְעִים
f. pl.	שׁוֹמְעוֹת

imperative	
m. sgl.	שְׁמַע!
f. sgl.	שִׁמְעִי!
pl.	שִׁמְעוּ!

to be heard לְהִישָּׁמַע nifal

future tense	
אני	אֶשָּׁמַע
אתה	תִּישָּׁמַע
את	תִּישָּׁמְעִי
הוא	יִישָּׁמַע
היא	תִּישָּׁמַע
אנחנו	נִישָּׁמַע
אתם/ן	תִּישָּׁמְעוּ
הם/ן	יִישָּׁמְעוּ

past tense	
אני	נִשְׁמַעְתִּי
אתה	נִשְׁמַעְתָּ
את	נִשְׁמַעְתְּ
הוא	נִשְׁמַע
היא	נִשְׁמְעָה
אנחנו	נִשְׁמַעְנוּ
אתם/ן	נִשְׁמַעְתֶּם/ן
הם/ן	נִשְׁמְעוּ

present tense	
m. sgl.	נִשְׁמָע
f. sgl.	נִשְׁמַעַת
m. pl.	נִשְׁמָעִים
f. pl.	נִשְׁמָעוֹת

imperative	
m. sgl.	הִישָּׁמַע!
f. sgl.	הִישָּׁמְעִי!
pl.	הִישָּׁמְעוּ!

192. שמר

to preserve לִשְׁמוֹר paal

present tense		past tense		future tense	
שׁוֹמֵר	m. sgl.	שָׁמַרְתִּי	אני	אֶשְׁמוֹר	אני
שׁוֹמֶרֶת	f. sgl.	שָׁמַרְתָּ	אתה	תִּשְׁמוֹר	אתה
שׁוֹמְרִים	m. pl.	שָׁמַרְתְּ	את	תִּשְׁמְרִי	את
שׁוֹמְרוֹת	f. pl.	שָׁמַר	הוא	יִשְׁמֹר	הוא
		שָׁמְרָה	היא	תִּשְׁמוֹר	היא
imperative		שָׁמַרְנוּ	אנחנו	נִשְׁמוֹר	אנחנו
שמור!	m. sgl.	שְׁמַרְתֶּם/ן	אתם/ן	תִּשְׁמְרוּ	אתם/ן
שִׁמְרִי!	f. sgl.	שָׁמְרוּ	הם/ן	יִשְׁמְרוּ	הם/ן
שִׁמְרוּ!	pl.				

193. שנא

to hate לִשְׂנוֹא paal

present tense		past tense		future tense	
שׂוֹנֵא	m. sgl.	שָׂנֵאתִי	אני	אֶשְׂנָא	אני
שׂוֹנֵאת	f. sgl.	שָׂנֵאתָ	אתה	תִּשְׂנָא	אתה
שׂוֹנְאִים	m. pl.	שָׂנֵאת	את	תִּשְׂנְאִי	את
שׂוֹנְאוֹת	f. pl.	שָׂנֵא	הוא	יִשְׂנָא	הוא
		שָׂנְאָה	היא	תִּשְׂנָא	היא
imperative		שָׂנֵאנוּ	אנחנו	נִשְׂנָא	אנחנו
שְׂנָא!	m. sgl.	שְׂנֵאתֶם/ן	אתם/ן	תִּשְׂנְאוּ	אתם/ן
שִׂנְאִי!	f. sgl.	שָׂנְאוּ	הם/ן	יִשְׂנְאוּ	הם/ן
שִׂנְאוּ!	pl.				

194. שרד

to survive לִשְׂרוֹד paal

present tense		past tense		future tense	
שׂוֹרֵד	m. sgl.	שָׂרַדְתִּי	אני	אֶשְׂרוֹד	אני
שׂוֹרֶדֶת	f. sgl.	שָׂרַדְתָּ	אתה	תִּשְׂרוֹד	אתה
שׂוֹרְדִים	m. pl.	שָׂרַדְתְּ	את	תִּשְׂרְדִי	את
שׂוֹרְדוֹת	f. pl.	שָׂרַד	הוא	יִשְׂרוֹד	הוא
		שָׂרְדָה	היא	תִּשְׂרוֹד	היא
imperative		שָׂרַדְנוּ	אנחנו	נִשְׂרוֹד	אנחנו
שְׂרוֹד!	m. sgl.	שָׂרַדְתֶּם/ן	אתם/ן	תִּשְׂרְדוּ	אתם/ן
שִׂרְדִי!	f. sgl.	שָׂרְדוּ	הם/ן	יִשְׂרְדוּ	הם/ן
שִׂרְדוּ!	pl.				

195. שרק

to whistle לִשְׁרוֹק paal

present tense		past tense		future tense	
שׁוֹרֵק	m. sgl.	שָׁרַקְתִּי	אני	אֶשְׁרוֹק	אני
שׁוֹרֶקֶת	f. sgl.	שָׁרַקְתָּ	אתה	תִּשְׁרוֹק	אתה
שׁוֹרְקִים	m. pl.	שָׁרַקְתְּ	את	תִּשְׁרְקִי	את
שׁוֹרְקוֹת	f. pl.	שָׁרַק	הוא	יִשְׁרוֹק	הוא
		שָׁרְקָה	היא	תִּשְׁרוֹק	היא
imperative		שָׁרַקְנוּ	אנחנו	נִשְׁרוֹק	אנחנו
שְׁרוֹק!	m. sgl.	שָׁרַקְתֶּם/ן	אתם/ן	תִּשְׁרְקוּ	אתם/ן
שִׁרְקִי!	f. sgl.	שָׁרְקוּ	הם/ן	יִשְׁרְקוּ	הם/ן
שִׁרְקוּ!	pl.				

196. שתה

to drink לִשְׁתּוֹת **paal**

present tense		past tense		future tense	
שׁוֹתֶה	m. sgl.	שָׁתִיתִי	אני	אֶשְׁתֶּה	אני
שׁוֹתָה	f. sgl.	שָׁתִיתָ	אתה	תִּשְׁתֶּה	אתה
שׁוֹתִים	m. pl.	שָׁתִית	את	תִּשְׁתִּי	את
שׁוֹתוֹת	f. pl.	שָׁתָה	הוא	יִשְׁתֶּה	הוא
		שָׁתְתָה	היא	תִּשְׁתֶּה	היא
imperative		שָׁתִינוּ	אנחנו	נִשְׁתֶּה	אנחנו
שְׁתֵה!	m. sgl.	שְׁתִיתֶם/ן	אתם/ן	תִּשְׁתּוּ	אתם/ן
שְׁתִי!	f. sgl.	שָׁתוּ	הם/ן	יִשְׁתּוּ	הם/ן
שְׁתוּ!	pl.				

197. שתק

to shut up, to keep silence לִשְׁתּוֹק **paal**

present tense		past tense		future tense	
שׁוֹתֵק	m. sgl.	שָׁתַקְתִּי	אני	אֶשְׁתּוֹק	אני
שׁוֹתֶקֶת	f. sgl.	שָׁתַקְתָּ	אתה	תִּשְׁתּוֹק	אתה
שׁוֹתְקִים	m. pl.	שָׁתַקְתְּ	את	תִּשְׁתְּקִי	את
שׁוֹתְקוֹת	f. pl.	שָׁתַק	הוא	יִשְׁתּוֹק	הוא
		שָׁתְקָה	היא	תִּשְׁתּוֹק	היא
imperative		שָׁתַקְנוּ	אנחנו	נִשְׁתּוֹק	אנחנו
שְׁתוֹק!	m. sgl.	שְׁתַקְתֶּם/ן	אתם/ן	תִּשְׁתְּקוּ	אתם/ן
שִׁתְקִי!	f. sgl.	שָׁתְקוּ	הם/ן	יִשְׁתְּקוּ	הם/ן
שִׁתְקוּ!	pl.				

to paralyze לְשַׁתֵּק piel

present tense		past tense		future tense	
מְשַׁתֵּק	m. sgl.	שִׁיתַּקְתִּי	אני	אֲשַׁתֵּק	אני
מְשַׁתֶּקֶת	f. sgl.	שִׁיתַּקְתָּ	אתה	תְּשַׁתֵּק	אתה
מְשַׁתְּקִים	m. pl.	שִׁיתַּקְתְּ	את	תְּשַׁתְּקִי	את
מְשַׁתְּקוֹת	f. pl.	שִׁיתֵּק	הוא	יְשַׁתֵּק	הוא
		שִׁיתְּקָה	היא	תְּשַׁתֵּק	היא
imperative		שִׁיתַּקְנוּ	אנחנו	נְשַׁתֵּק	אנחנו
שַׁתֵּק!	m. sgl.	שִׁיתַּקְתֶּם/ן	אתם/ן	תְּשַׁתְּקוּ	אתם/ן
שַׁתְּקִי!	f. sgl.	שִׁיתְּקוּ	הם/ן	יְשַׁתְּקוּ	הם/ן
שַׁתְּקוּ!	pl.				

198. תאם

to match, to suit לְהַתְאִים hifil

present tense		past tense		future tense	
מַתְאִים	m. sgl.	הִתְאַמְתִּי	אני	אַתְאִים	אני
מַתְאִימָה	f. sgl.	הִתְאַמְתָּ	אתה	תַּתְאִים	אתה
מַתְאִימִים	m. pl.	הִתְאַמְתְּ	את	תַּתְאִימִי	את
מַתְאִימוֹת	f. pl.	הִתְאִים	הוא	יַתְאִים	הוא
		הִתְאִימָה	היא	תַּתְאִים	היא
imperative		הִתְאַמְנוּ	אנחנו	נַתְאִים	אנחנו
הַתְאֵם!	m. sgl.	הִתְאַמְתֶּם/ן	אתם/ן	תַּתְאִימוּ	אתם/ן
הַתְאִימִי!	f. sgl.	הִתְאִימוּ	הם/ן	יַתְאִימוּ	הם/ן
הַתְאִימוּ!	pl.				

199. תבע

paal לִתְבּוֹעַ to sue

present tense		past tense		future tense	
תּוֹבֵעַ	m. sgl.	תָּבַעְתִּי	אני	אֶתְבַּע	אני
תּוֹבַעַת	f. sgl.	תָּבַעְתָּ	אתה	תִּתְבַּע	אתה
תּוֹבְעִים	m. pl.	תָּבַעְתְּ	את	תִּתְבְּעִי	את
תּוֹבְעוֹת	f. pl.	תָּבַע	הוא	יִתְבַּע	הוא
		תָּבְעָה	היא	תִּתְבַּע	היא
imperative		תָּבַעְנוּ	אנחנו	נִתְבַּע	אנחנו
תְּבַע!	m. sgl.	תְּבַעְתֶּם/ן	אתם/ן	תִּתְבְּעוּ	אתם/ן
תִּבְעִי!	f. sgl.	תָּבְעוּ	הם/ן	יִתְבְּעוּ	הם/ן
תִּבְעוּ!	pl.				

200. תחל

hifil לְהַתְחִיל to begin

present tense		past tense		future tense	
מַתְחִיל	m. sgl.	הִתְחַלְתִּי	אני	אַתְחִיל	אני
מַתְחִילָה	f. sgl.	הִתְחַלְתָּ	אתה	תַּתְחִיל	אתה
מַתְחִילִים	m. pl.	הִתְחַלְתְּ	את	תַּתְחִילִי	את
מַתְחִילוֹת	f. pl.	הִתְחִיל	הוא	יַתְחִיל	הוא
		הִתְחִילָה	היא	תַּתְחִיל	היא
imperative		הִתְחַלְנוּ	אנחנו	נַתְחִיל	אנחנו
הַתְחֵל!	m. sgl.	הִתְחַלְתֶּם/ן	אתם/ן	תַּתְחִילוּ	אתם/ן
הַתְחִילִי!	f. sgl.	הִתְחִילוּ	הם/ן	יַתְחִילוּ	הם/ן
הַתְחִילוּ!	pl.				

201. תלה

to hang לִתְלוֹת paal

present tense		past tense		future tense	
תּוֹלֶה	m. sgl.	תָּלִיתִי	אני	אֶתְלֶה	אני
תּוֹלָה	f. sgl.	תָּלִיתָ	אתה	תִּתְלֶה	אתה
תּוֹלִים	m. pl.	תָּלִית	את	תִּתְלִי	את
תּוֹלוֹת	f. pl.	תָּלָה	הוא	יִתְלֶה	הוא
		תָּלְתָה	היא	תִּתְלֶה	היא
imperative		תָּלִינוּ	אנחנו	נִתְלֶה	אנחנו
תְּלֵה!	m. sgl.	תְּלִיתֶם/ן	אתם/ן	תִּתְלוּ	אתם/ן
תְּלִי!	f. sgl.	תָּלוּ	הם/ן	יִתְלוּ	הם/ן
תְּלוּ!	pl.				

202. תפס

to fetch לִתְפּוֹס paal

present tense		past tense		future tense	
תּוֹפֵס	m. sgl.	תָּפַסְתִּי	אני	אֶתְפּוֹס	אני
תּוֹפֶסֶת	f. sgl.	תָּפַסְתָּ	אתה	תִּתְפּוֹס	אתה
תּוֹפְסִים	m. pl.	תָּפַסְתְּ	את	תִּתְפְּסִי	את
תּוֹפְסוֹת	f. pl.	תָּפַס	הוא	יִתְפּוֹס	הוא
		תָּפְסָה	היא	תִּתְפּוֹס	היא
imperative		תָּפַסְנוּ	אנחנו	נִתְפּוֹס	אנחנו
תְּפוֹס!	m. sgl.	תְּפַסְתֶּם/ן	אתם/ן	תִּתְפְּסוּ	אתם/ן
תִּפְסִי!	f. sgl.	תָּפְסוּ	הם/ן	יִתְפְּסוּ	הם/ן
תִּפְסוּ!	pl.				

203. תפר

to saw לִתְפּוֹר paal

present tense		past tense		future tense	
תּוֹפֵר	m. sgl.	תָּפַרְתִּי	אני	אֶתְפּוֹר	אני
תּוֹפֶרֶת	f. sgl.	תָּפַרְתָּ	אתה	תִּתְפּוֹר	אתה
תּוֹפְרִים	m. pl.	תָּפַרְתְּ	את	תִּתְפְּרִי	את
תּוֹפְרוֹת	f. pl.	תָּפַר	הוא	יִתְפּוֹר	הוא
		תָּפְרָה	היא	תִּתְפּוֹר	היא
imperative		תָּפַרְנוּ	אנחנו	נִתְפּוֹר	אנחנו
תְּפוֹר!	m. sgl.	תְּפַרְתֶּם/ן	אתם/ן	תִּתְפְּרוּ	אתם/ן
תִּפְרִי!	f. sgl.	תָּפְרוּ	הם/ן	יִתְפְּרוּ	הם/ן
תִּפְרוּ!	pl.				

204. תקע

to be stuck לְהִיתָּקַע nifal

present tense		past tense		future tense	
נִתְקָע	m. sgl.	נִתְקַעְתִּי	אני	אֶתָּקַע	אני
נִתְקַעַת	f. sgl.	נִתְקַעְתָּ	אתה	תִּיתָּקַע	אתה
נִתְקָעִים	m. pl.	נִתְקַעְתְּ	את	תִּיתָּקְעִי	את
נִתְקָעוֹת	f. pl.	נִתְקַע	הוא	יִיתָּקַע	הוא
		נִתְקְעָה	היא	תִּיתָּקַע	היא
imperative		נִתְקַעְנוּ	אנחנו	נִיתָּקַע	אנחנו
הִיתָּקַע!	m. sgl.	נִתְקַעְתֶּם/ן	אתם/ן	תִּיתָּקְעוּ	אתם/ן
הִיתָּקְעִי!	f. sgl.	נִתְקְעוּ	הם/ן	יִיתָּקְעוּ	הם/ן
הִיתָּקְעוּ!	pl.				

205. תקף

to attack לִתְקוֹף paal

present tense		past tense		future tense	
תּוֹקֵף	m. sgl.	תָּקַפְתִּי	אני	אֶתְקוֹף	אני
תּוֹקֶפֶת	f. sgl.	תָּקַפְתָּ	אתה	תִּתְקוֹף	אתה
תּוֹקְפִים	m. pl.	תָּקַפְתְּ	את	תִּתְקְפִי	את
תּוֹקְפוֹת	f. pl.	תָּקַף	הוא	יִתְקוֹף	הוא
		תָּקְפָה	היא	תִּתְקוֹף	היא
imperative		תָּקַפְנוּ	אנחנו	נִתְקוֹף	אנחנו
תְּקוֹף!	m. sgl.	תְּקַפְתֶּם/ן	אתם/ן	תִּתְקְפוּ	אתם/ן
תִּקְפִי!	f. sgl.	תָּקְפוּ	הם/ן	יִתְקְפוּ	הם/ן
תִּקְפוּ!	pl.				

Made in the USA
Middletown, DE
07 November 2023

42097555R00136